Nele Neuhaus

Elena

Eine falsche Fährte

PLANET!

Für Erja.
Danke fürs Probelesen!

1. Kapitel

Das neue Jahr hatte so begonnen, wie das alte zu Ende gegangen war, nämlich mit eisiger Kälte. Selbst tagsüber kletterte das Thermometer nur selten über minus fünf Grad, und ich konnte mir kaum vorstellen, dass es jemals wieder warm und sonnig sein würde. An dem Abend, als das mit Tims Schwester passiert war, waren die ersten Schneeflocken gefallen, und dann hatte es eine ganze Woche lang so heftig geschneit, als ob es nie wieder aufhören wollte. Zwei Tage vor Silvester war eine Kaltfront aus dem Osten über das Land gekommen und hatte alles zu Eis erstarren lassen.

Als ich mit Lenzi am Zügel vorsichtig den schmalen Weg zur großen Reithalle entlangging, den Heinrich mit dem kleinen Bagger in die gefrorenen Schneeberge gefräst und mit Schotter gestreut hatte, dachte ich sehnsüchtig an die Oaktree-Farm von Brenda Murray in Massachusetts, auf der meine beste Freundin Melike und ich im letzten Jahr die Sommerferien verbracht hatten. Dort waren nicht nur die Reithallen beheizt, sondern es gab sogar Fußbodenheizung unter den Wegen zwischen den Stallungen, damit die wertvollen Turnierpferde bei Eis und Schnee nicht ausrutschten und sich verletzten.

»Von so was können wir hier nur träumen«, brummte ich und öffnete das Tor, das in den Vorraum der Reithalle führte. Twix, mein braun-weiß gefleckter Jack Russell Terrier, schlüpfte flink hindurch und lief geradewegs zu der Tür, durch die man auf die große Tribüne an der langen Seite gelangte. Auf einem Sitz in der fünften Reihe lag extra für ihn ein kuscheliges Schaffell, auf dem er es sich gemütlich machen konnte, wenn er mir beim Reiten zusah, und das tat er immer. Seitdem ich ihn im letzten Sommer sechs Wochen allein gelassen hatte, folgte er mir auf Schritt und Tritt und wahrscheinlich würde er mich sogar in die Schule begleiten, wenn er könnte.

»Tür frei, bitte!«, rief ich.

»Ist frei!«, erwiderte Papa im Vorbeigaloppieren. Er war ganz alleine mit Cotopaxi in der großen Halle. Unser Bereiter Jens war mit seiner Freundin Gloria, die auf dem Amselhof Western-Unterricht gab, noch bis zum 5. Januar, also übermorgen, im Urlaub, deshalb half ich mit den Pferden. Ohne Jens' Hilfe war für Papa das Pensum, jeden Tag fünfzehn Pferde zu reiten, allein kaum zu bewältigen. Dazu kamen Glorias Westernpferde, die ebenfalls bewegt werden mussten. Nach einer langen und anstrengenden Saison hatten unsere Turnierpferde zwar momentan ihre wohlverdiente Winterpause, aber trotzdem sollten sie bis zum ersten Turnier Mitte Februar nicht komplett außer Form geraten, deshalb kamen alle mindestens zwei Mal am Tag raus: eine Stunde in die Freilauf-Führmaschine, außerdem noch lockere Bewegung unterm Sattel.

Ich drückte die schwere Bandentür auf und führte Lenzi in die Bahn. Es war noch früh am Morgen, die Sonne kletterte gerade erst über den Horizont. Das rote Sonnenlicht, das plötzlich durch die großen Fensterscheiben flutete, verwandelte die Atemwolken, die Lenzis Nüstern entwichen, in die feurigen Flammenstöße eines Drachen. Es sah spektakulär aus!

Während ich nachgurtete, die Steigbügel herunterzog und mich in den Sattel schwang, überlegte ich, ob man diesen Anblick wohl mit der Kamera einfangen könnte.

Seitdem ich in Amerika gewesen war, machte ich mir nur noch selten die Mühe, eine Reithose und Reitstiefel anzuziehen, auch wenn Papa das nicht gerne sah. Westernreiter ritten immer nur in Jeans und Cowboystiefeln, und besonders bei dieser Affenkälte fand ich es erheblich angenehmer, zum Reiten einfach die ledernen Fransenchaps über die Jeans zu ziehen, egal ob ich eines der Springpferde oder meine Quarter-Horse-Stute Hilda ritt. Ich hatte mir eine Wollmütze aufgesetzt und trug Handschuhe.

»Wo ist deine Reitkappe, Elena?«, fragte Papa, als er an mir vorbeitrabte.

»In der Sattelkammer«, erwiderte ich. »Ich frier mir die Ohren ab ohne Mütze.«

»Besser abgefrorene Ohren als ein Schädelbruch.« Papa parierte neben mir durch. »Na los, hol deinen Helm. Ich halte Lenzi solange fest.«

»Ach Menno!«, protestierte ich. »Ich fall schon nicht runter!«

»Das Thema hatten wir doch bereits …«

Wenn es um die Reitkappe ging, ließen meine Eltern nicht mit sich diskutieren, trotzdem versuchte ich es immer mal wieder, obwohl es eigentlich zwecklos war.

Mit einem Seufzer ließ ich mich also wieder aus dem Sattel gleiten, reichte meinem Vater die Zügel und trabte zurück in den Stall. Twix holte mich ein, als die Bandentür hinter mir zufiel, und freute sich. Wahrscheinlich glaubte er, ich sei schon fertig mit Reiten, und hoffte, ich würde ihn von dem karierten Fleece-Mäntelchen, das ich ihm der Kälte wegen angezogen hatte, befreien. Es gab jedes Mal einen Kampf, wenn ich meinem Hund den Mantel anziehen wollte, denn er empfand ihn als Demütigung. Nun sprang er an mir hoch und bellte auffordernd.

»Du musst es noch ein bisschen aushalten, Twixi-Bixi«, grinste ich und er ließ sofort die Ohren hängen. »Ich hole nur schnell meine Kappe.«

Mein Bruder Christian spottete immer über mich, wenn er hörte, wie ich mit meinen Tieren sprach, weil er der Meinung war, dass sie sowieso nicht begriffen, was ich sagte. Ich war mir da nicht so sicher. Twix verstand auf jeden Fall jedes Wort.

Im Turnierstall, in dem Papas Pferde untergebracht waren, war es ruhig. Nur das verstaubte Stallradio dudelte leise vor sich hin. Mein Bruder war kein Frühaufsteher, er würde nicht vor neun Uhr im Stall auftauchen. Die Pferde dösten in ihren Boxen oder knabberten Stroh. Wegen der Kälte waren die Außenfenster geschlossen, damit die automatischen Tränken nicht einfroren. Mein Hengst Fritzi, der mit richtigem Namen Fritz Power hieß, streckte seinen Kopf aus der ersten Box auf der linken Seite und grummelte leise, als er mich hereinkommen sah.

»Du bist nach Lenzi dran«, sagte ich zu Fritzi, ging zu ihm hin und drückte ihm rasch einen Kuss auf die Nüstern, dann betrat ich die Sattelkammer. Ich zerrte mir die Mütze vom Kopf, setzte den Helm auf und zog die plüschigen, rosa Ohrwärmer an, über die sich Jens, dem ich vor vielen

Jahren den Spitznamen »Aknefrosch« verpasst hatte, lustig zu machen pflegte.

Drei Minuten später saß ich wieder auf dem Pferd, gurtete nach und ritt los.

Nach den dramatischen Ereignissen kurz vor Weihnachten, bei denen Gina, die kleine Schwester von Tim Jungblut, meinem Exfreund, so schwer verletzt worden war, dass sie noch immer in einer Spezialklinik in Mannheim liegen musste, hatte niemand von uns mehr Lust auf die ursprünglich geplante Silvesterparty bei Niklas gehabt. Stattdessen waren er und Melike zusammen mit Christian, Ariane und Niklas' Eltern in deren Haus nach St. Moritz gefahren. Sie hatten Farid und mich gefragt, ob wir auch mitkommen wollten, aber Farid durfte wegen eines möglichen Verletzungsrisikos nicht Ski laufen, das stand in seinem Profi-Vertrag, und ich hatte in meinem ganzen Leben noch nie auf Skiern gestanden und auch keine Lust, irgendwohin zu fahren, wo noch mehr Schnee lag als bei uns. Außerdem war Farid gestern für zehn lange Tage nach Abu Dhabi geflogen, wo sich seine Mannschaft in einem Trainingslager für die Rückrunde der Bundesliga-Saison fit machte.

Farid! Ich ritt am großen Spiegel vorbei und stellte fest, dass ich schon wieder wie eine Irre vor mich hin grinste. Immer wenn ich an ihn dachte – und das war quasi ununterbrochen der Fall –, flatterten Schmetterlinge in meinem Bauch und ich bekam Herzklopfen und weiche Knie. Ob das wohl jemals aufhören würde? Wir kannten uns seit sechs Monaten, waren uns beim Vor-Abi-Ball im Sommer zum ersten Mal begegnet. Kurz zuvor war meine Beziehung mit Tim zerbrochen, und mir hatte der Sinn null nach einem anderen Jungen gestanden. Immerhin hatte ich bis kurz vor unserer Trennung noch fest daran geglaubt, dass Tim und ich für immer zusammen sein und eines Tages heiraten würden! Als er und Niklas Melike und mich unverhofft auf Brenda Murrays Oaktree-Farm in Massachusetts besucht und wir gemeinsam mit Brendas Kindern Joana und Luke ein ziemlich gefährliches Abenteuer erlebt hatten, schien zwischen Tim und mir noch alles in Ordnung zu sein, aber kurz nach unserer Rückkehr aus Amerika hatte sich alles geändert. Warum, das war mir bis heute ein Rätsel. Tims und meine Beziehung war nie einfach und von Anfang an ein ständiges Auf und Ab gewesen. Wegen der alten Fehde zwischen Tims und meinen Eltern hatten wir unsere Liebe zuerst absolut geheim halten müssen, und auch wenn dieses Versteckspiel seinen Reiz gehabt hatte, so war ich erleichtert und glücklich gewesen, als Tim endlich auch ganz offiziell auf den Amselhof kommen und mein Freund sein durfte. Allerdings, und das musste ich mir im Nachhinein eingestehen, hatten sich ohne den Nervenkitzel der Heimlichkeit zwischen uns schnell Routine und Langeweile breitgemacht. Vor lauter Angst, Tim zu verlieren, hatte ich nicht wahrhaben wollen, dass etwas Grundlegendes zwischen uns nie gestimmt hatte: Da war kein echtes Vertrauen gewesen. Ein blödes Missverständnis nach dem anderen hatte unsere Liebe erschüttert, denn Tim hatte grundsätzlich alles, was ich zu ihm sagte, in den falschen Hals gekriegt. Irgendwann war er nur noch mürrisch und misstrauisch gewesen, und das hatte mich wahnsinnig gestresst. Er hatte keine schöne Kindheit gehabt, und ich hatte geglaubt, dass ich ihn glücklich machen könnte, wenn ich ihn nur genug liebte. Aber das war mir nicht gelungen. Seine

Gleichgültigkeit und sein abweisendes Verhalten hatten mich zutiefst verletzt; ich hatte mich immer schlechter und elender, hässlich und irgendwie minderwertig gefühlt. Als mich seine kleine Schwester im letzten Sommer vor allen Leuten angefeindet hatte, hatte Tim zu meiner bodenlosen Enttäuschung nicht einmal Partei für mich ergriffen. Er hatte sich nur bei meinen Eltern entschuldigt und war gegangen, ohne mich zu beachten. Da war etwas in meinem Innern zerbrochen. Plötzlich hatte ich erkannt, dass Tim nicht gut für mich war, und das war wohl das Schmerzlichste, was ich je in meinem Leben erlebt hatte. Genau zu diesem Zeitpunkt war Farid in meinem Leben aufgetaucht, wie der schöne Prinz im Märchen. Er war nach den Sommerferien neu auf unsere Schule gekommen, kannte niemanden und war nur aus Höflichkeit auf den Vor-Abi-Ball gegangen. Als mich alle anderen, die eigentlich mit mir an der Bar arbeiten sollten, im Stich gelassen hatten, war er spontan beim Getränkeausschank eingesprungen. Später hatte er mir verraten, dass er sich auf den ersten Blick in mich verliebt hatte, und bei mir hatte es auch ziemlich schnell gefunkt. Ganz abgesehen davon, dass Farid mit seinen Zartbitterschokoladenaugen einfach *mega* aussah, wie meine beste Freundin Melike zu sagen pflegte, war er der absolut süßeste Junge, den ich kannte: Ich spürte, dass ich ihm wichtig war. Mit ihm konnte ich quatschen und lachen, und er hatte als Einziger wirklich verstanden, woher meine Schuldgefühle und Selbstzweifel nach dem schlimmen Sturz mit Bittersweet auf dem Turnier in Biblis kamen und was ich dagegen tun konnte. Ich verdankte es einzig und allein Farid, dass ich die Angst vor dem Springen überwunden habe, weil er mir …

»Elena!«, riss mich Papas Stimme aus meinen Gedanken. »Lass Lenzi doch nicht so vor sich hin eiern!« Er war mit Cotopaxi fertig, hatte dem braunen Wallach bereits die Abschwitzdecke über die Nieren gelegt. »Stell ihn mehr zusammen! Du reitest seit fünf Minuten ganze Bahn.«

»Ich dachte, ich soll ihn nur etwas bewegen«, antwortete ich.

»Ich sagte: Du sollst ihn etwas gymnastizieren«, korrigierte Papa mich. »Und das bedeutet nicht, ein Pferd eine halbe Stunde lang auf der Vorhand herumlatschen zu lassen. Wenn du mir helfen willst und keine Lust zum Reiten hast, dann sattle mir die Pferde nur und nimm sie mir wieder ab.«

»Nein, schon gut«, beeilte ich mich zu sagen und nahm die Zügel kürzer. »Ich hab ja Lust zu reiten.«

»Dann reite anständig. Sonst bist du keine Hilfe.«

Wenn es um das Wohl der Pferde ging, kannte Papa kein Pardon. Nachlässigkeit duldete er nicht. Er verließ mit Cotopaxi am Zügel die Halle. Ich gurtete noch einmal nach und ließ Lenzi angaloppieren. Vor drei Wochen, beim Frankfurter Festhallenturnier, hatte ich mit dem kleinen dunkelbraunen Vollblüter, der eigentlich Lancelot hieß, das Finale der Youngster Tour für sieben- und achtjährige Pferde gewonnen; wir hatten lauter berühmte und erfahrene Reiter hinter uns gelassen. Bei der feierlichen Siegerehrung war uns zu Ehren sogar die deutsche Nationalhymne gespielt worden, weil es sich um eine internationale Springprüfung gehandelt hatte, und bei der Erinnerung daran bekam ich noch heute eine dicke Gänsehaut. Anschließend war der Junioren-Bundestrainer zu mir gekommen und hatte mich mit Fritzi und Lenzi für Anfang Februar zu einem ersten Sichtungslehrgang für die Europameisterschaften eingeladen.

»Huhu!«, hörte ich eine Stimme. Twix sprang wie elektrisiert von seinem Schaffell auf und kläffte die seltsame Gestalt an, die sich nun mühsam die Treppenstufen zur Tribüne hochwuchtete. Lenzi erschrak daraufhin und preschte los.

»Spinnst du, Twixi?« Melikes Stimme klang hinter der Neopren-Skimaske, die nur die Augen freiließ, dumpf. »Ich bin's doch!«

Der Jack Russell Terrier traute dem dick vermummten Wesen nicht über den Weg und knurrte es argwöhnisch an, das Nackenfell gesträubt. Erst als Melike die Maske hochschob, erkannte er sie und jaulte erfreut auf. Ich hatte Lenzi nach ein paar Galoppsprüngen wieder unter Kontrolle und parierte nun neben Melike durch.

»Hast du vor, 'ne Bank zu überfallen?«, fragte ich spöttisch.

»Ich erfriere sonst in dieser ätzenden Kälte«, klagte Melike. »Ich schwöre dir, in St. Moritz war es dagegen sommerlich!«

»Also, wenn man eine Weile reitet, geht's, finde ich.«

»Kann ich mir nicht vorstellen. Ich glaub', ich hab mir auf dem Weg hierher Erfrierungen im Gesicht geholt«, jammerte meine Freundin. »Wieso hab ich Gloria bloß versprochen, mich um ihre Pferde zu kümmern, ich blöde Nuss? Ich könnte jetzt noch in meinem lauschigen, warmen Bettchen liegen und …«

»Immerhin scheint heute die Sonne«, unterbrach ich sie. »Lass uns doch später mit Hilda und Smiley eine Runde ins Gelände reiten.«

»Ins *Gelände?* Willst du mich töten?« Melike riss die Augen auf. »Es sind mindestens minus vierzig Grad!«

Meine Freundin neigte zu Übertreibungen, das kannte ich längst.

»Quatsch! Vorhin waren es minus neun «, erwiderte ich.

»Minus *neun* Grad! Ich bin ein Geschöpf des Sommers!«, rief Melike theatralisch.

»Deshalb warst du auch im Skiurlaub, oder?«, neckte ich sie. »Ich bin gleich mit Lenzi fertig, danach muss ich noch Fritzi, Never, Cornado und Conny reiten.«

»Okay.« Melike zuckte die Schultern. »Dann fange ich mal mit Gray Jac an. Nützt ja nichts, wenn ich hier herumjammere.«

Papa kehrte mit Calvador, dem Holsteiner Schimmelhengst, zurück, und ich brachte Lenzi in den Stall, sattelte ihn rasch ab und stellte ihn unter das Solarium, damit sein verschwitztes Fell trocknete, bevor ich ihm die Stalldecke anzog. In der Zwischenzeit lief ich zur Führmaschine, in der Qantas, Conny, Latus Lex und Cornado im Kreis trotteten. Ich drückte auf den Stopp-Knopf, öffnete die Tür und holte Cornado heraus. Dann schaltete ich die Maschine wieder ein.

Auf dem Weg zurück zum Stall kam mir die neue Einstellerin entgegen, die vor zwei Tagen auf dem Amselhof eingezogen war. Ihr schwarzer Andalusierwallach hatte die letzte freie Paddockbox bezogen. Sie hatte einen Doppelnamen, den ich mir nicht merken konnte, und war angeblich durch unsere Webseite auf den Amselhof aufmerksam geworden, das hatte Mama mir erzählt.

»Guten Morgen«, grüßte ich sie freundlich. »Ganz schön kalt heute, oder?«

Die Frau hatte ihre Wollmütze tief ins Gesicht gezogen, trug eine Daunenjacke, Chaps und gefütterte Reitstiefel.

»Es ist *Januar*. Da kann man in unseren Breiten ja wohl kaum mit Badewetter rechnen.« Sie streifte mich mit einem geringschätzigen Blick, ohne die Spur eines Lächelns. »Vielleicht solltest du dir eine Jacke anziehen. Das könnte helfen.«

Sie ging weiter, und ich starrte ihr sprachlos hinterher.

»Was für eine blöde Schnepfe!«, murmelte ich verärgert. Ich hatte nur irgendetwas Freundliches sagen wollen, aber jetzt kam ich mir total dämlich vor. Immer und unter allen Umständen freundlich zu den Einstellern zu sein, war eine goldene Regel in unserer Familie, die mein Bruder Christian und ich quasi mit der Muttermilch aufgesogen hatten, denn immerhin lebten wir von den Leuten, die ihre Pferde bei uns auf dem Amselhof einstellten. Die meisten Einsteller waren nett; manche waren einem mehr, andere weniger sympathisch, nur äußerst selten gab es mal jemanden, den ich überhaupt nicht leiden konnte. Aber seit heute gehörte die Neue ohne Zweifel in diese Kategorie. So eine arrogante Ziege hatte ich ja noch nie erlebt, nicht einmal Teicherts waren jemals so unhöflich gewesen!

2. Kapitel

Ich riss die Tür der Sattelkammer auf und Twix bellte unternehmungslustig, als ich in meine Daunenjacke schlüpfte, weil er glaubte, er könne mitkommen.

»Keine Chance, Twixi-Bixi. Du bleibst hier. Der Schnee draußen ist viel zu hoch für deine kurzen Beinchen.«

Sofort ließ Twix die Ohren hängen. Er begann am ganzen Körper zu zittern, hob ein Vorderpfötchen und guckte mich so flehend an, als ob ich wieder für Wochen nach Amerika verschwinden würde.

»Ich bin doch gleich wieder zurück.« Ich musste grinsen über so viel Schauspielerei. »Solange wirst du es hier wohl aushalten. Mach's dir gemütlich in deinem Körbchen.« Ich drückte ihm einen Kuss auf seine Öhrchen, dann schloss ich sorgfältig die Tür der Sattelkammer und lief hinaus zu Melike, die mit Hilda und Smiley vor der Reithalle wartete.

Nach den grauen Wochen, in denen die Wolken fast bis auf den Boden gehangen hatten und es kaum einmal richtig hell geworden war, lachte heute die Sonne von einem strahlend blauen Januarhimmel und ließ den Schnee glitzern. Der Nebel hatte sich auf Ästen, Zweigen und Büschen niedergelassen und die Landschaft in ein echtes Winterwunderland verzaubert. Melike war eine endlos lange Woche im Skiurlaub gewesen und natürlich gab es – obwohl wir gestern Abend mindestens eine Stunde telefoniert hatten – jede Menge zu erzählen.

Meine Verärgerung über die blöde neue Einstellerin war längst verflogen, als Melike und ich unsere Pferde zwischen dem großen Springplatz und den Dressurplätzen entlang Richtung Wald lenkten. Mainly Mathilda, meine Fuchsstute, und Melikes Buckskin-Wallach Smiley mussten sich mühsam einen Weg durch den hohen Schnee bahnen. Im Winter ließ Papa bei allen unseren Pferden vom Hufschmied sogenannten Huf-Grip zwischen Huf und Hufeisen nageln. Die halbmondförmigen Kunststoffeinlagen verhinderten, dass sich Schnee in den Hufeisen aufstollen und die Pferde so zum Stolpern bringen konnte.

»Ich kann gar nicht glauben, dass Tim echt zu seinem ätzenden Alten auf den Sonnenhof ziehen will«, sagte Melike, als wir den Waldrand erreicht hatten. Im Wald lag der Schnee nicht so hoch und die Pferde kamen besser voran. »Meinst du, das stimmt?«

»Seine Mutter hat's meiner Mom erzählt«, erwiderte ich achselzuckend. »Er will seinem Vater dabei helfen, den Sonnenhof wieder auf Vordermann zu bringen. Angeblich kriegt Tim sogar ein paar Pferde in Beritt, die er reiten und auf Turnieren vorstellen soll.«

Richard Jungblut, Tims Vater, sollte Mitte Januar wegen guter Führung vorzeitig aus dem Gefängnis entlassen werden. Er hatte gerade mal anderthalb Jahre der vierjährigen Haftstrafe wegen Pferdediebstahls, Betrugs und Hehlerei abgesessen, und mich gruselte die Vorstellung, dass dieser schreckliche Mensch dann womöglich wieder auf Turnieren oder sogar auf dem Amselhof auftauchen könnte. Auch deshalb war ich insgeheim froh, nicht mehr Tims Freundin zu sein.

»Das halte ich für ein Gerücht!«, schnaubte Melike verächtlich. »Wer gibt dem Pferdedieb denn wohl Pferde?«

»Richard Jungblut kennt Gott und die Welt«, entgegnete ich. »Und Tim kann ja nun mal echt spitze reiten. Auf jeden Fall will er wohl die Schule abbrechen und sich nur noch um den Sonnenhof kümmern.«

»Hä? Hat der 'nen Knall?« Melike starrte mich entgeistert an. »Es sind nur noch drei Monate bis zum schriftlichen Abi! Wollte er nicht Tiermedizin studieren?«

»Keine Ahnung«, brummte ich. »Ist mir auch egal.«

»Aber das kann er doch nicht machen!«, regte meine Freundin sich auf. »Nach allem, was sein schrecklicher Vater ihm angetan hat! Das muss ich sofort Niklas sagen. Vielleicht kann er mal mit Tim reden. Oh Mann, das wäre doch echt total bescheuert!«

An der Eiche mit den drei Stämmen hielten wir uns rechts und erreichten wenig später die »Autobahn«, unsere liebste Galoppstrecke. Wir ließen die Pferde den schnurgeraden Weg, der leicht bergaufführte, entspannt kantern. Ich liebte Schneeausritte, denn sie erinnerten mich immer an meinen Lieblingsfilm »Drei Haselnüsse für Aschenbrödel«, den ich sicherlich hundert Mal gesehen hatte. Melike hörte nicht auf zu quatschen. Als wir das Ende der Autobahn erreicht hatten und wieder zum Schritt durchparierten, spekulierte sie darüber, ob Tims Mutter wohl auch auf den Sonnenhof zurückkehren würde.

»Das glaube ich allerdings nicht«, sagte ich. »Und ob Gina nach allem, was passiert ist, noch mal zu ihrem Vater ziehen möchte, wage ich auch zu bezweifeln.«

Wir bogen nach rechts ab und an der Gabelung schlugen wir den Weg ein, der bis hoch auf den Eichkopf führte. Nachdem Melike mir hoch und heilig versprochen hatte, nicht einmal Niklas ein Sterbenswörtchen darüber zu verraten, erzählte ich ihr, dass ich Farid letzte Woche drei Reitstunden gegeben hatte.

»Ist doch total cool!«, fand Melike. »Wieso darf das keiner wissen?«

»Weil er einen Riesenkrach kriegt, wenn sein Verein davon erfährt«, erwiderte ich. »Laut Vertrag ist ihm die Ausübung gefährlicher Sportarten wegen des Verletzungsrisikos verboten – und Reiten gehört genau wie Skifahren dazu.«

Melike erzählte mir von der ätzenden Silvesterparty auf der Skihütte mit fünfhundert unerträglich besoffenen Holländern und Engländern, die Niklas und sie eine halbe Stunde vor Mitternacht verlassen hatten, und von Arianes neuester Idee, mit einem eigenen YouTube-Channel Geld zu verdienen.

»Wer will denn wohl *Ariane* sehen?«, fragte ich belustigt.

Vor vielen Jahren, in der Grundschule, war Ariane Teichert meine beste Freundin gewesen, aber dann war sie mit ihren Eltern nach Königshofen gezogen und hatte mich fallen gelassen wie eine heiße Kartoffel. Dummerweise waren wir in einer Klasse, und über Jahre hinweg war ich das Lieblingsziel für Arianes Bosheiten gewesen. Aber seitdem ihr Exfreund Fabian ihr übel mitgespielt und sie sogar entführt hatte, hatte sie sich verändert. Und seit Weihnachten war sie mit meinem Bruder Christian zusammen.

»Tja, das frage ich mich auch«, antwortete Melike. »In St. Moritz hat sie so einen Typen kennengelernt, der angeblich total die Ahnung hat von so 'nem Kram. Mit dem haben Chris und sie dann jeden Abend zusammengehockt, und es ging nur um Reichweiten, Abos, Likes und Klicks.«

Wir stellten allerhand Vermutungen an, womit Ariane wohl eine berühmte YouTuberin werden wollte, und wurden immer alberner. Es war einfach herrlich, dass Melike wieder da war!

Plötzlich blieb Hilda wie angewurzelt stehen und riss den Kopf hoch, Smiley machte einen Satz zur Seite und prallte mit der Hinterhand gegen meine Stute. Mit gespitzten Ohren und weit geblähten Nüstern starrten beide Pferde hinunter in den lichten Wald, als hätten sie einen Geist gesehen.

»Whoa, Smiley!«, sagte Melike zu ihrem Pferd und angelte mit einer Hand nach dem Zügel, der ihr aus der Hand gerutscht war. »Was gibt's denn zu glotzen? Wenn ich runterfalle, komme ich nicht mehr auf die Beine. Ich hab so viele Klamotten an, dass ich mir vorkomme wie in einer Ritterrüstung.«

Ich guckte mich um und versuchte die Ursache für Hildas und Smileys Nervosität zu entdecken, aber ich bemerkte nichts außer schwarzen Baumstämmen und weißem Schnee. Der winterliche Wald ähnelte einem Scherenschnitt in Schwarz-Weiß. Es war totenstill. Kein Vogel zwitscherte. Im Winter, wenn die Bäume kahl waren, klang jedes Geräusch viel lauter als im Sommer.

Dann hörten wir ein Knacken und Rascheln. Etwa fünfzig Meter unterhalb des Weges tauchte ein Reh auf, allerdings bewegte es sich nicht lautlos und graziös, wie das Rehe normalerweise tun, sondern brach gehetzt und voller Panik durch das Unterholz.

»Warum rennt es …«, begann ich, doch dann sah ich den Grund für die kopflose Flucht. Mein Herz begann vor Schreck heftig zu pochen, als ich das große graue Tier sah, das dem Reh wie ein Schatten auf den Fersen war. Was war das? Es bewegte sich nicht wie ein Hund, sondern anders, geschmeidiger – wie … wie ein *Raubtier*.

»Was ist das? Ein Wolf?«, stieß Melike entsetzt hervor. »Oh mein Gott, Elena! Er will es töten! Was sollen wir bloß machen?«

Das Reh strauchelte, stürzte aber nicht, doch das graue Tier, das tatsächlich wie ein Wolf aussah, bekam einen der Hinterläufe zu fassen. Der Schrei, den das Reh in seiner Todesangst ausstieß, ging mir durch Mark und Bein und jagte einen heftigen Adrenalinstoß durch meinen Körper. Ich konnte mir diese Hetzjagd nicht einfach untätig mit ansehen! Ohne lange nachzudenken, grub ich Hilda die Fersen in den Bauch und lenkte sie den Abhang hinunter. Die Stute gehorchte sofort.

»Bist du verrückt?«, kreischte Melike hinter mir. »Du brichst dir das Genick!«

Hilda pflügte schlitternd die halsbrecherisch steile Böschung hinunter. Dünne Zweige und Äste brachen krachend unter ihren Hufen, sie stemmte die Vorderbeine in den Schnee und setzte sich beinahe auf der Hinterhand. Geschickt wich sie den Bäumen aus. Ich lehnte mich nach hinten, trat die Steigbügel aus und hoffte, dass mein Pferd nicht mit den Hufeisen auf einen Felsen geriet, der unter dem Schnee verborgen war. Noch nie zuvor war ich einen solch steilen Abhang hinuntergeritten, selbst zu Fuß hätte ich mich das unter normalen Umständen nicht getraut, und vom Pferderücken aus war die Perspektive erst recht beängstigend.

»Oh nein, er hat es erwischt! Er bringt es um!«, gellte Melikes Stimme. »Oh nein, nein, bitte nicht!«

Ich unterdrückte jeden Gedanken daran, dass es gefährlich sein könnte, was ich da tat. Alles, woran ich denken konnte, war das Reh und dass ich es retten musste. Der Wolf hatte es zu Boden gerissen und sich in dessen Hals verbissen. Ich sah verzweifelt zappelnde Läufe, das graue Fell des Wolfs, Blut.

»Verschwinde!«, brüllte ich. »Hau ab, du Mistvieh!«

War es der Klang meiner Stimme oder der Lärm, den Hildas Hufe verursachten, die das graue Untier aus seinem Blutrausch rissen? Ich war noch ein ganzes Stück entfernt, als es von dem Reh abließ, sich zu mir umwandte, dann aber eilig das Weite suchte. Innerhalb weniger Sekunden war es zwischen den Baumstämmen verschwunden.

»Whoa, Hilda, whoa!« Ich hielt die Stute an, die so heftig an der Kandare kaute, dass die Schaumflocken flogen, und am ganzen Körper bebte. Sie scharrte aufgeregt mit dem Vorderhuf im Schnee, vollführte einen Spin und schnaubte wild. Der Instinkt ihrer Urahnen, die als Mustangs in der Prärie gelebt und sich und ihre Herde gegen Kojoten und Wölfe verteidigen mussten, kam zum Vorschein. Am liebsten wäre sie wohl dem Wolf gefolgt!

Wo blieb Melike? Ich konnte jetzt unmöglich absitzen und nach dem Reh schauen, so aufgeregt, wie Hilda war. Endlich tauchte meine Freundin auf. Smileys Anwesenheit beruhigte die Fuchsstute. Ich klopfte ihr den Hals, ließ mich aus dem Sattel gleiten und reichte Melike die Zügel. Meine Freundin war totenblass.

»Hat er … ist es … ist es tot?«, stammelte sie zittrig.

»Ich weiß nicht.« Vorsichtig, um es nicht zu erschrecken, näherte ich mich dem Reh, das auf der Seite lag und sich nicht rührte. Seine Flanken hoben und senkten sich hektisch.

»Es lebt noch!«, rief ich mit gedämpfter Stimme.

»Ich rufe Lajos an«, brabbelte Melike hinter mir. »Er muss herkommen. Er muss es retten. Oh Gott, wie schrecklich das alles ist. Davon träum' ich heute Nacht sicher. Oje, oje …«

Ich ging in die Hocke. Das Reh bewegte sich nicht, es lag stocksteif da, die Augen weit aufgerissen, atmete aber. Hatte es womöglich einen Schock? Was sollte ich tun? Wenn ich es berührte, bekam das arme Ding vielleicht noch einen Herzschlag vor Angst. Der Wolf hatte es in den linken Hinterlauf gebissen. Und ich bemerkte Blut am Hals und an der Flanke.

Melike telefonierte.

»Lajos will wissen, wo wir gerade sind«, sagte sie.

Ich richtete mich auf, blickte mich um und versuchte, mich zu orientieren.

»Ein Stück unterhalb des alten Römerkastells«, antwortete ich dann. »Er muss am Seufzerbrocken geradeaus fahren und an der nächsten Wegspinne rechts, Richtung Naturfreundehaus.«

Melike wiederholte meine Worte am Telefon, dann steckte sie das Smartphone weg und kam zu mir, die Pferde am Zügel.

»Meinst du, das war ein Wolf?«, flüsterte sie.

»Ich weiß nicht.« Bei der Erinnerung daran, wie mich das Biest kurz angestarrt hatte, schauderte ich. Ich versuchte, mich an Einzelheiten zu erinnern – spitze Ohren, eine lange Schnauze, schneeweiße Reißzähne, struppiges graues Fell, gelbliche Augen. »Ein Schäferhund war's auf jeden Fall nicht. Auch kein Husky. Für einen Spitz war es viel zu groß.«

Eine Weile sagten wir beide nichts. Das verletzte Reh fiepte leise. Es tat mir in der Seele weh, ihm nicht helfen zu können. Sollte ich versuchen, es zu streicheln?

»Hoffentlich ist Lajos bald da«, sagte Melike, die mit den Pferden ein paar Meter entfernt wartete. »Soll ich ihn noch mal anrufen?«

»Er wird auf dem Weg sein«, murmelte ich und rückte näher an das Reh heran. Behutsam streckte ich die Hand aus und berührte es vorsichtig an der Schulter. Das Fell fühlte sich viel rauer an, als es aussah. Das Reh zitterte und starrte mich aus einem großen, samtschwarzen Auge angstvoll an, bewegte sich aber nicht. Spürte es, dass ich ihm nichts Böses wollte?

»Ich glaube, es ist noch ganz jung.« Ich ließ meine Hand leicht auf der Schulter des Rehs ruhen und auf einmal geschah etwas Seltsames: Meine Hand begann zu kribbeln und wurde ganz warm, und das Reh stieß einen tiefen Seufzer aus. Seine Atmung beruhigte sich, und für einen Moment befürchtete ich, es sei gestorben.

»Du musst keine Angst haben, kleines Reh«, flüsterte ich und streichelte vorsichtig einen der Vorderläufe. »Wir helfen dir, damit du wieder ganz gesund wirst.«

Das Reh zuckte nicht vor meiner Berührung zurück. Es

sah mich ganz ruhig an, die Panik war aus seinem Blick gewichen.

Danke. Jetzt hab ich keine Angst mehr, hörte ich eine Stimme in meinem Kopf sagen. Mein Herz begann zu pochen. Verstohlen blickte ich über meine Schulter, aber es war nicht Melike, die mit mir gesprochen hatte. Sie stand zu weit weg und tippte gerade irgendetwas in ihr Smartphone.

Ich wandte mich wieder dem Reh zu, das nun die Augen halb geschlossen hatte. So etwas Ähnliches hatte ich schon einige Male erlebt, zum ersten Mal bei meinem ersten M-Springen in Viernheim, als ich Quintanos Stimme in meinem Kopf gehört und mich mit meinem Pferd *unterhalten* hatte. Ich hatte gedacht, ich würde spinnen und deshalb gezögert, mit jemandem darüber zu sprechen. Doch schließlich hatte ich es Lajos erzählt, und er hatte mich zu meiner Überraschung nicht ausgelacht, sondern mir von einem alten Jockey berichtet, der in seiner Karriere mehr als fünftausend Pferde geritten hatte und sich auch mit dem einen oder anderen Pferd unterhalten konnte.

»Endlich! Da kommt er!«, sagte Melike. »Ich höre ein Auto!«

Wenig später sahen wir Lajos' silbernen Mercedes herannahen. Er ließ das Auto auf dem Weg unterhalb stehen, zwei Autotüren klappten.

»Wer ist denn da bei ihm?«, erkundigte ich mich.

»So 'ne Frau«, sagte Melike. »Irgendwo hab ich die schon mal gesehen.«

Beim Näherkommen erkannte ich die Frau mit dem blonden Pferdeschwanz, die neben Lajos durch den Schnee stapfte. Es war Dr. Carla Waldow, die Tierärztin aus Hettenbach, eine gute Bekannte von Lajos, die Joyce, dem Golden

Retriever von Farids Familie mit einer Not-Operation das Leben gerettet hatte. Im Februar würde ich ein dreiwöchiges Berufspraktikum in ihrer Kleintierklinik machen.

»Hallo, ihr zwei!«, begrüßte Lajos uns. »Carla, das sind Elena und ihre Freundin Melike. Ihr kennt Frau Dr. Waldow, oder?«

»Ja, klar.« Wir nickten. Ich hörte nicht auf, das Reh zu streicheln, denn meine Berührung schien es zu beruhigen. Selbst das Erscheinen von Lajos und der Tierärztin störte es nicht.

Lajos hockte sich neben mich und stellte seine Tasche in den Schnee.

»Wo ist es verletzt?«, erkundigte er sich leise. Es erstaunte ihn nicht sonderlich, dass sich das scheue Tier von mir anfassen ließ.

»Am rechten Hinterlauf, am Hals und an der Brust.« Ich sah ihn an. »Kannst du es retten?«

»Ich werde mein Möglichstes tun«, versicherte er mir.

»Was ist genau passiert?«, wollte Frau Dr. Waldow von Melike wissen. Meine Freundin erzählte, was sich vor unseren Augen abgespielt hatte.

»Elena ist von da oben runtergaloppiert! Wie im Film! Und dann hat der Wolf die Flucht ergriffen.«

»Ein *Wolf?*«, fragte die Tierärztin nach. Ich hörte die Skepsis in ihrer Stimme und bemerkte, wie Lajos neben mir für den Bruchteil einer Sekunde erstarrte.

»Es gibt hier in der Gegend keine Wölfe«, sagte Frau Dr. Waldow. »Bestimmt war es ein Hund.«

»Groß, graues Fell, spitze Ohren, lange Schnauze und gelbe Augen«, wiederholte Melike die Beschreibung, die ich ihr gegeben hatte. »Ich hab die Pfotenabdrücke fotografiert.

Elena und ich wollen die Spur verfolgen. Vielleicht finden wir heraus, wo es hingerannt ist, das Biest.«

»So etwas solltet ihr besser dem Förster überlassen«, fand Frau Dr. Waldow, dann trat sie hinter uns. »Hast du das Tier sediert, Lajos?«

»Nein.«

»Steht es unter Schock?«

»Möglich.« Lajos richtete sich auf. Er schürzte nachdenklich die Lippen. »Ich muss die Bisswunden desinfizieren und nähen. Das kann ich hier nicht. Wir müssen es zum Auto tragen. Am besten bringen wir es zum Amselhof, da kann es in einer der Boxen bleiben, bis es wieder gesund ist.«

Das Reh blickte mich unverwandt an.

»Wir müssen dich jetzt zu uns auf den Amselhof bringen«, sagte ich zu ihm. »Du musst aber keine Angst haben. Lajos wird dich zum Auto tragen und dir helfen.«

Es war komplett irrational, aber ich hatte das Gefühl, das Reh verstünde tatsächlich, was ich sagte. Aus dem Augenwinkel bemerkte ich die kritische Miene von Frau Dr. Waldow und das Blut schoss mir ins Gesicht. Wahrscheinlich fand sie es genauso schwachsinnig wie mein Bruder, dass ich mit einem Tier redete, als ob es mich verstehen konnte.

»Vielleicht solltest du es wirklich besser sedieren, Lajos«, sagte die Tierärztin zu ihm. »Nicht dass es durchdreht und sich noch schlimmer verletzt.«

Das Reh blickte mich aus seinen samtschwarzen Augen an.

»Es wird ganz brav sein«, versicherte ich ihr. Frau Dr. Waldow hob die Augenbrauen und warf mir einen seltsamen Blick zu. Falls sie sich wunderte, behielt sie es für sich.

»Wildtiere reagieren oft völlig unberechenbar, wenn sie aus ihrem Schockzustand erwachen«, merkte sie an. »Ich behandle seit über zehn Jahren die Tiere im Wildpark der Fasanerie und habe dort häufiger mit Rehen zu tun.«

Lajos sagte dazu nichts. Vorsichtig hob er das Reh hoch und trug es zu seinem Auto. Am liebsten wäre ich mitgefahren, aber ich konnte Melike nicht mit beiden Pferden mitten im Wald allein zurücklassen.

Frau Dr. Waldow ergriff Lajos' Tasche und folgte ihm schweigend, Melike und ich führten die Pferde bis zum Weg, sahen zu, wie Lajos das verletzte Wildtier behutsam auf die Ladefläche des Kombis bettete und die Klappe schloss.

»Gut gemacht, ihr zwei«, sagte er zu uns. »Wir sehen uns gleich auf dem Hof.« Dann stiegen er und Frau Dr. Waldow ins Auto und fuhren davon.

Benommen starrte ich ihnen hinterher. War das gerade alles wirklich geschehen? Hatte ich mich tatsächlich mit einem *Reh* unterhalten oder träumte ich?

»Lass uns nach den Spuren von dem Biest gucken, bevor wir hier festfrieren.« Melike rüttelte mich am Arm und sah mich besorgt an. »He, Elena, alles klar mit dir?«

»Ja. Ja, klar.« Ich zwang mich zu einem Lächeln. »Verfolgen wir den Wolf!«

3. Kapitel

Im Schnee waren die Pfotenabdrücke des Wolfs gut zu erkennen, wir konnten seiner Spur mühelos folgen. Allerdings hatte er sich von den Waldwegen ferngehalten und war bevorzugt durchs Unterholz gelaufen. Unterhalb der Kreuzung, an der es rechts zum Panoramaweg und am alten Steinbruch vorbei nach Hettenbach, links in Richtung Forsthaus oder geradeaus ins Steinauer Moor ging, war er geradewegs ins Moor getrabt. Glücklicherweise hatte er sich auf dem Pfad gehalten, deshalb kamen wir nun bedeutend schneller voran.

»Wo will er wohl hin?«, rief Melike, die voranritt, atemlos.

»Keine Ahnung«, erwiderte ich. »Wenn er hier weiterläuft, kommt er am Steinernen Kreuz raus.«

Früher, als ich noch jünger gewesen war, hatte mir das Moor großen Respekt eingeflößt, denn ich hatte geglaubt, man würde sofort in irgendwelchen schwarzen Moorseen versinken und erst hundert Jahre später als Moorleiche wieder auftauchen, sobald man nur mit der Fußspitze von den schmalen Wegen, die sich kreuz und quer durch die feuchten Wiesen zogen, abkam. Manchmal hatte ich richtige Albträume gehabt, wenn ich wusste, dass wir am nächsten Tag mit meinem Großvater einen Ausritt zum Steinauer Moor machen würden. Erst viel später hatte ich kapiert, dass Opa Christian und mir absichtlich gruselige Geschichten erzählt hatte, damit wir nicht auf die Idee kamen, alleine durchs Moor zu reiten, denn es gab tatsächlich ein paar sumpfige Stellen, die besonders im Frühjahr äußerst tückisch sein konnten. Eigentlich aber war das Moor nichts anderes als eine hügelige, von kleinen Wäldern übersäte Graslandschaft mit ausgedehnten Feuchtgebieten und ein Naturschutzgebiet, in dem es zum Schutz der seltenen Tier- und Pflanzenarten strenge Vorschriften gab.

»Hier ist er abgebogen und quer über die Wiese gelaufen!«, rief Melike über die Schulter und parierte zum Schritt durch. Ihre Wangen glühten vor Aufregung. »Was jetzt?«

»Hinterher!«, erwiderte ich.

»Ist das nicht zu gefährlich?«, wollte meine Freundin wissen.

»Nee.« Ich schüttelte den Kopf. »Im Moment ist der Boden sowieso gefroren.«

Mein Handy klingelte, und ich musste mir einen Handschuh ausziehen, um das Smartphone aus meiner Jackentasche zu kramen. Meine Mutter!

»Hallo?«, meldete ich mich.

»Sag mal, wo seid ihr denn?« Mama klang eher ärgerlich als besorgt. »Ihr seid um halb zwölf vom Hof geritten und gleich ist es halb vier!«

»Oh!«, erwiderte ich nur.

Ich hatte gar nicht bemerkt, wie spät es war. Eigentlich hatten Melike und ich nur eine kleine Runde im Wald drehen und zum Mittagessen zurück sein wollen.

»Was heißt hier ›oh‹? Elena? Hörst du mich?«

Für einen Augenblick spielte ich mit dem Gedanken, so zu tun, als ob ich keine Verbindung mehr hätte, aber das würde meine Mutter nur noch mehr aufbringen.

»Ja, ich höre dich!«, sagte ich also widerstrebend. »Wir sind … äh … im Wald.«

»Geht's etwas genauer?«

»Äh … in der Nähe vom Steinernen Kreuz …«

»Ihr seid also durchs Moor geritten.« Mama schnalzte ärgerlich mit der Zunge. »In einer halben Stunde wird es dunkel! Ich möchte, dass ihr bis dahin zurück auf dem Hof seid, verstanden?«

»Da ist er!«, kreischte Melike in diesem Moment und wies quer über die Wiese. »Da vorne, bei den Tannen! Mach ein Foto, schnell!«

»Ist etwas passiert?«, fragte Mama argwöhnisch.

»Nein, nein, alles gut«, beeilte ich mich zu sagen. »Wir reiten jetzt zurück. Bis gleich!«

Bevor sie noch etwas erwidern konnte, drückte ich das Gespräch weg. Melike hatte recht: Etwa hundertfünfzig Meter entfernt stand der Wolf am Rand einer Tannenschonung und äugte mit erhobenem Kopf zu uns herüber. Ich machte ein paar Bilder, hatte aber wenig Hoffnung, dass man etwas auf ihnen erkennen konnte. Das Licht war schon zu schlecht und der Wolf viel zu weit weg. Wir spornten unsere Pferde zum Galopp und ritten quer über die Wiese. Als der Wolf uns kommen sah, verschwand er wie ein Blitz in der Tannenschonung, die zum Schutz vor Wildtieren von einem hohen Drahtzaun umgeben war. Und genau dort war die Jagd für uns zu Ende, denn hier war kein Durchkommen.

»Verflixt!«, rief ich. »Wie ist er wohl da rüber gekommen?«

Wir guckten nach links und rechts, dann entdeckte Melike ein paar Meter weiter ein Loch, das unter den Zaun gegraben war.

»Hier hat er sich durchgequetscht«, stellte sie fest. »Wahrscheinlich ist er heute nicht zum ersten Mal auf der Jagd gewesen. So ein Mist!« Melike war deprimiert. »Wir waren so nahe dran.«

»Auf jeden Fall können wir dem Förster sagen, wohin der Wolf gelaufen ist«, entgegnete ich. »Komm, wir müssen uns beeilen. Meine Mom ist auf hundertachtzig.«

Die Sonne verschwand hinter den Baumwipfeln, es wurde dämmerig. Da spitzte Hilda die Ohren und hob den Kopf. Auch Smiley lauschte. Und selbst ich hatte den schrillen Pfiff wahrgenommen.

»Gute Idee. Ich hab auch allmählich voll Hunger und …«

»Pssst!«, unterbrach ich meine Freundin. »Hast du das gehört?«

»Nee. Was denn?«

»Ein Pfiff. Wie von einer Hundepfeife!«

»Ich hör nix.« Melike schüttelte den Kopf. »Aber meine Ohren sind eh nicht die besten.«

Mein Gehör war hingegen äußerst gut, manchmal nervte es mich richtig, denn ich konnte sogar das Schreien von Fledermäusen hören und das Piepsen dieser Dinger, die man in den Boden steckte, um Maulwürfe zu vertreiben. Im Sommer vor vier Jahren hatte ich deshalb abends kaum einschlafen können, Papa und Mama waren komplett ratlos gewesen, bis Opa endlich auf die Idee gekommen war, dass ich wohl die Ultraschallfrequenz seiner Maulwurfvertreiber hören konnte, die er im Garten in den Rasen gebohrt hatte.

Melike öffnete den Mund, um etwas zu sagen, aber ich

hob die Hand. Ganz leise konnte ich das Klappen einer Autotür in der Ferne hören, dann das Anspringen eines Motors. Woher war der Pfiff gekommen? Hatte er dem Wolf gegolten? Und was befand sich hinter dem Hügel mit der Tannenschonung? Es war eindeutig zu spät, um einen Weg an der Einzäunung vorbei zu suchen, und ohne die wärmenden Strahlen der Sonne wurde es rasch kälter.

»Das checken wir mit Google Maps, sobald wir zu Hause sind«, sagte Melike, als ich meine Frage laut aussprach. »Auf jeden Fall scheint der Wolf irgendwohin zu gehören. Und das ist ja schon mal gut, denn so kann man ihn ausfindig machen.«

»Ach ja – und wie?«

»Für jeden Hund muss man Hundesteuer bezahlen.«

»Aber es wird doch nicht registriert, was für einen Hund man hat, oder?« Ich kapierte nicht so recht, wie Melike es sich vorstellte, auf diese Weise den Besitzer des Wolfs zu finden, und auch sie hatte keine zündende Idee.

»Keine Ahnung«, brummte sie nur. »Mir fällt sicher was ein. Falls deine Fotos einigermaßen gut geworden sind, kann man sie als eine Art Steckbrief benutzen.«

Dann sagte sie nichts mehr. Eine Weile trabten wir schweigend durch den Wald. Ohne den leuchtend weißen Schnee, der den Hufschlag unserer Pferde dämpfte, wäre es zwischen den Bäumen schon stockfinster gewesen. Hin und wieder schnaubte eines unserer Pferde, zwischendurch fielen sie in leichten Galopp. Sie genossen den langen Ausritt. Die kalten Temperaturen störten sie nicht, denn sie hatten beide einen dicken Winterpelz.

»Mann, hab ich einen Hunger!«, sagte Melike. »Mir ist schon ganz schwindelig. Hoffentlich hat deine Oma Käsekuchen gemacht. Stell dir nur vor, wie der schmeckt, wenn er noch warm ist!«

Bei dem Gedanken an Omas Käsekuchen lief mir das Wasser im Mund zusammen. Auch mir knurrte mittlerweile der Magen, zuletzt hatte ich etwas zum Frühstück gegessen. Aber viel wichtiger als Essen war das Reh. Ob Lajos und Frau Dr. Waldow es hatten retten können?

Bis wir den Wald durchquert hatten und vom Waldrand aus endlich die Lichter des Amselhofs unten im Tal sahen, leuchteten bereits die filigrane Sichel des zunehmenden Mondes und der Abendstern am schwarzen Himmel.

Kaum dass wir vor der Putzhalle abgesessen und die Pferde hineingeführt hatten, um sie abzusatteln, bog Mama um die Ecke und steuerte auf uns zu. Ich wappnete mich innerlich und wartete darauf, dass sie losmeckerte. In letzter Zeit endete nämlich so gut wie jedes noch so harmlose Gespräch zwischen Mama und mir meistens in einem Streit.

»Ah, da seid ihr ja«, sagte sie aber zu meiner Überraschung nur. »Oma hat euch Lasagne aufgehoben, falls ihr Hunger habt.«

»*Lasagne!*«, quiekte Melike. »Noch viel besser als Käsekuchen!«

»Äh, okay. Danke«, sagte ich zu Mama und blickte ihr verwundert nach, als sie nun weiterging und in die Stallgasse einbog, die zum Turnierstall führte.

»Ich dachte, sie wäre auf hundertachtzig«, bemerkte Melike und zog den schweren Sattel und das Pad von Smileys Rücken. Unsere Westernpferde waren so gut erzogen, dass wir sie nicht anbinden mussten. Sie rührten sich nicht von der Stelle, als wir das Sattelzeug wegbrachten.

»Hatte sich am Telefon auch irgendwie so angehört.« Ich öffnete die Tür der Sattelkammer mit der Schulter.

Meine Mutter war echt schwer zu durchschauen. Wegen Lappalien machte sie manchmal ein Fass auf, und bei anderen Dingen, die ich an ihrer Stelle viel schlimmer gefunden hätte, zuckte sie nur die Schultern. Es hatte ewig gedauert, bis sie Tim als meinen Freund akzeptiert hatte, was natürlich an Tims Vater lag, und an der schrecklichen Geschichte, die zu der langjährigen Feindschaft zwischen unseren Familien geführt hatte. Aber als dann zwischen Tim und mir Schluss gewesen war, hatte Mama fast geheult. Sie war zuerst alles andere als begeistert gewesen, als sie herausgefunden hatte, dass ich mich in Farid verliebt hatte. Zwar hatte sie es nicht zugegeben, aber die Vorstellung, ich könne mit einem Ausländer, der auch noch *Fußball* spielte, zusammen sein, hatte ihr nicht behagt. Christian hatte ihr irgendwelchen Müll über Farid erzählt, und das hatte ihre Vorbehalte noch verstärkt. Ich schämte mich noch heute, wenn ich an den peinlichen Moment im Krankenhaus dachte, als ich Farids Vater, Professor Dr. Hassan Belhedi, Chefarzt der Neurochirurgie, kennengelernt hatte. Ich hatte auf die boshaften Gerüchte gehört, die Ariane in die Welt gesetzt hatte, weil sie bei Farid nicht landen konnte. Sie hatte behauptet, Farids Vater sei Türke und würde einen Obstladen in Königshofen betreiben, und ich hatte es geglaubt! In meiner Vorstellung hatte ich ihn und seine Frau mit Kopftuch im Laden stehen sehen, beide mehr schlecht als recht Deutsch radebrechend – und dann *das!* Professor Belhedi war ein äußerst liebenswürdiger, kultivierter Mann, der mit achtzehn Jahren aus Tunesien nach Berlin gekommen war und dort Medizin studiert hatte. Farids Mutter war Deutsche, sie arbeitete freiberuflich als Journalistin und Farids ältere Schwestern studierten beide, eine sogar in den USA.

An Silvester hatten sich unsere Eltern kennengelernt, denn wir hatten spontan auf dem Amselhof in kleiner Runde ins neue Jahr hineingefeiert: Professor Belhedi, seine Frau, meine Eltern, Lajos, Farid und ich, und es war ein total schöner und fröhlicher Abend gewesen. Farids Mutter hatte mich von Anfang an gemocht. Gleich bei meinem ersten Besuch bei Belhedis hatte ich ihrem Hund Joyce quasi das Leben gerettet, weil ich erfühlt hatte, dass die Hündin eine akute Entzündung im Bauchraum hatte und keinen Bandscheibenvorfall.

Melike und ich versorgten unsere Pferde im Rekordtempo, dann liefen wir zu Lajos' Stalltrakt, in dem seine Behandlungsräume und Patientenboxen untergebracht waren. Der froschgrüne Jeep von Frau Dr. Waldow stand neben dem silbernen Kombi. War es ein gutes oder ein schlechtes Zeichen, dass die Tierärztin noch hier war?

Wir betraten den Stall. Die Stallgasse war leer, die Nachtbeleuchtung verbreitete ein dämmeriges Licht. Nur drei der zehn Boxen waren momentan belegt.

Melike spähte in jede Box. »Hier ist es!«, rief sie leise, als sie die vorletzte Box auf der linken Seite erreicht hatte.

Ich trat neben sie, umfasste die Gitterstäbe mit beiden Händen und lehnte meine Stirn dagegen. Eine Welle der Erleichterung flutete durch meinen Körper. Insgeheim hatte ich befürchtet, das kleine Tier wäre doch schlimmer verletzt gewesen als angenommen und hätte eingeschläfert werden müssen.

Lajos hatte dem Reh mit Strohballen ein Nest gebaut, in dem es bequem auf einer alten Pferdedecke lag. Es hatte die Augen geschlossen. Um den Hals trug es einen Verband und ein Hinterlauf war bandagiert. An den Gitterstäben der Box war ein Infusionsbeutel befestigt, dessen Inhalt durch einen Schlauch und eine Kanüle in eine Vene am Vorderlauf tropfte.

»Es lebt!«, flüsterte ich und betrachtete das Tier, das in der großen Pferdebox so zerbrechlich und zart wirkte. Würde es ganz gesund werden, um eines Tages wieder in den Wald zurückkehren zu können?

4. Kapitel

Ich klopfte an die Tür von Lajos' Büro.

»Herein!«, rief er und wir betraten den gemütlichen, kleinen Raum, der früher einmal eine Sattelkammer gewesen war. Ein Elektroofen sorgte für Wärme. Lajos saß hinter seinem Schreibtisch, auf dem sich neben einem Computerbildschirm Berge von Unterlagen und Büchern stapelten. Ein Aktenschrank aus Metall und ein Regal mit noch mehr Aktenordnern und Fachliteratur, eine Küchenzeile und eine Sitzecke mit zwei Sesseln, einem niedrigen Couchtisch und einer alten, abgeschabten Ledercouch, der es nichts mehr ausmachte, wenn man sich mit dreckigen Stallklamotten draufsetzte, vervollständigten die Einrichtung. Frau Dr. Waldow saß auf der Armlehne eines Sessels und drehte einen leeren Porzellanbecher zwischen den Fingern.

»Du hast das Reh gerettet!«, sagte ich. »Das ist ja so super!«

»*Wir* haben es gerettet«, verbesserte Lajos mich schmunzelnd.

»Ich habe nur assistiert«, wehrte Frau Dr. Waldow bescheiden ab. Ihr Blick wanderte zur Wanduhr über der Tür, dann musterte sie erst mich, dann Melike aus schmalen

Augen. »Ihr seid doch garantiert nicht direkt hierhergeritten, oder?«

»Na ja. Nicht *ganz* direkt«, gab Melike zu und warf einen hungrigen Blick auf die Schale mit den Weihnachtsplätzchen, die auf dem Couchtisch stand. »Wir wollten wissen, wo der Wolf hingelaufen ist. Was ist eigentlich mit diesen wunderbaren Plätzchen? Sind die essbar oder nur Deko?«

»Die sind essbar. Haut rein«, meinte Lajos und grinste. »In Anbetracht der Kalorien ist es eindeutig besser, wenn ihr sie esst und nicht ich.«

Das ließen Melike und ich uns nicht zweimal sagen und griffen zu.

»Und? Habt ihr es herausgefunden?« Die Tierärztin stand auf, stellte ihre Tasse in das Spülbecken und griff nach ihrer Jacke, die über der Sessellehne hing.

»Wir sind ihm bis zu der Tannenschonung im Moor gefolgt«, sagte ich kauend. »Da ist er unter dem Zaun durchgekrochen und weg war er.«

»Könntest du wohl mal bei Google Maps gucken, was hinter der Schonung ist?«, wandte Melike sich an Lajos. »Elena hat nämlich eine Hundepfeife gehört. Und dann ist ein Auto weggefahren.«

»Aha.« Frau Dr. Waldow, die gerade ihre Jacke anziehen wollte, hielt inne. Mir entging nicht der Blick, den sie mit Lajos wechselte. Was hatte er zu bedeuten? »Das ist ja interessant. Soweit ich weiß, führt hinter der Schonung ein Holzfällerweg entlang, der am Parkplatz beim Steinernen Kreuz rauskommt.«

»Hm.« Lajos' Finger flogen über die Tastatur seines Computers, er bewegte die Maus hin und her. Melike trat hinter ihn und blickte über seine Schulter auf den Bildschirm.

Das Handy von Frau Dr. Waldow begann zu klingeln. Sie schaute aufs Display. »Ah ja. Das ist Kiesewetter.«

»Der liebe Herr Nieselwetter«, flüsterte Melike und kicherte. So nannten wir den Förster mit dem melancholischen Pferdegesicht, der in Steinau wohnte und jeden Donnerstag zum Stammtisch in die Pferdetränke kam, heimlich.

Lajos schüttelte den Kopf, ein kurzes Lächeln flackerte über sein Gesicht, erlosch aber gleich wieder.

»Ihr mit euren Spitznamen«, brummte er. Sicherlich erinnerte er sich daran, dass wir ihn damals, als wir noch nicht wussten, wer er war, *Waldschrat* getauft hatten.

Ich stopfte mir schnell noch zwei Kokosmakronen in den Mund.

Frau Dr. Waldow dankte Herrn Nieselwetter für den Rückruf und teilte ihm in knappen Worten mit, was sie über die Geschehnisse im Wald wusste. Dann reichte sie das Telefon an mich weiter und ich schilderte dem Förster etwas ausführlicher, was Melike und ich beobachtet und getan hatten.

»Es gibt hier keine Wölfe«, sagte der Förster.

»Aber er sah genauso aus wie einer«, widersprach ich. »Spitze Ohren, graues Fell, gelbe Augen.«

»Wo hast du denn schon mal einen *Wolf* gesehen?« Das klang spöttisch.

»In der Fasanerie. Vielleicht ist ja einer ausgebrochen.«

»Nein, das Wolfsrudel dort ist komplett«, sagte Frau Dr. Waldow hinter mir. »Da habe ich mich schon erkundigt.«

»Vielleicht ist der Wolf nur auf Durchreise.« Ich blieb beharrlich. »Ich habe neulich gelesen, dass im Kellerwald ein Wolf gesehen worden ist.«

Erst da fiel mir wieder ein, dass ich den Wolf ja fotografiert hatte. Ich kramte mein Handy hervor, rief das Fotoalbum auf und tippte auf das erste der Wolf-Bilder. Wie befürchtet war so gut wie nichts zu erkennen, nur ein kleiner Schatten, der auch ein Felsbrocken sein könnte. Ich war enttäuscht.

»Vielen Dank auf jeden Fall«, sagte Herr Nieselwetter nun. »Gib mir bitte noch mal Frau Dr. Waldow.«

Ich reichte der Tierärztin das Handy und klickte mich durch die anderen Fotos, aber sie waren alle nicht viel besser gelungen. So ein Mist!

»Kiesewetter hat gesagt, dass er von zwei ähnlichen Vorfällen wie dem heute weiß«, sagte Frau Dr. Waldow, nachdem sie das Gespräch mit dem Förster beendet hatte. »Jedes Mal sind die Rehe zwar gerissen, aber nicht gefressen worden.«

Melike, die sich gerade das einzige Plätzchen, das ich übrig gelassen hatte, nehmen wollte, hielt in der Bewegung inne.

»*Gefressen?*«, wiederholte sie mit bebender Stimme und starrte die Tierärztin ungläubig an.

»Wölfe sind Raubtiere. Und Raubtiere jagen nicht aus Spaß, sondern zum Überleben«, entgegnete diese sachlich. »Wenn sie ihre Beute erlegt haben, dann fressen sie sie üblicherweise. Wildernde Hunde hingegen töten aus purer Mordlust.« Sie zog den Reißverschluss ihrer Jacke hoch. »Ich muss los. Ich ruf dich später noch mal an, Lajos.«

»In Ordnung.« Lajos nickte und erhob sich von seinem Stuhl. »Danke für die Hilfe.«

»Schon okay.« Frau Dr. Waldow lächelte und verabschiedete sich. Als sie die Tür öffnete, kam Niklas herein, gefolgt von Christian und Ariane. Sie wollten natürlich das Reh sehen, deshalb gingen wir mit Lajos hinaus in den Stall.

Die Patientin schlummerte noch immer friedlich vor sich hin. Lajos öffnete die Boxentür, kontrollierte den Infusionsbeutel mit der Kochsalzlösung und die Verbände. Ich setzte mich auf einen der Strohballen und betrachtete das Reh.

»Wird es wieder ganz gesund?«, wollte ich wissen.

»Ich hoffe es.« Lajos runzelte die Stirn. »Die Verletzungen am Hals und an der Brust waren glücklicherweise nur oberflächliche Fleischwunden. Wir konnten sie desinfizieren und nähen. Aber am rechten Hinterlauf ist eine Sehne durchtrennt. Ich fürchte, es wird nie mehr richtig gut laufen können.«

»Wieso schläferst du es dann nicht ein?«, fragte mein Bruder.

»Ej, spinnst du?«, fuhr ich ihn an, und Melike gab ein ärgerliches Schnauben von sich.

»Das süße Reh! Wie kannst du so was sagen?« Selbst Ariane war empört über diese Bemerkung.

»*Hallo?* Ist doch kein Leben für ein Reh, wenn es nicht mehr richtig laufen kann.« Christian verzog genervt das Gesicht. »Früher oder später wird's sowieso geschossen. In den Wäldern wimmelt es von Rehen, Wildschweinen und Füchsen. Wenn da keiner eingreifen würde, gäbe es irgendwann eine echte Plage.«

»Also echt, Christian!«, zischte Melike aufgebracht. »Ich hätte nie gedacht, dass du so kalt und herzlos sein kannst! Würdest du so ein goldiges, kleines Tier töten können?«

»Logo«, entgegnete mein Bruder achselzuckend. »Wisst ihr, was Rehe für Schäden im Wald und auf den Feldern anrichten? Mal ganz abgesehen von den vielen Unfällen, die sie verursachen.«

Es hätte nicht viel gefehlt und die erboste Melike wäre ihm an die Gurgel gegangen, doch Niklas nahm sie rasch in die Arme.

»Leider hat Christian nicht ganz unrecht«, sagte Lajos nun. »Aber ich bin Tierarzt. Ich habe einen Eid geschworen, ein Leben zu erhalten, nicht, es vorzeitig zu beenden. Solange es eine Chance auf Heilung gibt, habe ich die Pflicht, alles in meiner Macht Stehende dafür zu tun.«

»Wir könnten das Reh doch in die Fasanerie bringen, wenn es wieder laufen kann«, schlug ich vor.

»Wir könnten aber auch einen leckeren Braten draus machen«, sagte mein Bruder spöttisch und zwinkerte Niklas zu. »Hmmm, eine zarte Rehkeule mit Rotkohl und Klößen ist doch was Feines.«

Er wollte Melike ärgern, ganz klar. Prompt überschüttete sie ihn mit allen möglichen Schimpfworten, und Ariane, die Melike eigentlich nicht besonders leiden konnte, schlug sich diesmal auf ihre Seite und bezichtigte Christian, ein gefühlloses Monster zu sein.

Mein Bruder murmelte etwas, das ein bisschen wie »Bekloppte Weiber« klang, dann verdrückte er sich. Ariane folgte ihm, auch Niklas und Melike gingen hinaus.

Ich machte mit meinem Smartphone noch ein paar Fotos von dem Reh, um sie Farid zu schicken, und verließ die Box.

»Das mit der Fasanerie ist übrigens keine schlechte Idee«, meinte Lajos und schloss die Boxentür. »Ich werde Carla mal fragen, ob sie das vielleicht organisieren kann.«

»Ist es wahr, was Christian eben gesagt hat?«, fragte ich.

»Was meinst du?«

»Dass Rehe im Wald Schaden anrichten. Was tun sie denn schon Schlimmes?«

»Es ist die Art und Weise, wie sich Rehe, Wildschweine und Hirsche ernähren«, antwortete Lajos. »Sie fressen Keimlinge, Knospen, Blätter, die Triebe und auch die Rinde von jungen Bäumchen ab. Durch wiederholten Verbiss sterben die Bäume und das gefährdet die Biodiversität der Wälder.«

»Bio-*was?*«

»Die Artenvielfalt. Laub- und Mischwälder leiden besonders unter dem Verbiss durch das Schalenwild. Außerdem entstehen immense Kosten, weil Baumschonungen eingezäunt werden müssen, um die Schädigungen zu verhindern.«

»Na und?« Ich verstand nicht, wo das Problem lag. »Es gab doch schon immer Tiere im Wald.«

»Die Population von Rotwild, Rehen und Wildschweinen ist in den vergangenen Jahrzehnten stark gewachsen«, erklärte Lajos. »Früher haben Wölfe, Luchse, Füchse oder Adler dafür gesorgt, dass der Bestand auf einem Niveau blieb, das der Wald verkraften konnte. Aber diese natürlichen Feinde verschwinden immer mehr, weil ihr Lebensraum schrumpft, ganz besonders in so dicht besiedelten Regionen wie hier im Rhein-Main-Gebiet. Ständig werden neue Straßen und Siedlungen gebaut, ohne Rücksicht auf die natürlichen Wildwechsel zu nehmen. Immer mehr Menschen bewegen sich zunehmend rücksichtsloser im Wald.« Er stieß einen Seufzer aus. »Jogger, Mountain-Biker, Reiter, Hundespaziergänger und auch Waldarbeiter bringen Unruhe in dieses sensible Ökosystem. Wölfe, Adler und Luchse gibt es hier schon längst nicht mehr, und deshalb kann sich das Schalenwild so stark vermehren, dass die Folgen des Schadens, den sie anrichten, den Steuerzahler jedes Jahr an die hundert Millionen Euro kostet.«

»Echt?« Das war mir gar nicht bewusst gewesen. »Ist ja krass.«

»Tja.« Lajos zuckte die Schultern. »Den Menschen fehlt die Demut vor der Natur. Das ist das Hauptproblem.«

Wir schwiegen einen Moment.

»Kann es nicht doch sein, dass das heute ein Wolf gewesen ist?«, fragte ich.

»Das halte ich für unwahrscheinlich.« Lajos schüttelte den Kopf. »Ich denke, es war ein Hund. Ein unerzogener Hund ohne Leine.«

»Hm«, machte ich nur.

Überall an den Waldrändern hingen Schilder, die darauf hinwiesen, dass Hunde an der Leine geführt werden sollten, aber leider hielten sich nur die wenigsten Hundehalter daran. Immer wieder erlebten wir es beim Ausreiten, dass fremde Hunde unsere Pferde anbellten oder sogar ansprangen, während ihre Besitzer hilflos rufend und pfeifend hinter ihnen herstolperten. Manchmal kam es sogar zu Unfällen, wenn Pferde sich von einem Hund angegriffen fühlten und durchgingen. Wenn der Förster oder ein Jäger in der Schonzeit des Wildes tatsächlich mal einen wildernden Hund erschossen, war die Empörung groß.

Ich verabschiedete mich von Lajos und schlenderte über den Parkplatz zur Pferdetränke hinüber, dabei nahm ich eine Sprachnachricht für Farid auf, denn das ging bedeutend schneller, als wenn ich ihm all das, was heute passiert war, hätte schreiben wollen. Dann schickte ich noch Fotos von dem Reh hinterher und ein paar Herzchen und

Küsschen. Noch sechs endlose Tage, bis er endlich wieder zurück war!

Mein Smartphone meldete sich mit einem Ton. Melike hatte mir geschrieben.

Bin schon weg, sorry! C ist so voll der Arsch!!! Hab vor lauter Zorn Dicky glatt vergessen. Kannst du ihm wohl die Decke draufmachen? Danke u bis morgen!

Dicky, der eigentlich Jasper hieß, war das Pferd von Melikes Mutter. Er stand in einer der zwanzig neuen Boxen mit eigenem Paddock, die im vergangenen Sommer gebaut worden waren.

Klar. Mach ich, schrieb ich zurück.

Dann fiel mir Twix ein. Saß er etwa immer noch in der Sattelkammer im Turnierstall? Ich machte auf dem Absatz kehrt und lief zurück in den Stall. Bei den Turnierpferden brannte nur noch eine Lampe neben dem Solarium, Mama hatte schon das Extrafutter verteilt und die Pferde dösten oder knabberten an ihrer abendlichen Heuration. Die Sattelkammer war bereits abgeschlossen. Offenbar hatte Mama Twix längst mit ins Haus genommen. Robbie, unser Berner Sennenhund, kam in den Stall getrottet. Ich wünschte Lenzi und Fritzi eine gute Nacht und machte mich auf den Weg zum Paddockboxenstall, den Christian neuerdings als »Eichenstall« bezeichnete, wegen der mächtigen, alten Eiche, die inmitten des »U« stand. Mein Bruder bastelte seit Wochen an einer neuen Webseite für den Amselhof und meinte, jeder Stalltrakt müsse einen richtigen Namen haben.

»Komm mit, Robbie!«, forderte ich den Hund auf und tatsächlich folgte er mir. Bei Eis und Schnee war er ganz in seinem Element.

In der großen Reithalle war viel los. Die meisten unserer Einsteller waren berufstätig und kamen abends in den Stall, um zu reiten. Bittersweet und Hilda brummelten leise, als ich die Stalltür öffnete und sie meine Schritte hörten. Sie streckten ihre Köpfe auf die Stallgasse und spitzten die Ohren. Robbie schnüffelte an einem Putzkasten, der vor einer leeren Box stand. Er war immer auf der Suche nach Essbarem.

»Du warst heute echt super«, sagte ich zu Hilda und kraulte sie hinter den Ohren, was sie besonders gerne mochte. »Du bist so mutig, unglaublich!«

Die Stute blickte mich aus ihren dunklen Augen an und rieb ihre Nase sanft an meiner Schulter. Es war für mich immer wieder erstaunlich, wie sehr sich die Quarter Horses von unseren Warmblütern unterschieden. Hilda war einerseits ein topausgebildetes und hochsensibles Reining-Pferd, auf der anderen Seite jedoch auch im Gelände nervenstark, trittsicher und absolut unerschütterlich. Nie und nimmer hätte ich mit Fritzi oder irgendeinem anderen Pferd das gewagt, was ich heute mit Hilda gemacht hatte! Ich drückte der Stute einen Kuss auf die weiche Stelle zwischen den Nüstern, zauste Bittersweet, die in der Nachbarbox stand, den Schopf, und ging dann zu Dicky, um ihm die Decke anzuziehen.

»Gute Nacht, ihr Süßen!«, rief ich. »Komm, Robbie! Lass uns noch schnell nach den Stuten schauen!«

Auf dem Weg zu den sieben Zuchtstuten, die in großen Laufboxen in der Scheune untergebracht waren, stülpte ich meine Kapuze über, denn es war eisig kalt geworden. Es würde nicht mehr lange dauern, bis das erste Fohlen zur Welt kommen sollte. Und das würde ein ganz besonderes

Fohlen sein, denn Glory Day, die zweiundzwanzigjährige Godsend-du-Reverdy-Stute, mit der Papa früher zahllose S-Springen gewonnen hatte, war tragend von meinem Fritzi. Vier unserer Stuten hatte Papa im vergangenen Jahr von Fritzi decken lassen, und jeder auf dem Amselhof wartete natürlich gespannt auf Fritzis ersten Fohlenjahrgang. Jedes Jahr im Frühjahr war es aufregend, wenn nach elf langen Monaten die Zeit des Abfohlens näher rückte. Anders als bei Menschen konnte man bei tragenden Stuten keine Ultraschalluntersuchung machen, um festzustellen, ob es ein kleiner Hengst oder eine Stute werden würde, deshalb war es immer wieder eine Überraschung. Gerade als ich um die Ecke der Reithalle bog, löste sich ein lautloser Schatten aus der Dunkelheit. Der Bewegungsmelder an der Ecke der Scheune ließ den Außenstrahler aufflammen und vor Schreck blieb mir fast das Herz stehen: Vor mir stand der Wolf und starrte mich an. Seine Augen schillerten grünlich, er zog drohend die Lefzen hoch und aus seiner Kehle drang ein dumpfes Knurren. Erschrocken wich ich zurück, verlor das Gleichgewicht und fiel rückwärts in den Schnee.

5. Kapitel

Bevor ich einen klaren Gedanken fassen konnte, stürzte Robbie schon mit wütendem Gebell an mir vorbei. Der Wolf ergriff prompt die Flucht, beide verschwanden hinter der Scheune in der Dunkelheit.

»Robbie!«, schrie ich und kam mühsam auf die Beine. Vor Schreck zitterte ich am ganzen Körper und hatte plötzlich furchtbare Angst um unseren Berner Sennenhund. Robbie war zwar stark und unerschrocken, aber mit seinen elf Jahren nicht mehr der Jüngste. »Robbie! Komm zurück!«

Hinter der Scheune lagerte alles Mögliche, was Opa nicht mehr brauchte, aber auch nicht wegwerfen wollte: leere Fässer, alte Traktorreifen, zerbrochene Hindernisstangen, Drahtrollen, eine rostige Egge und allerhand anderes Gerümpel. Meine Augen waren noch geblendet vom hellen Licht des Strahlers. Ich stieß mir ein Knie an, stolperte und blieb mit der Jacke irgendwo hängen. Mit einem Ruck befreite ich mich und hörte das Reißen von Stoff. Verdammt, wo war der Hund? Was, wenn der Wolf ihm an die Kehle ging?

»Robbie!«, rief ich panisch. Mein Fuß blieb stecken, ich knickte um und fiel wieder hin. »Robbie, komm zurück!«

Jemand rief meinen Namen.

»Elena? Bist du das?«

»Papa!« Vor Erleichterung schossen mir die Tränen in die Augen. »Ich bin hier! Hinter der Scheune!«

Sekunden später traf mich der Schein einer Taschenlampe, starke Arme halfen mir auf die Beine. Ich war in einen Draht getreten, der sich beim Versuch, mich zu befreien, um meinen Knöchel gewickelt hatte.

»Ich hänge fest«, piepste ich.

Papa drückte mir die Taschenlampe in die Hand, ging in die Hocke, um den Draht aufzubiegen. Ich zitterte so sehr, dass der Lichtstrahl der Maglite wie bei einer Lasershow herumtanzte.

»Jetzt halt das Ding doch mal ruhig. Ich kann nichts erkennen«, brummte Papa, und ich zwang mich zur Ruhe. »Was machst du denn überhaupt hier hinten im Dunkeln?«

»Ich wo...wollte no...noch kurz in die Scheune, um nach den Stuten zu schauen«, stammelte ich. »Plötzlich sta... stand der Wo...Wolf vor mir! Robbie hat sich auf ihn gestürzt ... und jetzt sind beide weg, und ich hab Angst, dass der Wolf Robbie was tut!«

»Was denn für ein Wolf?«, fragte Papa irritiert.

»Derselbe, der heute Mittag das Reh angefallen hat!«

»Wovon redest du?« Papa hakte mich unter und ich humpelte neben ihm her. »Was für ein Reh?«

»Kannst du nicht bitte erst nach Robbie gucken?«, bat ich ihn.

Er sah mich zweifelnd an, dann verschwand er ohne zu zögern in der Dunkelheit.

Ich lehnte mich mit weichen Knien an die Scheunenwand, hörte ihn pfeifen und nach Robbie rufen. Mein Vater hatte nie vor irgendetwas Angst. Ich wünschte, ich wäre so furchtlos wie er!

Wenig später kehrte er zurück, der Berner Sennenhund trabte hechelnd und schwanzwedelnd neben ihm her und wirkte richtig stolz: Er hatte seinen Job als Hofhund gemacht und den Eindringling erfolgreich vertrieben.

Mir fiel bei seinem Anblick ein Stein vom Herzen. »Oh, Robbie, dir ist nichts passiert!« Ich umarmte den Hund, dann erzählte ich Papa eine entschärfte Version dessen, was heute Mittag vorgefallen war. Den Teil, in dem ich mit Hilda den halsbrecherisch steilen Abhang hinuntergeschlittert war, ließ ich aus.

»Das ist ja ein Ding!«, staunte Papa. »Und Lajos hat das Reh geholt?«

»Ja. Er und Frau Dr. Waldow sind in den Wald gekommen, und dann haben sie das Reh wieder zusammengeflickt. Es ist jetzt in Lajos' Stall in einer der leeren Boxen.«

»Aha. Das muss ich mir direkt mal angucken.«

Obwohl der Amselhof ein relativ überschaubarer Mikrokosmos war, kam es immer wieder mal vor, dass Dinge passierten, von denen man erst viel später erfuhr. Der Hof war so groß und weitläufig, dass niemand alles im Blick haben konnte. Papa war heute nach dem Mittagessen zu einem Bekannten nach Biblis gefahren, um sich ein paar junge Pferde anzusehen. Auch Mama hatte von der Reh-Rettungs-Aktion nichts mitbekommen, deshalb hatte sie ihm nichts darüber erzählen können. Aber auch so kriegten meine Eltern überraschend wenig mit: Als mit Tim und mir Schluss gewesen war, war ihnen das erst Wochen später aufgefallen.

Papa und ich betraten die Scheune. Hier war es gemütlich und warm, es duftete nach dem Heu, das oben auf dem Heuboden gelagert war. Wir schauten nach den tragenden Stuten, die alle ruhig in ihren Boxen standen.

»Ich kann mir nicht vorstellen, dass das ein echter Wolf war«, sagte Papa, als ich ihm die ganze Geschichte erzählt hatte. »Wölfe sind sehr scheu und würden niemals so nahe an eine menschliche Behausung herankommen.«

»Aber wenn er Hunger hatte? Wir haben erst neulich in Bio das Thema ›Kulturfolger‹ gehabt. Immer mehr Wildtiere suchen die Nähe der Menschen.«

»Wölfe nicht«, widersprach Papa mir. »Füchse und Wildschweine, vielleicht auch Rehe, wenn deren natürlicher Lebensraum verschwindet. In erster Linie sind damit aber Fledermäuse und Vögel gemeint.«

»Er sah aber *haargenau* wie ein Wolf aus!« Beinahe hätte ich wütend wie ein kleines Kind mit dem Fuß aufgestampft. Warum glaubte mir denn bloß keiner? Weder Förster Nieselwetter noch Lajos und nun auch mein eigener Vater nicht!

»Elena, glaub mir: Das gerade eben war hundertprozentig kein Wolf. Vielleicht war das Tier im Wald ein anderes als das, das du vorhin gesehen hast.«

Auf den Gedanken, dass es sich möglicherweise um zwei verschiedene Tiere handeln konnte, war ich noch gar nicht gekommen!

Papa sah sich eine Stute nach der anderen an. Gretna und Touch of Gold lagen entspannt im Stroh und schliefen, die anderen knabberten ihr Heu. Nur Glory Day stand reglos in einer Ecke ihrer großen Box, ein Heuhalm hing ihr aus dem Maul, aber sie fraß nicht.

»Na, mein Mädchen.« Papa öffnete die Boxentür, betrat die Box und warf einen Blick in den Futtertrog. »Du hast ja gar nichts gefressen. Schmeckt's dir nicht?«

Er legte ein Ohr an den Bauch der Stute, befühlte vorsichtig das Euter und tastete die Kruppe ab. Glory Day wandte den Kopf, als ob sie in sich hineinhorchen würde, dann schnaubte sie.

»Oh!« Der Wolf war schlagartig vergessen. »Meinst du, das Fohlen kommt heute Nacht? Kann ich Nachtwache halten? Ach bitte, Papi!«

»Nein, das dauert noch eine Weile«, sagte Papa mehr zu der Stute als zu mir. »Die Beckenmuskulatur ist zwar schon weicher geworden, aber es sind noch keine Harztropfen am Euter.«

Die meisten Stuten fohlten nachts, und ich wollte unbedingt bei der Geburt von Fritzis erstem Fohlen dabei sein.

Glory Day hatte uns in den Jahren zuvor bei jedem ihrer vier Fohlen erfolgreich ausgetrickst. Obwohl Papa und Jens abwechselnd alle zwei Stunden aufgestanden waren, um nach der Fuchsstute zu schauen, hatten sie jedes Mal den großen Moment verpasst, und waren erst dazugekommen, wenn alles vorbei und das Fohlen bereits auf der Welt war.

»Ich schätze, sie hat noch zwei bis drei Wochen.« Papa runzelte die Stirn und rechnete nach. »Sie hat gleich beim ersten Mal aufgenommen, im letzten Februar. Das sind knapp 320 Tage. Eigentlich eine gute Gelegenheit, um diesen Geburtsmelder auszuprobieren. Dann kann ich gleich mal prüfen, wie zuverlässig die Daten sind.«

Er verschwand in der Kammer neben den Boxen und

holte das Gerät aus der Verpackung. Es sah aus wie ein Longiergurt und wurde auch genauso angelegt.

»Wie funktioniert das denn?«, fragte ich neugierig.

»Hier am Gurt sind Sensoren, die die Körpertemperatur der Stute messen«, erklärte Papa mir. »Das Verfahren basiert auf einer Studie, in der festgestellt wurde, dass die Körpertemperatur etwa vier Stunden vor der Geburt um durchschnittlich 0,76 Grad Celsius absinkt. Am tiefsten ist die Temperatur zur Zeit der Geburt. Das Gerät erkennt diese Werte und schickt sie auf mein Handy, dabei löst es einen Alarm aus, wie ein Wecker.«

»Meinst du, das klappt?« Ich war skeptisch. »Vielleicht mag Glory den Gurt nicht und er stört sie.«

»Er ist elastisch und sitzt ja nicht stramm wie ein Sattelgurt.« Papa betrat wieder die Box und legte der Stute den Gurt an. Glory hatte nichts dagegen.

»Darf ich heute Nacht trotzdem hier schlafen?«, bettelte ich. »Robbie und Twix können ja bei mir bleiben.«

Mama konnte nichts dagegen einzuwenden haben, schließlich war morgen Samstag, erst am Montag ging die Schule wieder los.

»Nein, heute Nacht wird sicher noch nichts passieren«, erwiderte Papa und kontrollierte noch einmal die Infrarotkamera, die an Glory Days Box angebracht war.

»Komm, Elena«, sagte er dann. »Ich bin neugierig auf das Reh. Außerdem ist es längst Zeit fürs Abendbrot.«

Christian und Ariane saßen am Küchentisch, der für das Abendbrot gedeckt war, als wir hereinkamen. Seitdem die beiden zusammen waren, war Ariane quasi bei uns eingezogen, und das ging mir ziemlich auf die Nerven.

Ständig hockten die beiden am Computer in Christians Zimmer. Bisher hatte ich angenommen, dass sie an der Webseite bastelten, aber nachdem Melike mir von Arianes YouTube-Plänen erzählt hatte, wusste ich, dass es nicht um die Amselhof-Homepage ging.

Ich wusch mir die Hände und setzte mich auf meinen Platz. Erst jetzt merkte ich, wie hungrig ich war, denn außer den Plätzchen von Lajos hatte ich seit dem Frühstück nichts mehr gegessen. Gerade als ich nach dem Brotkorb greifen wollte, merkte ich, dass irgendetwas anders war als sonst.

»Wo ist denn das Brot?«, fragte ich verdutzt. »Und der Käse? Und die Wurst?«

»Weizen, Schweinefleisch und Kuhmilch sind pures Gift für den menschlichen Körper«, bemerkte Ariane spitz. »Ich würde nicht so viel davon futtern.«

»Musst du ja auch nicht«, entgegnete ich ungerührt. »Aber ich hab Lust auf ein Käsebrot.«

»Man kriegt davon Pickel und die Darmflora wird zerstört. Probier doch einfach mal eine Alternative zu dem ungesunden Kram.« Ariane hielt mir etwas hin, das aussah wie ein dünn geschnittener Backstein. »Das hab ich selbst gebacken.«

»Sieht irgendwie ... komisch aus«, sagte ich misstrauisch. »Was ist 'n da drin?«

»Buchweizen-, Hanf- und Leinsamenmehl, Flohsamenschalen, Kurkuma, Sonnenblumenkerne, Proteinpulver«, zählte Ariane auf.

»Äh, vielen Dank. Ein anderes Mal«, unterbrach ich sie, stand auf und öffnete den Kühlschrank. Ich stellte Käse, Butter, Wurst und Schinken auf den Tisch. »Wo ist denn die Mayo?«

»Mayonnaise ist total ungesund.«

»Ja, ist klar.« Ich verdrehte die Augen, packte das frische Brot aus und schnitt ein paar Scheiben mit der Brotschneidemaschine.

»Und man wird fett und schwabbelig«, ergänzte Christian.

»Dann müsstest du eigentlich schon aussehen wie ein Walross«, erwiderte ich.

»Es ist nie zu spät für eine Ernährungsumstellung.« Ariane naschte geziert eine Olive und hauchte meinem Bruder einen Kuss auf die Wange. Christian, der normalerweise von Pizza, Käsescheibletten, Salami und Burgern lebte und komplett *alles*, was er aß, mit mindestens einer halben Tube Mayonnaise garnierte, lächelte ein bisschen gequält und biss tapfer in das Brot, das Ariane ihm gemacht hatte. Es war mit einer grünlichgrauen Paste bestrichen und einem Salatblatt und ein paar Tomatenscheiben belegt.

»Guten Appetit«, sagte ich und schmierte die Butter einen halben Zentimeter dick auf das tödlich ungesunde Mischbrot. Dann packte ich drei Scheiben Käse drauf, klappte es zu und biss genussvoll hinein. »Mjam, mjam!«

Christian warf mir einen missvergnügten Blick zu und kaute ohne richtige Begeisterung sein Hasenfutter.

»Es schmeckt sehr gut«, verteidigte Ariane ihre Kreation. »Die Geschmacksnerven gewöhnen sich um. Nach einer Weile vermisst man Salz und Zucker nicht mehr.«

Papa und Mama kamen herein und setzten sich an den Tisch.

»Denk dran: mindestens vierzig Mal kauen!«, wies Ariane meinen Bruder an und der nickte ergeben.

»Was ist denn das Gutes?«, erkundigte Papa sich und wies auf die Gläser mit der giftgrünen Pampe, die Ariane und Christian vor sich stehen hatten.

»Grünkohl-Fenchel-Smoothie mit Seidentofu«, erwiderte Ariane stolz. »Enthält jede Menge Vitamin A und C und die im Fenchel enthaltenen ätherischen Öle haben eine verdauungsfördernde Wirkung. Möchten Sie auch eins? Ich habe noch etwas übrig.«

»Oh, nein, nein, danke«, sagte Papa eilig und griff nach den Gläschen, die auf dem Tisch standen. Er studierte die von Ariane mit der Hand beschrifteten Etiketten. »*Dattel-Zwiebel-Chutney. Goji-Beeren mit Kurkuma. Algen-Paste. Karotten-Ingwer-Hummus.* Aha. Das klingt ja alles … ziemlich exotisch.«

»Probieren Sie es doch mal!«, forderte Ariane ihn auf.

»Beim nächsten Mal gern.« Papa lächelte höflich.

»Meine Eltern sind leider auch so ignorant«, sagte Ariane daraufhin. »Mir scheint, dass gesunde Ernährung erst von unserer Generation wirklich ernst genommen wird.«

»Du hast doch bei der Weihnachtsfeier noch Schnitzel und Pommes gegessen«, merkte ich an, aber Ariane überging meinen Einwand.

»Wir werden das in Zukunft alles selbst herstellen. Ohne Konservierungsstoffe und Chemie«, verkündete sie. »Und dann werden wir diese Produkte über unseren eigenen YouTube-Channel vertreiben.«

»Aha.« Papa nickte zerstreut und griff nach der Wurstplatte.

»Wie soll denn das gehen?«, erkundigte ich mich. »Du kannst doch gar nicht kochen. Und Christian schon gar nicht.«

»Wir engagieren natürlich *Leute* dafür«, entgegnete Ariane hoheitsvoll.

»*Leute*? Wen denn? So etwas macht doch niemand umsonst!«

»Gibt doch genug Flüchtlinge. Die sind froh und dankbar, wenn sie was zu tun haben und nicht bloß in ihren Unterkünften rumhocken müssen. Das garantiert uns auf jeden Fall schon mal eine gute Presse. Wir haben übrigens einen detaillierten Businessplan ausgearbeitet und waren damit schon bei verschiedenen Investoren, die alle komplett begeistert von unserer Idee sind.«

»Ach ja?« Mama warf Papa einen raschen Blick zu, aber der war auf sein Abendbrot konzentriert. »Und wo soll das stattfinden?«

»Wir pachten die Metzgerei Brandt in der Fußgängerzone in Königshofen, die steht doch seit einem Jahr leer. Momentan verhandeln wir noch mit den Brandts, aber die sind ganz schön geldgierig und haben null Verständnis für die sozialen Aspekte unserer Idee. Na ja, und dann gründen wir eine GmbH und gehen mit unserem eigenen Label in Produktion. *Aristian – Super Food for a healthy life. Handmade by refugees.* Hundertprozentig aus regionalen Produkten hergestellt. Klingt doch cool, oder?«

»Bin schon gespannt auf die Algen aus unserer Region«, murmelte ich.

»Weißt du, Elena, du gehörst auch zu diesen kleinmütigen Zauderern, die alles miesmachen, was sie sich selbst nicht trauen«, sagte Ariane verächtlich. »Die meisten Menschen bleiben am liebsten in ihren eingefahrenen Bahnen und sind dann auf solche wie mich, die weitsichtig und unternehmerisch denken und handeln, neidisch.«

»Ich werde niemals im Leben auf *dich* neidisch sein!«, entgegnete ich verärgert.

»Christian und du, ihr seid beide noch nicht volljährig«, mischte Mama sich ein. »Wie wollt ihr denn eine GmbH gründen? Und woher soll das Stammkapital kommen, das man dazu braucht?«

»Die Investoren stehen Schlange«, belehrte Ariane meine Mutter. »Ab einer Million Abonnenten bei YouTube kommt so viel Kohle rein, dass wir ihnen eine richtig fette Rendite zahlen können.«

»*Eine Million* Abonnenten?« Ich verschluckte mich beinahe am letzten Bissen meines Käsebrots. »Wo sollen die denn herkommen?«

»Daggi Bee und Bibi haben auch mal klein angefangen.« Ariane zuckte mit den Schultern. »Wir haben eine Marktanalyse gemacht und Statistiken ausgewertet. Natürlich werden wir nicht nur mit unseren Produkten arbeiten. Sie sind quasi nur ein Sidestep zu einem eigenen Game, das wir gerade entwickeln. Und dann brauchen wir den einen oder anderen Promi als Testimonial. Da habe ich fürs Erste an Farid gedacht.«

»Ach ja? Hast du ihn schon gefragt?«

»Noch nicht«, gab Ariane zu und biss in das brotähnliche Gebilde, das sie hauchdünn mit Hummus beschmiert hatte. »Falls er keinen Bock hat, kann er uns ja Kontakte zu anderen, bekannteren Fußballern vermitteln. Am besten zu irgendwem aus der Nationalmannschaft, der richtig berühmt ist.«

Ihre Dreistigkeit war kolossal. Wie konnte sie glauben, Farid würde ausgerechnet *sie* unterstützen?

»Äh, hattest du Farid nicht mal als ›schleimigen Trottel‹

bezeichnet?«, erinnerte ich sie. »Und – warte mal – du hast ihn auch einen ›schmierigen Typen‹ und ›arroganten Vollidioten‹ genannt.«

»Ach, das ist doch ewig her.« Typisch Ariane, dass sie das nicht einmal abstritt! »Jetzt, wo ich ihn besser kenne, habe ich meine Meinung über ihn geändert.«

Ich war fassungslos. Auch meine Eltern wussten nicht recht, was sie zu alldem sagen sollten.

»Was meinst du denn eigentlich dazu, Christian?«, fragte Mama.

»Ich find's cool. Ari macht das schon«, zog mein Bruder sich geschickt aus der Affäre.

»Einen Laden mieten, eine GmbH gründen, Flüchtlinge als Arbeitskräfte einstellen – als ob das so einfach wäre!«, meldete sich Papa zu Wort. »Werdet erst mal volljährig, macht euer Abitur und dann eine Ausbildung.«

»Echt, Herr Weiland, Sie sind ja voll im vorletzten Jahrhundert stehen geblieben«, sagte Ariane kopfschüttelnd. »Heutzutage läuft das anders. Man kann erfolgreicher Unternehmer sein *und* parallel dazu studieren.«

Papa kannte Ariane lange genug, um nicht gekränkt zu sein. »Na ja«, sagte er trocken. »Das mit dem ›erfolgreich‹ sehe ich zwar noch nicht so ganz, aber vielleicht hast du ja recht. Ich bin halt eher der konservative Typ.«

»Micha!«, sagte Mama scharf. »Mach ihnen doch nicht noch Mut bei solchen verrückten Ideen!«

Glücklicherweise klingelte es in diesem Moment. Frau Teichert war da, um Ariane abzuholen.

»Ich hab dir fürs Frühstück einen Mandel-Chia-Pudding mit Apfelstückchen in den Kühlschrank gestellt«, hörte ich Ariane noch zu Christian sagen, dann fiel die Haustür ins

Schloss. Wenig später kehrte mein Bruder an den Tisch zurück.

»Ariane hat ihren Grünkohl-Smoothie nicht angerührt«, stellte ich fest und grinste spöttisch. »Warum trinkst du den nicht auch noch? Du musst allerdings noch ein bisschen Begeisterung üben, für YouTube, meine ich.«

Mein Bruder erwiderte darauf nichts. Er ergriff beide Gläser und leerte sie mit angewiderter Miene ins Spülbecken.

»Wehe, einer von euch verpetzt mich!«, sagte er und grinste. Dann schnitt er sich eine dicke Scheibe Brot ab, beschmierte sie mit Butter und Leberwurst, drückte die halbe Tube Mayo darüber und stopfte das Brot noch im Stehen gierig in sich hinein.

»Anstatt deine Zeit mit solchen Spinnereien zu vergeuden, solltest du besser fürs Abi lernen«, bemerkte Mama. Sie begann, den Tisch abzuräumen und das schmutzige Geschirr in die Spülmaschine zu stellen.

»Mach ich ja«, murmelte Christian.

Während ich von meiner Begegnung mit dem vermeintlichen Wolf hinter der Scheune erzählte, futterte er vier Brote und rieb sich danach zufrieden den Bauch.

»Apropos Wolf«, sagte er dann. »Das könnte doch ein Köter von der neuen Einstellerin gewesen sein.«

»Meinst du die blöde Schnepfe mit dem Andalusier?«, fragte ich überrascht. »Ich wusste gar nicht, dass die einen Hund hat!«

»Zwei, soweit ich weiß. Sie lässt sie aber immer im Auto und parkt vor dem Tor.«

»Ach, echt?« Ich blickte erstaunt zu Papa hinüber, der

gegen Mamas Regel – Keine Handys am Tisch! – sein Smartphone vor sich liegen hatte und die Einstellungen des Geburtsmelders checkte. »Wusstest du, dass die Schnepfe Hunde hat, Papa?«

»Wer hat was?«, fragte mein Vater abwesend.

»Unsere neue Einstellerin heißt übrigens Miriam Böhl-Schempp«, mischte Mama sich ein und warf mir einen scharfen Blick zu. »Ich möchte nicht mehr hören, dass du sie als eine ›blöde Schnepfe‹ bezeichnest, Elena. Hörst du?«

»Ja, ja«, sagte ich nur.

»Frau Böhl-Schempp besitzt zwei Hunde«, sagte Mama daraufhin. »Sie geht außerhalb des Hofes mit ihnen spazieren, so, wie das alle anderen Einsteller auch machen.«

Nachdem es immer wieder Ärger mit Hundehaufen und Beißereien gegeben hatte, hatten meine Eltern vor ein paar Jahren ein generelles Hundeverbot auf dem Amselhof verhängt, das natürlich nicht für unsere eigenen Hunde galt. Seitdem herrschte Ruhe und die Leute gingen vor oder nach dem Reiten mit ihren Hunden spazieren.

»Wo wohnt die blö... äh ... die Frau Böhl-Schempp eigentlich?«, erkundigte ich mich.

»Ich glaube, sie wohnt in Hettenbach, wenn ich das richtig verstanden habe.«

Ich räumte in Windeseile den Tisch ab.

»Weckst du mich, wenn es bei Glory heute Nacht losgeht, Papa?«, fragte ich.

»Das wird es nicht«, erwiderte er. »Aber falls doch, dann wecke ich dich natürlich.«

»Ich geh dann mal hoch.« Ich musste unbedingt Melike anrufen und ihr erzählen, was heute Abend passiert war. Vielleicht stimmte es ja, was alle sagten, und wir hatten tatsächlich keinen Wolf gesehen, sondern einen Hund. Den Hund von der blöden Schnepfe.

6. Kapitel

Am Montag war der erste Schultag nach den Weihnachtsferien. Glory Day hatte ihr Fohlen am Wochenende nicht bekommen, genau wie Papa gesagt hatte. Jeden Morgen, bevor ich zum Schulbus radelte, ging ich in die Scheune, schaute nach Glory und bat sie, mit ihrem Fohlen zu warten, bis ich aus der Schule zurück war.

Dem Reh ging es von Tag zu Tag besser. Es humpelte auf drei Beinen in seiner Box herum, wurde immer zutraulicher. Gloria und der Aknefrosch waren seit Samstag aus der Schweiz zurück und hatten das Reh gleich nach ihrer Ankunft besichtigt. Stolz hatte ich ihnen vorgeführt, wie es sich von mir anfassen ließ.

»Ich habe es übrigens ›Bonnie‹ getauft«, hatte ich gesagt.

»Das hätte ich lieber nicht getan«, hatte der Aknefrosch erwidert.

»Wieso nicht?«, hatte Melike überrascht gefragt.

»Wenn man Viehzeug erst einen Namen gibt, tut die Trennung später doppelt so weh«, hatte der Aknefrosch altklug behauptet.

»Aber dich haben deine Eltern doch auch ›Jens‹ genannt«, hatte ich trocken erwidert, und daraufhin hatte Melike einen Lachflash gekriegt. Auch Gloria hatte grinsen müssen.

»Der war nicht schlecht«, hatte der Aknefrosch zugegeben und gegrinst. »Du wirst ja noch richtig schlagfertig, du dummes Kind.«

In der Schule war die Tatsache, dass mein Bruder und Ariane zusammen waren, Gesprächsthema Nummer eins. Die beiden hingen in jeder Pause zusammen und Christian nagte dabei mit vorgetäuschtem Enthusiasmus an einer Möhre oder einem Stück Kohlrabi, um allerdings später heimlich Pizza zu futtern, die seine Kumpels ihm aus der Schulkantine mitbrachten. Ricky und Tessa, Arianes treue Gefolgschaft, strichen um das verliebte Paar herum und waren dankbares Publikum für jede noch so blöde Bemerkung von Christian, der schon immer gerne den Gockel gespielt hatte. Keine Frage – mein Bruder machte sich gerade schwer zum Affen, aber er war echt in Ariane verliebt. Und sie in ihn, und das freute mich. Zu Melikes und meiner Überraschung war auch Tim in der Schule aufgetaucht, obwohl seine Mutter meiner erzählt hatte, er wolle die Schule abbrechen und wieder auf den Sonnenhof ziehen. Bisher war es mir jedoch gelungen, ihm nicht zu begegnen.

»Da draußen läuft sie, die blöde Schnepfe«, sagte Melike zu mir, als wir in der Reithalle im Schritt nebeneinander herritten. Ich blickte durch die großen Fensterscheiben und sah die neue Einstellerin mit ihrem dicken Andalusier in der Putzhalle verschwinden. Wahrscheinlich wollte sie in der alten Reithalle reiten, denn die große Halle war belegt. Es war kurz vor sechs, gleich begann die erste von drei Springstunden. Engelbert Maiwald und Corinna Faist wärmten bereits ihre Pferde auf. »Ich werde mich gleich mal an ihr Auto ranschleichen. Vielleicht kann ich die Hunde sehen, und wenn einer von denen wirklich der Wolf sein sollte, dann hetzen wir der Schnepfe den Nieselwetter auf den Hals.«

»Genau.« Ich warf einen Blick auf die Uhr über dem Halleneingang, dann checkte ich mein Smartphone. Farid musste bereits gelandet sein, aber sein Handy war noch immer ausgeschaltet.

»Bleibst du noch, bis die Springstunde rum ist?« Ich zog Lenzi die Decke von der Kruppe und gurtete nach. Die Bandentür ging auf und drei Reiter, die jeden Mittwoch extra für die Springstunde auf den Amselhof gefahren kamen, führten ihre Pferde in die Bahn.

»Klar. Niklas fährt mich später nach Hause. Wollte Farid heute noch herkommen?«

»Er wusste es noch nicht genau. Vielleicht. Bis jetzt hat er sich nicht gemeldet.«

»Ach, das dauert, bis die sich alle voneinander verabschiedet haben. Mach dir keine Gedanken.«

Papa kam in die Halle, und ich ließ Lenzi antraben. Melike war bereits fertig mit reiten und verließ die Bahn. In drei Wochen fand die erste Kadersichtung in Warendorf statt, bis dahin mussten Lenzi und Fritzi nach der Winterpause wieder richtig im Training sein. Heute Abend hatte Papa an beiden langen Seiten der Bahn zwei Gymnastikreihen aufgebaut, die aus jeweils sieben kleinen Hindernissen bestanden, zwischen denen immer eine Bodenstange lag. Das förderte die Beweglichkeit des Pferdes und die Schnelligkeit des Vorderbeins und war ganz und gar nicht Lenzis Sache. Der kleine Vollblüter war zu Hause beim Reiten eher lethargisch und strengte sich nur ungern mehr an, als er unbedingt musste. Wer ihn durch die Reitbahn zuckeln sah, hielt ihn schon mal für ein Schulpferd. In einem Parcours oder wenn es darauf ankam, wachte er jedoch auf und verwandelte sich in einen heißen, kleinen Feuerstuhl, dem kein Hindernis zu hoch oder zu breit war. Eigentlich gehörte Lenzi Herrn Nötzli, dem Schweizer Pferdehändler, der ihn mir zum Reiten gegeben hatte. Sein Ziel war, das Pferd eines Tages mit Gewinn verkaufen zu können, so wie Quintano oder Skyfall. Aber ich hegte insgeheim die Hoffnung, dass so bald kein anderer Reiter mit dem Vollblüter zurechtkommen und er mir noch lange erhalten bleiben würde, denn ich liebte Lenzi fast genauso sehr wie meinen Fritzi.

Nachdem alle ihre Pferde genügend aufgewärmt hatten, begannen wir mit der Springgymnastik.

Engelbert und Corinna ritten schon seit Ewigkeiten in der Anfängerspringstunde mit, sie waren beide mit mehr Begeisterung als Talent bei der Sache, und ich bewunderte die Engelsgeduld meines Vaters, der ihnen Woche für Woche dasselbe sagte, ohne dass sie jemals beherzigten, was er ihnen beizubringen versuchte.

»Keinen Druck machen, Corinna!«, rief er nun wieder. »Lass Donjana einfach in die Reihe reintraben!«

Zwecklos! Corinna jagte im Galopp in die Gymnastikreihe und natürlich passte es schon nach dem zweiten kleinen Steilsprung nicht mehr. Die braune Stute trat auf eine Bodenstange, strauchelte und scherte nach rechts aus.

»Noch mal!«, kommandierte Papa und stellte sich todesmutig neben die Hindernisse. »Ohne Druck, hörst du?«

»Ja, klar!«, schnaufte Corinna, die schon knallrot im Gesicht war, und ritt erneut auf die Reihe zu.

»Zügel locker lassen, ruhig mit der Bewegung mitgehen …«

Papa hätte auch mit der Wand reden können, es war komplett sinnlos. Corinna preschte schon in der Ecke los und es war für mich nur erstaunlich, dass ihre Stute trotz allem immer wieder an die Hindernisse galoppierte. Ich an Donjanas Stelle hätte einfach verweigert.

Engelbert machte es nicht viel besser.

»Diese Stangen auf dem Boden machen mich verrückt!«, beschwerte er sich, nachdem sein Pferd zum dritten Mal seitlich ausgebrochen war.

»Guck doch gar nicht hin!«, riet Papa ihm. »Das passt alles genau. Elena, komm du mal durch die Reihe!«

Lenzi zockelte auf die Reihe zu, trabte über die erste Stange, fiel in Galopp und sprang geschmeidig über die sieben kleinen Steilsprünge.

»Durchparieren zum Trab und gleich die Oxer-Reihe hinterher!«, rief Papa und ich gehorchte. Auch die drei externen Reiter meisterten die Aufgabe ohne Probleme, und die letzten beiden Hindernisse beider Gymnastikreihen wurden etwas erhöht. Melike tauchte dick vermummt auf der Tribüne auf.

»Und?«, fragte ich sie neugierig und hielt neben ihr an.

»Das Auto steht draußen vor dem Hoftor«, erwiderte meine Freundin mit gesenkter Stimme. »Leider sind die hinteren Scheiben verdunkelt. Die Hunde fingen zwar an zu bellen, aber ich konnte sie nicht erkennen. Mist!«

»Elena! Ihr könnt später noch quatschen!«, rief Papa. »Komm noch mal durch die beiden Reihen!«

Ich nahm die Zügel wieder auf und ließ Lenzi antraben. Im Vorraum der großen Reithalle versammelten sich schon die Reiter für die zweite Stunde: Niklas, Christian, Ariane und der Aknefrosch. Mama hatte Fritzi für mich gesattelt, damit ich ihn gleich in der zweiten Stunde reiten konnte und nicht eine ganze Stunde warten musste.

»Ich krieg das mit diesen Reihen einfach nicht hin!«, rief Corinna schrill. »Diese blöde Kuh rennt sofort los wie bekloppt!«

Hochrot im Gesicht, die Reitkappe fast über den Augen, gab sie ihrer dahinstürmenden Stute ein paar heftige Paraden.

»Die blöde Kuh bist ganz alleine du!«, sagte Papa mit leicht genervtem Unterton. Er konnte es auf den Tod nicht leiden, wenn ein Reiter die Fehler bei seinem Pferd und nicht bei sich selbst suchte. »Steig mal ab.«

Corinna rutschte wie ein nasser Sack aus dem Sattel, als sie ihr Pferd zum Halten gebracht hatte, und Papa schwang sich auf Donjanas Rücken. Er ließ die braune Stute auf dem Zirkel traben und galoppieren, hielt an und richtete rückwärts.

Ich war immer wieder aufs Neue fasziniert davon, wie ein Pferd sich augenblicklich veränderte, wenn mein Vater in seinem Sattel saß. Donjana war keine Schönheit – mit ihrem plumpen Körperbau und den zu kurzen Beinen ähnelte sie irgendwie ihrer Besitzerin –, und Corinna gelang es kaum jemals, sie an den Zügel zu reiten, aber jetzt wirkte die braune Stute beinahe elegant und bog den Hals.

»So, und jetzt guck mal, was ich mache!«, rief Papa Corinna zu. »Ich lasse sie einfach hintraben und benutze meine Schenkel gar nicht!«

Zum Beweis dafür spreizte er die Unterschenkel seitlich ab. Donjana spitzte die Ohren, kaute am Gebiss und trabte gehorsam zum ersten Sprung. In gleichmäßigem Tempo sprang sie durch die Reihe mit Steilsprüngen, gleich danach bewältigte sie die Oxer-Reihe genauso problemlos.

»Bei dir sieht das alles immer so leicht aus«, murrte Corinna und zuckte frustriert die Schultern. »Ich geb's wohl besser auf. Ich lerne es ja doch nie.«

Das sagte sie mindestens einmal pro Springstunde und tauchte in der nächsten Woche dann doch unverdrossen wieder auf.

Papa klopfte dem Pferd den Hals und saß wieder ab.

»Warum ist es bloß so schwer, *gar nichts* zu machen?«, fragte er Corinna. »Ich will, dass du es jetzt noch einmal versuchst.«

Tatsächlich gelang es ihr, einmal die Gymnastikreihe von vorne bis hinten durchzureiten, und mit diesem Erfolgserlebnis ließ Papa sie für heute aufhören. Wir anderen ritten noch ein paarmal die Reihen, dann kam die nächste Gruppe in die Bahn: Niklas mit Unique de Reve, Christian und Jens mit Abraxas und Smokey Hill, zwei Fünfjährigen aus unserer eigenen Zucht, die in diesem Jahr die ersten Springpferdeprüfungen gehen sollten, und Ariane mit Con Amore. Mama führte Fritzi in die Halle und nahm mir Lenzi ab. Fritzis Fell glänzte wie Zartbitterschokolade, er blickte sich aufmerksam um und spitzte beim Anblick der Hindernisse die Ohren.

»Ja, heute darfst du mal wieder springen.« Ich zog den Sattelgurt nach und die Steigbügel hinunter, dann setzte ich einen Fuß in den Bügel und schwang mich in den Sattel. Dem jungen Hengst war die Winterpause hervorragend bekommen. Er vibrierte vor Energie und Lust aufs Springen. Ich ließ ihn am langen Zügel um die ganze

Bahn gehen. Trotz seines Temperaments war er gehorsam und benahm sich auch nicht hengstig, wenn eine Stute in der Nähe war. Ich checkte schnell mein Smartphone, als Papa kurz die Halle verlassen hatte. Endlich – eine Nachricht von Farid!

Sind gelandet! Melde mich später.

Erleichtert steckte ich das Handy weg. Niklas trabte schon, Christian und Ariane ritten noch im Schritt nebeneinanderher und blickten sich dabei tief in die Augen.

»Aristian«, gluckste ich.

»Was heißt das denn?«, fragte der Aknefrosch neugierig.

»So nennen sich die beiden«, erwiderte ich glucksend. »Eine Kombination aus Ariane und Christian. Wie Brangelina oder Bennifer.«

Dann erzählte ich ihm von Arianes YouTube-Plänen.

»Ach du meine Güte!« Der Aknefrosch machte ein entsetztes Gesicht. »Das klingt ja fast so, als wär das was Ernstes.«

»Mal sehen, was Ariane macht, wenn sie erfährt, dass mein Bruder sich heimlich von seinen Kumpels mit Pizza und Burgern versorgen lässt«, sagte ich.

Nach ein paar Runden im Schritt nahm ich die Zügel auf und trabte an. Wie immer, wenn ich auf Fritzis Rücken saß, erfüllte mich ein tiefes Glücksgefühl: Er war mir so vertraut wie kein anderes Pferd, und dank Papas sorgfältiger Ausbildung war er wunderbar fein zu reiten. Ich liebte Fritzis geschmeidige, kraftvolle Bewegungen, seine Sensibilität und seine Leistungsbereitschaft. Wenn alles so lief wie geplant, würde er mit mir in der kommenden Turniersaison seine ersten S-Springen gehen.

»Hey, Leni«, sagte jemand, als ich an der Tribüne vorbeitrabte, und ich blickte zur Seite.

»Farid!«, rief ich erfreut und mein Herz schlug einen Salto. »Du bist ja schon da! Ich hab grad erst deine WhatsApp gekriegt!«

»Meine Mum hat mich gleich hergefahren.« Er lehnte sich an die Bande. Sein Lächeln war nicht ganz so strahlend wie sonst und wirkte ein bisschen gezwungen.

»Ist irgendwas passiert?«

»Erzähl ich dir später.«

Jens, Niklas, Ariane und Christian begrüßten meinen Freund ebenfalls im Vorbeireiten, dann setzte Farid sich neben Melike auf die Tribüne. Twix kletterte sofort auf seinen Schoß und versuchte, ihm das Gesicht abzulecken. Was war nur geschehen? Jede seiner Nachrichten aus Abu Dhabi hatte glücklich und überschwänglich geklungen und auch wenn wir telefoniert hatten, war Farid in absoluter Hochstimmung gewesen. Er hatte es kaum erwarten können, dass die Bundesligasaison wieder losging. Nach seinen erfolgreichen Einsätzen in den letzten Spielen hatte er sich gute Chancen auf einen Stammplatz in seiner Mannschaft ausgerechnet. Aber heute Abend wirkte er frustriert, ja sogar regelrecht traurig, und ich fragte mich besorgt, was wohl geschehen sein könnte.

»Sie haben drei neue Spieler eingekauft und die dürfen alle gleich spielen«, erzählte Farid mir, als Fritzi eine Stunde später unter dem Solarium im Turnierstall stand und ich das Sattelzeug weggeräumt hatte. »Alle Verletzten sind wieder fit. Ich bin am Samstag beim Testspiel nicht mal im Kader!«

»Aber du hast doch so viele Tore geschossen.« Ich konnte nicht begreifen, weshalb der Trainer Farid nicht berücksichtigte.

»Ich dachte auch, das würde eine Rolle spielen, aber das tut es wohl nicht.« Farid zuckte die Schultern und ließ sich auf einen Strohballen fallen, der vor Cotopaxis Box lag. »Die haben mich einfach in die U19 zurückgeschickt! Ich kann's echt nicht fassen! Im Trainingslager hat der Sportdirektor noch rumgesülzt, ich wäre total wichtig für die Mannschaft und dann kaufen die einen Tag vor Ende der Transferperiode – zack, zack – drei Neue ein und ich bin raus. Das ist echt zum Kotzen!«

Seine Enttäuschung tat mir in der Seele weh, aber ich wusste nicht, was ich sagen konnte, um ihn zu trösten. Wieder fiel mir auf, wie fremd mir die Welt des Fußballs war. Ich hatte gar nicht gewusst, dass Vereine Spieler einfach so »kaufen« konnten, als wären es Pferde oder Gegenstände.

»Und was ist mit deinem Vertrag?«, fragte ich vorsichtig.

»Nichts. Der läuft weiter.« Farid seufzte deprimiert, und ich sah ihn stumm an. Da kamen der Aknefrosch, Christian und Niklas in den Stall, und Farid erzählte ihnen dieselbe Geschichte, diesmal aber weitaus ausführlicher und gespickt mit allerhand Fachausdrücken, die mir nicht viel sagten.

»Wie bitte? Die haben den Batira und den Reuther von der Hertha geholt?«, rief der Aknefrosch ungläubig.

»In Berlin sind die froh, dass sie die beiden los sind, die haben dort doch nur auf der Bank gehockt«, bemerkte Niklas, ähnlich aufgebracht. »Was für ein Schwachsinn ist das denn?«

Ich ließ die Jungs fachsimpeln und hörte nur mit einem Ohr zu. Hilda war heute bereits zwei Mal gegangen und Bittersweet am Morgen eine Stunde auf dem Laufband gelaufen, deshalb war ich für heute fertig. Ich deckte Fritzi ein und führte ihn in seine Box. Melike kam um die Ecke geschossen und machte mir Zeichen, ihr in die Sattelkammer zu folgen. Sie knallte die Tür hinter mir zu und lehnte sich dagegen.

»Du *glaubst* nicht, was ich gerade *zufällig* gehört habe!«, keuchte sie. Ihre Wangen waren knallrot, sie war empört.

»Nee, was denn?«

»Die blöde Schnepfe hat eben im Stall telefoniert und so laut gequakt, dass ich jedes Wort verstanden habe – ob ich wollte oder nicht«, sagte Melike mit bebender Stimme. »Ich hab meinen Ohren nicht getraut! Das ist eine ganz linke Bazille!«

»Was hat sie denn gesagt?«

»Stell dir vor: Sie will das *Forsthaus* kaufen! Jetzt, wo es günstig zu haben ist, weil es mit in der Insolvenzmasse von Friedrich Gottschalk ist!«

»Das kann doch nicht sein!« Ich schüttelte ungläubig den Kopf. »Was wird denn dann aus Lajos?«

Es war für mich völlig unvorstellbar, dass jemand anderes im Forsthaus am Waldsee wohnen konnte als Lajos! Das Haus hatte viele Jahre leer gestanden. Zwar war es düster und ein bisschen unheimlich gewesen mit den vernagelten Fensterläden, aber Melike und ich hatten es ein bisschen als unser Eigentum betrachtet. Oft waren wir hingeritten, hatten unsere Pferde an der Veranda angebunden und uns auf die verwitterte Holzbank gesetzt. Damals waren wir noch Kinder gewesen und hatten Nachmittage lang dort gespielt. Mal waren wir Siedler im Wilden Westen gewesen oder Ausreißerinnen auf der Flucht vor der Polizei. Es war ein Schock für uns gewesen, als plötzlich jemand im Forsthaus gewohnt hatte, und wir hatten Lajos mit seinen langen Haaren und dem Rauschebart für einen Pferdedieb gehalten, weil in dem kleinen Stall dauernd andere Pferde gestanden hatten. Aber schließlich hatten wir die Wahrheit herausgefunden und seitdem besuchten wir Lajos oft.

»Das dürfen wir nicht zulassen!«, sagte Melike grimmig.

»Der Herr Gottschalk darf das Forsthaus auf keinen Fall an die blöde Schnepfe verkaufen!«, pflichtete ich ihr bei. »Wir müssen mit ihm reden.«

»Ob das noch was nützt?« Melike verzog zweifelnd das Gesicht. »Die Schnepfe hat von einem Besichtigungstermin gequatscht!«

»Ob Lajos das weiß?« Ich ließ mich auf den Stuhl sinken und wehrte Twix ab, der auf meinen Schoß springen wollte.

»Kann ich mir nicht vorstellen.«

Jemand wollte in die Sattelkammer, aber Melike blockierte noch immer die Tür.

»Lasst mich rein, ihr Schnatterhühner!«, rief der Aknefrosch auf der anderen Seite der Tür. »Ich will Feierabend machen! Ihr könnt auch woanders euer Plauderstündchen abhalten.«

Melike ging ein Stück zur Seite und er polterte herein.

»Was is'n hier los?« Der Aknefrosch hatte einen Sattel über dem Arm und zwei Trensen und Vorderzeug in der anderen Hand und blickte zwischen Melike und mir hin und her. »Was schmiedet ihr für finstere Pläne?« Er wuchtete den Sattel auf einen der leeren Sattelhalter.

»Sag mal, Jens«, fragte Melike, »warst du schon mal insolvent?«

»Seh ich so aus, oder was?«, schnaubte der Aknefrosch, dann grinste er schief. »Nicht dass ich schon jemals in meinem Leben wirklich *solvent* gewesen wäre. Wie kommst'n auf so was?«

»Ach, nur so.« Melike wollte an ihm vorbeigehen, aber er verstellte ihr den Weg.

»Jetzt möchte ich wissen, wieso euch das interessiert«, sagte der Aknefrosch, die Neugier auf zwei Beinen. »Erzählt dem Onkel Jens, was ihr auf dem Herzen habt.«

»Was bedeutet ›Insolvenz‹ überhaupt?«, wollte ich wissen.

»Zahlungsunfähig durch Überschuldung«, erwiderte der Aknefrosch. »Oder auch pleite, bankrott, Konkurs.«

»Ja, das ist schon klar«, sagte Melike ungeduldig. »Aber was passiert genau, wenn einer insolvent ist?«

»Ich vermute mal, es geht um den lieben Herrn Gottschalk«, schloss der Aknefrosch messerscharf. »Oder?«

»Nicht direkt um ihn persönlich, aber … schon irgendwie.«

»Also, hört genau zu.« Er setzte seine Besserwisser-Miene auf. »Man unterscheidet zwischen einer Privatinsolvenz und einer Unternehmensinsolvenz. Letzteres trifft auf den Gottschalk zu. Er hat mit seiner Firma Schulden gemacht – was durchaus normal ist –, aber weil wiederum Firmen, von denen er Geld bekommen sollte, auch in finanziellen Schwierigkeiten steckten, hatte er plötzlich keine Kohle mehr, um seine Lieferanten und Handwerker zu bezahlen. Die nennt man übrigens *Gläubiger*, merkt euch das. Dann kam es zu einer Art Domino-Effekt. Mittelständische Unternehmer, wie Friedrich Gottschalk einer ist, haften häufig auch mit ihrem privaten Vermögen, wenn sie keine GmbH haben. GmbH bedeutet: Gesellschaft mit *beschränkter Haftung*, das heißt, nur die Firma mit allem, was ihr gehört, ist pleite. Dummerweise hatte Gottschalk aber vor ein paar Jahren seine GmbH verkauft und trotzdem weitergewurschtelt, das hat steuerliche Gründe, die jetzt zu kompliziert zu erklären sind. Da man sich strafbar macht, wenn man nicht zugibt, dass man zahlungsunfähig ist, muss man im Fall einer Überschuldung eine Insolvenz beim Amtsgericht melden, und das Amtsgericht setzt dann einen Insolvenzverwalter ein, der dafür sorgt, dass alle Vermögenswerte – auch Insolvenzmasse genannt – zu Geld gemacht werden. Davon kriegen anteilig die Gläubiger was, wenn sie Glück haben, zumindest. Wenn irgendwann alles, was mal in der Insolvenzmasse war, verkauft oder versteigert worden ist, dann war's das. Kapiert?«

»Äh, ich glaub schon.« Ich nickte. »Danke.«

»Keine Ursache.« Der Aknefrosch zwinkerte mir zu und verschwand nach draußen. Wir hörten, wie er zu Niklas, Farid und Christian sagte: »Schluss für heute. Lasst uns was trinken gehen, Männer!«

»So richtig übel aknefroschig ist der Aknefrosch in letzter Zeit gar nicht mehr«, stellte ich fest. »Was der so alles weiß!«

»Seitdem er mit Gloria zusammen ist, hat er sich erheblich gebessert«, pflichtete Melike mir bei und kicherte. »Manchmal hab ich den Verdacht, er lernt heimlich Seiten bei Wikipedia auswendig, um sie zu beeindrucken.«

»Kommt ihr mit, Mädels?«, rief Niklas von der Stallgasse aus.

»Klar«, erwiderten Melike und ich wie aus einem Mund.

Farid hatte beschlossen, jetzt doch das Abitur zu machen. Da er nicht mehr mit den Profis trainierte, konnte er wieder zur Schule gehen, was mich insgeheim echt freute. Am Samstag fuhr er mit der U19-Mannschaft nach Ingolstadt und war anschließend superhappy, denn seine Mannschaft gewann 4:1, und er hatte gleich drei der vier Tore geschossen.

Niklas war mit zwei Pferden auf einem C-Kaderlehrgang in Warendorf und Melike war mitgefahren. Er war einer der besten Nachwuchsreiter in Hessen, vielleicht sogar in ganz Deutschland. Da seine Mutter Schweizerin war, besaß Niklas auch einen Schweizer Pass. Er war schon erfolgreich für die Schweiz international in Nationenpreisen gestartet und Europameister der Junioren geworden. Doch trotz seines enormen Talents und seiner Erfolge hatte er nicht vor, die Reiterei zu seinem Beruf zu machen, was für mich komplett unverständlich war. Niklas wollte im Herbst in die USA gehen und an der Harvard Business School in der Nähe von Boston studieren, um später in das Unternehmen seines Vaters einzusteigen und dieses zu leiten.

Ich hatte den ganzen Tag im Stall verbracht, am Abend lud ich endlich die Wolf-Fotos aus dem Steinauer Moor vom Smartphone auf meinen Laptop hoch und versuchte, die Bilder zu vergrößern und zu bearbeiten. Aber ich war nicht besonders gut in Bildbearbeitung und mehr als ein Schatten war auch hinterher nicht zu erkennen.

Nach dem Abendessen rief Farid an und wir telefonierten fast eine ganze Stunde lang. Er erzählte mir voller Begeisterung, dass er nach dem Spiel wieder einmal von Scouts anderer Bundesligavereine angesprochen worden sei, die auf der Suche nach Nachwuchstalenten in ganz Europa unterwegs waren. Das war kaum verwunderlich, immerhin war Farid in der vergangenen Saison mit siebenunddreißig Toren der Torschützenkönig der U19-Bundesliga gewesen, außerdem hatte er einen Stammplatz im Kader der U19-Nationalmannschaft, mit der er sich für die Junioren-Europameisterschaften qualifiziert hatte. Der Deutsche Fußball-Bund hatte ihn für seine Leistungen mit der Fritz-Walter-Medaille in Gold geehrt, als besten Nachwuchsspieler der Saison. Verwunderlich war eher, warum sein Trainer in Frankfurt ihn aus dem Profiteam zurück in die Jugendmannschaft geschickt hatte.

»Stell dir vor, Leni, ich hab mit den Leuten von Borussia Dortmund, Hoffenheim und Bayer Leverkusen gesprochen! Und sie haben Rieseninteresse an mir – ist das nicht der Wahnsinn?«, sagte Farid gerade.

»Doch, das ist echt super!« Ich freute mich ehrlich für ihn, allerdings war meine Freude von der Sorge getrübt, dass er eines Tages zu einem anderen Verein wechseln und dann – wie Niklas – weit weg ziehen könnte, während ich hier zurückbleiben musste. So zu denken war schrecklich egoistisch, aber im Gegensatz zu Melike hatte ich mir bisher nie vorstellen können, jemals irgendwo anders zu leben als hier, auf dem Amselhof. Was würde dann mit Fritzi geschehen? Natürlich gab es überall auf der Welt auch Reitanlagen, auf denen ich mein Pferd unterstellen konnte, aber es war für mich weitaus mehr als ein Traum, eines fernen Tages den Hof von meinen Eltern zu übernehmen. Mein Bruder hatte keine Lust, wie unsere Großeltern und Eltern zu leben und sich nur nach den Bedürfnissen der Tiere zu richten. Es kränkte besonders Papa sehr, wenn Christian herumtönte, er wolle lieber viel Geld verdienen und die Welt sehen, statt »Sklave von irgendwelchem Viehzeug« zu sein, wie er das verächtlich ausdrückte.

»Entschuldige, jetzt hab ich dir eine halbe Stunde lang die Ohren vollgequatscht«, sagte Farid.

»Schon okay«, erwiderte ich. »Hier ist nichts passiert, wovon ich dir erzählen könnte.«

Wir redeten noch eine Weile, dann wünschten wir uns eine gute Nacht.

Ich konnte lange nicht einschlafen, wälzte mich von einer Seite auf die andere und dann träumte ich wirres Zeug von sprechenden Wölfen, Fohlen, Fußball und von Lajos, der auf der Veranda des Forsthauses Frau Dr. Waldow heiratete, dabei trugen beide absurderweise Trikots von Eintracht Frankfurt.

7. Kapitel

»So, das war's.« Dr. Felix Brinker, einer der Tierärzte, die in der Kleintierklinik von Frau Dr. Waldow arbeiteten, trat vom Behandlungstisch zurück, zog die blauen Latexhandschuhe aus und warf sie in den Mülleimer. Johnny, der braune Labrador, der am Morgen als Notfall von seiner hysterisch schluchzenden Besitzerin in die Tierklinik gebracht worden war, schlummerte friedlich in der Narkose. Er war beim Morgenspaziergang im Wald von einem fremden Hund angefallen und schlimm gebissen worden. Auf der panischen Flucht vor dem Angreifer war er noch vor ein Auto gelaufen.

In einer fast zweistündigen OP hatte Dr. Brinker, der sich in Frau Dr. Waldows Abwesenheit als Chef aufspielte, ihn wieder zusammengeflickt und alle Wunden sorgfältig desinfiziert und genäht.

»Bringen Sie ihn in den Aufwachraum«, sagte er zu den beiden Tierarzthelferinnen Stella und Carolin. »Ich sage der Besitzerin Bescheid, dass ihr Schätzchen wohlauf ist.«

Mich übersah er geflissentlich, wie er das schon in den letzten drei Tagen getan hatte. Ich hatte mich sehr auf das Praktikum gefreut, aber schon am ersten Tag hatte ich mich bei Dr. Brinker – den ich seitdem insgeheim *Doc Stinker* nannte, weil er so roch, als würde er in einer Parfümflasche übernachten – mega unbeliebt gemacht. Wir hatten eine Katze zu einer Impfung auf dem Behandlungstisch gehabt und ich hatte sie festhalten sollen. Dabei hatte es in meinen Händen heftig gekribbelt, deshalb hatte ich die Vermutung geäußert, dass irgendetwas in ihrem Brustbereich nicht in Ordnung sei. Doc Stinker hatte mir einen vernichtenden Blick zugeworfen, und hinterher war mir klar geworden, dass es unklug gewesen war, meinen Verdacht im Beisein der Besitzerin zu äußern, aber es war mir nur um das Wohl der Katze gegangen, an etwas anderes hatte ich nicht gedacht. Natürlich hatte die alte Dame darauf bestanden, die Katze gründlicher zu untersuchen, und dabei war tatsächlich ein Tumor festgestellt worden, der auf die Lunge drückte und Ursache der Kurzatmigkeit war, unter der die Katze bereits seit Längerem litt.

»Stella, Carolin, ich brauche Sie beide in zehn Minuten im Behandlungsraum 3. Die Praktikantin macht den OP sauber«, sagte Doc Stinker nun im Weggehen, ohne mich auch nur eines Blickes zu würdigen. »Und zwar ordentlich, wenn's geht.«

»Die *Praktikantin* gibt sich alle Mühe«, murmelte ich verdrossen und verschluckte ein nicht sehr nettes Schimpfwort. Mit diesem überheblichen Idioten zusammenzuarbeiten war alles andere als lustig, aber wenigstens hatte ich heute mal wieder bei einer OP dabei sein dürfen. Nach der Sache mit der Katze hatte Doc Stinker mich nämlich in den Keller verbannt, wo ich das Arzneimittellager aufräumen und staubige Ordner im Archiv sortieren musste. Da es im Keller weder WLAN noch Handyempfang gab, war es eine ziemlich öde Angelegenheit gewesen, und ich hatte mich mit dem Gedanken getröstet, dass Frau Dr. Waldow nächste Woche von dem Kongress in München zurück sein und mir dann sicherlich interessantere Arbeiten zuteilen würde.

»Elena, kannst du bitte bei Johnny bleiben?«, bat Stella mich. »Ich hole schnell den Wagen. Der Süße ist ein bisschen zu schwer, um ihn zum Aufwachraum rüberzutragen.«

»Klar, mach ich«, erwiderte ich.

Stella arbeitete schon seit über zehn Jahren hier und ließ sich durch nichts erschüttern, auch nicht durch die zynischen Bemerkungen von Dr. Brinker. Ihre Kollegin Carolin war auch total nett und fröhlich. Sie hatte vor ein paar Jahren ein Praktikum gemacht und danach eine Ausbildung. Ich kannte sie allerdings auch vom Reiten. Ihr Pferd stand in einem Stall in Klein-Heubach und sie ritt Springen, genau wie ich. Jedes Jahr ritt sie den Weihnachts-Springlehrgang bei meinem Vater auf dem Amselhof mit.

»Der Brinker ist zwar menschlich etwas speziell«, sagte sie und begann schon damit, den OP aufzuräumen. »Aber er hat echt was drauf. Keiner macht schönere Nähte als er.«

»Menschlich etwas speziell!«, schnaubte ich. »Er ist ein arroganter, blöder Sack.«

»So kann man es natürlich auch ausdrücken.« Carolin blickte rasch über ihre Schulter und kicherte. »Er ist halt noch ein junger Schnösel und kann es nicht ertragen, wenn andere mit irgendetwas recht behalten.«

Ich strich vorsichtig über das weiche Fell des schlafenden Hundes. Der arme Kerl! Es würde eine Weile dauern, bis die tiefen Bisswunden am Hals, dem linken Ohr und der Vorderpfote verheilt waren. Plötzlich zuckte ich zusammen und zog erschrocken meine Hände weg.

»Was ist?«, fragte Carolin.

Ich musste mich überwinden, um ein weiteres Mal meine Hände auf die Flanke des Hundes zu legen. Sofort fuhr mir das Kribbeln heiß bis hoch in die Arme. Es war so intensiv und heftig, wie ich es zuletzt bei Joyce, dem Hund von Belhedis, verspürt hatte. Ein Zeichen dafür, dass der Hund eine schwere Verletzung oder Entzündung an dieser Stelle hatte. Was sollte ich jetzt tun? Doc Stinker würde ganz sicher nicht auf mich hören, wenn ich ihn jetzt darum bat, den Labrador noch einmal zu untersuchen!

»Was hast du, Elena?«, wiederholte Carolin.

Ich biss mir nachdenklich auf die Unterlippe. »Könnte es sein, dass eine Verletzung übersehen wurde?«, formulierte ich so vorsichtig wie möglich.

»Eine Verletzung übersehen?« Carolin sah mich überrascht an. »Wie kommst du denn darauf?«

Sie war am Montag bei der Sache mit der Katze nicht dabei gewesen. Sollte ich ihr erklären, was ich mit meinen Händen erfühlen konnte? Was, wenn sie mir nicht glaubte? Aber ich konnte unmöglich so tun, als sei nichts, denn falls ich recht hatte, konnte es Komplikationen geben und im schlimmsten Fall würde der arme Johnny sterben.

Stella kehrte mit dem Rollwagen zurück.

»Moment noch!« Ich hielt sie zurück, als sie den Labrador vom Behandlungstisch auf den Wagen heben wollte. Und dann erzählte ich Stella und Carolin, was es mit meiner Gabe auf sich hatte. Die beiden Tierarzthelferinnen guckten mich mit einer Mischung aus Unglaube und Ratlosigkeit an.

»Also, *ich* erklär dem Brinker sicher nicht, dass er den Hund noch mal untersuchen soll!«, sagte Carolin schnell. »Der hat mich heute schon drei Mal angeschissen, das reicht mir.«

»Dann lasst es uns Frau Dr. Yüksel sagen«, schlug ich vor.

»Keine Chance.« Stella schüttelte den Kopf. »Johnny ist Dr. Brinkers Patient, das wird sie nicht machen.«

»Aber wir können doch nicht …«, begann ich, verstummte aber wieder, denn in dem Augenblick kehrte der Tierarzt zurück.

»Was ist das hier: ein Kaffeekränzchen? Warum ist der Hund noch nicht im Aufwachraum?«, schnauzte er uns ungehalten an. »Der OP wird in zehn Minuten wieder gebraucht. Also, ein bisschen zackig jetzt!«

Er wandte sich ab und stürmte mit wehendem Kittel wieder hinaus.

Ich atmete tief durch und lief hinter ihm her. Auf dem Flur holte ich ihn ein. »Herr Dr. Sti… äh … Brinker?«

»Solltest du nicht den OP sauber machen?« Er ging einfach weiter, dieser Mistkerl. »Oder bist du dazu nicht in der Lage?«

»Könnten Sie sich den Hund vielleicht noch einmal ansehen?«, fragte ich. »Ich glaube, er hat eine Verletzung oder eine Entzündung im Bauchraum, die wir übersehen haben.«

Doc Stinker blieb so plötzlich stehen, dass ich um ein Haar gegen ihn geprallt wäre.

»Was denkst du eigentlich, was du bist? Tierärztin?« Seine blauen Augen waren kalt wie Eis, er verzog den Mund zu einem spöttischen Grinsen. »Du bist eine *Schülerprak-*

tikantin und ich lasse mir von dir sicherlich nicht sagen, wie ich zu arbeiten habe!«

»Bitte.« Mein Herz klopfte heftig, aber ich hielt seinem Blick stand, ohne mit der Wimper zu zucken. »Da ist irgendetwas unterhalb der letzten Rippe, das habe ich …«

»Ja? Das hast du – was? *Gerochen?*«, unterbrach er mich. Er lachte schallend über seinen eigenen Witz und wollte weitergehen, aber ich ließ nicht locker.

»Machen Sie nur einen Ultraschall«, bat ich ihn. »Wenn da nichts ist, dann … dann breche ich das Praktikum ab und Sie sind mich los.«

»Und wenn ich es nicht tue?« Doc Stinker steckte die Hände in die Taschen seines Kittels, schob die Unterlippe vor und musterte mich abschätzend durch seine runde Hornbrille.

»Dann werde ich die Besitzerin dazu auffordern, dass sie es Ihnen sagen soll.« Ich zwang mich, meine Stimme fest klingen zu lassen, denn so furchtlos, wie ich tat, war ich nicht.

Der Tierarzt lief rot an, das überhebliche Grinsen war verschwunden.

»Das ist Erpressung.« Er machte einen Schritt auf mich zu, aber ich wich keinen Millimeter zurück. Dann besann er sich. »Na gut. Ich gucke mir den Hund noch mal an. Und wenn da nichts ist, dann ist heute dein letzter Tag hier in der Klinik gewesen.«

»Ja. Okay.« Ich nickte. Am liebsten hätte ich ihm ins Gesicht gesagt, dass ich heilfroh wäre, wenn ich ihn nie wiedersehen müsste, doch in diesem Moment bog Stella mit dem Rollwagen, auf dem der schlafende Johnny lag, in den Flur ein.

»Bringen Sie den Hund zurück in den OP«, bellte Doc Stinker und stiefelte davon in Richtung Wartezimmer.

»Hui!«, murmelte Stella nur. Sie streifte mich mit einem kurzen Blick, dann zuckte sie mit den Schultern und machte kehrt. Ich lief hinter ihr her.

Zurück im Behandlungszimmer hoben Stella und Carolin Johnny wieder auf den Behandlungstisch. Doc Stinker stürmte herein und zog das fahrbare Ultraschallgerät heran.

Ich hielt mich im Hintergrund und beobachtete mit aufgeregt pochendem Herzen, wie der Tierarzt Gleitgel auf den Schallkopf des Gerätes aufbrachte und damit über die Flanke des Hundes fuhr. Für Johnny hoffte ich, mich geirrt zu haben.

Der Tierarzt blickte mit versteinerter Miene auf den Monitor, und fuhr erneut über die Stelle, an der ich das Kribbeln in meinen Händen gespürt hatte, dann ein drittes und ein viertes Mal. Vorsichtig betastete er den Bauch des Hundes. Für ein paar Sekunden schloss er die Augen, furchte die Stirn und presste die Lippen zusammen.

»Stella«, sagte er schließlich. »Holen Sie Frau Dr. Yüksel, ich brauche sie hier. Carolin, Sie bereiten alles für eine Bauchraum-OP vor. Ich spreche mit der Besitzerin. Ich fürchte, der Hund hat eine Milzruptur erlitten.«

Mir wurde ganz flau vor Erleichterung. Nicht etwa, weil ich recht behalten hatte, sondern weil Johnny gerettet werden würde.

Stella wieselte hinaus, und Doc Stinker folgte ihr, ohne mich auch nur anzusehen.

Dafür starrte Carolin mich beinahe ehrfürchtig an. »Mein lieber Mann!«, flüsterte sie. »Du hast echt Mumm.

Und vor allen Dingen hattest du recht. Ich *fasse* es nicht. Wie machst du das? Am Montag die Katze und jetzt das …«

Natürlich hatte sie die Geschichte gehört. Keine der elf Tierarzthelferinnen konnte Doc Stinker wirklich leiden, und sie freuten sich heimlich darüber, dass ausgerechnet eine fünfzehnjährige Praktikantin ihm eine Lektion erteilt hatte.

»Keine Ahnung.« Mein Blick fiel auf die Uhr über der Tür. Es war schon kurz vor eins. »Ich muss los. Meine Mutter holt mich um eins ab. Schreibst du mir später, wie es gelaufen ist und wie es Johnny geht?«

»Klar, mach ich«, versprach Carolin. »Bis morgen.«

»Ja, bis morgen.« Ich warf einen letzten Blick auf den schlafenden Hund und wünschte ihm alles Gute, dann ging ich hinaus. Im Umkleideraum zog ich Kittel und Crocs aus und stellte sie in meinen Spind. Nach vier Tagen begann ich daran zu zweifeln, dass Tierarzthelferin der richtige Beruf für mich sein könnte. Jeden Tag würde ich es mit kranken und verletzten Tieren zu tun haben. Entweder würde sich meine Gabe dadurch mit der Zeit abnutzen, oder die Arbeit würde für mich auf Dauer zu einer einzigen Qual werden.

Nachdenklich schlüpfte ich in meine Stiefel, zog die Jacke an und schnappte den Rucksack. Mein Handy vibrierte. Sicher war das Mama, um mir zu sagen, dass sie schon da war und draußen wartete. Bis ich drangehen konnte, hatte sie aufgelegt. Allerdings hatte ich drei WhatsApps von Farid bekommen. Auf dem Weg nach draußen rief ich sie auf.

Leni!!!, hatte er um 11:22 Uhr geschrieben. *Ruf mich an, wenn du kannst, am besten sofort!!!*

Dann um 11:25 Uhr: *Wahnsinnsnews!!!* Dahinter mindestens zehn Smileys.

Und um 12:05 Uhr: *Stell dir vor: Die haben den Faller entlassen und wir haben einen neuen Trainer! Und der will, dass ich ab morgen wieder mit den Profis trainiere, juhu! Yippieh! Sooo geil!!!*

Ich blieb auf der Treppe stehen. Ein paar Sekunden starrte ich wie betäubt auf mein Handy, bis ich begriff, was diese Nachricht zu bedeuten hatte: Farid würde wieder in der Bundesliga spielen! Im ersten Moment freute ich mich, denn ich wusste ja, was es ihm bedeutete, auch wenn er das nach seiner Rückstufung in die U19 mit keinem Wort erwähnt hatte. Doch damit war unsere gemeinsame Zeit in der Schule, von der ich geglaubt hatte, sie würde bis zum Sommer dauern, für immer vorbei. Bei diesem Gedanken überwältigte mich ein Gefühl der Verlassenheit; ein bisschen fühlte es sich wie Eifersucht an und prompt schämte ich mich dafür. Ich gönnte es Farid doch – oder etwa nicht? Und war es nicht viel besser, er spielte in Frankfurt als bei einem Verein irgendwo anders in Deutschland oder gar im Ausland, wo ich ihn überhaupt nicht mehr sah?

Ich gab mir einen Ruck, ging die Treppe hoch und durchquerte den Eingangsbereich. Das Wartezimmer war leer und hinter dem Empfangstresen saß niemand.

Draußen vor der Tür stand die Besitzerin von Johnny und rauchte nervös eine Zigarette. Als sie mich erkannte, ließ sie die Zigarette fallen und trat sie aus.

»Entschuldigung!«, rief sie mir nach und ich blieb stehen.

»Du warst doch mit im OP, oder?«, fragte die Frau mich. Ihre Augen waren vom Weinen gerötet. »Weißt du, was mit Johnny ist? Warum muss er noch mal operiert werden?«

Ich zögerte einen Moment. Sollte ich ihr die Wahrheit sagen? Nein, lieber nicht.

»Der Dr. Brinker hat festgestellt, dass Johnny bei dem Unfall wohl noch innere Verletzungen erlitten hat«, erwiderte ich deshalb.

»Oh mein Gott.« Die Frau verzog das Gesicht und ich fürchtete schon, sie würde wieder anfangen zu weinen. »Hoffentlich wird er wieder gesund. Meine Kinder wären untröstlich, wenn er …« Sie brach ab, wollte die Schlimmste aller Möglichkeiten nicht aussprechen. »Ach, es ist so schrecklich! Wieso bin ich bloß im Wald spazieren gegangen! Ich hab ja gewusst, dass dieser Hund hier in Hettenbach schon ein paarmal andere Hunde angefallen hat …«

Ich dachte sofort an Bonnie, unser Reh.

»Was war das denn für ein Hund?«, erkundigte ich mich. »Wie sah er aus?«

»Hm. Wie ein Schäferhund.« Die Besitzerin von Johnny dachte nach. »Nein, eher wie ein Husky, aber schlanker. Und er war dunkelgrau, fast schwarz.«

Das klang ganz nach dem Wolf!

»Manchmal passiert ein paar Wochen lang nichts, aber dann taucht das Biest plötzlich wieder auf.«

»Irgendwem muss dieser Hund doch gehören«, sagte ich. »Wo kommt er her?«

»Wenn ich das wüsste, würde ich den Besitzer auf der Stelle anzeigen«, entgegnete die Frau bitter. »Müsste er die Tierarztkosten für alle Hunde, die sein Tier schon verletzt hat, bezahlen, dann würde er in Zukunft wohl besser auf ihn aufpassen. Ich werde auf jeden Fall Anzeige erstatten.« Ihr Handy klingelte. Sie warf einen Blick aufs Display und seufzte. »Meine Tochter! Sie will sicher wissen, wie es Johnny geht.«

Sie nahm den Anruf entgegen, nickte mir zu und ich überquerte die Straße. Auf dem Supermarkt-Parkplatz hielt ich Ausschau nach Mamas Auto, aber vergeblich. Es war bereits zwanzig nach eins. Da eine Verspätung für meine Mutter absolut untypisch war, rief ich sie an. Sie ging nach dem dritten Klingeln dran.

»Hast du mich vergessen?«, fragte ich. »Ich steh hier auf dem Parkplatz vom …«

»Ich bin noch auf dem Sonnenhof«, fiel sie mir ins Wort und am Tonfall ihrer Stimme hörte ich sofort, dass irgendetwas Schlimmes geschehen war. »Kannst du hierher laufen? Du kennst den Weg ja.«

»Auf dem *Sonnenhof*?«, wiederholte ich mit einem unguten Gefühl. »Was machst du da? Was ist denn passiert? Ist etwas mit Tim?«

»Nein. Nicht mit Tim. Ich kann jetzt nicht reden«, antwortete sie vage. Und weg war sie.

Ich schulterte meinen Rucksack und lief los. Zu seltsam! Was konnte wohl geschehen sein, dass Mama auf dem Sonnenhof war? Nichts mit Tim, das war schon mal gut. War vielleicht Gina etwas zugestoßen? Nein, beruhigte ich mich, sie wohnte ja nicht mehr dort und ihr Pony Flöckchen stand auch wieder auf dem Amselhof, seitdem sie aus dem Krankenhaus zurück war.

Während ich die Straße entlanglief, rief ich Farid an. Er sprudelte geradezu vor Begeisterung und erzählte mir, dass Eintracht Frankfurt überraschend den Trainer entlassen habe, weil die Mannschaft die letzten vier Spiele verloren hatte und nun auf einem Abstiegsplatz in der Tabelle stand. Der Name des neuen Trainers sagte mir nichts, aber Farid schwärmte von ihm und war überglücklich.

»Ist das nicht total irre? Ich hatte mich schon fast damit abgefunden, dass ich für den Rest der Saison U19 spielen würde, und dann *das!* Es ist so abgefahren geil!«

»Ja, das ist super«, bestätigte ich und bemühte mich, fröhlich zu klingen.

»Und weißt du, was noch war?«, fragte Farid.

»Äh … nein.«

»Ich hab bestanden!«

Erst da fiel mir siedend heiß ein, dass er heute seine Führerscheinprüfung gehabt hatte.

»Mensch, natürlich! Herzlichen Glückwunsch!«, rief ich. »Das hab ich glatt vergessen, weil heute so viel los war in der Klinik.«

In knapp zwei Monaten wurde Farid achtzehn, dann durfte er endlich Auto fahren. Von seinem Profi-Gehalt konnte er sich locker ein Auto kaufen und dann – das hatte er mir versprochen – würde er mich überall hinfahren. Wie das allerdings klappen sollte, wenn er jeden Tag Training und an den Wochenenden Spiele irgendwo in Deutschland hatte, war mir schleierhaft.

»Wo bist du gerade?«, wollte Farid nun wissen. »Bist du schon fertig für heute?«

»Ja, bin ich.«

»Können wir uns später noch sehen? Vielleicht ein bisschen feiern?«

»Ich weiß nicht. Ich laufe gerade zum Sonnenhof.«

»Wieso das denn?«

»Meine Mom wollte mich eigentlich abholen, aber irgendetwas ist passiert, deshalb ist sie auf dem Sonnenhof.«

»Aha. Und was ist passiert?«

»Keine Ahnung. Das hat sie mir nicht gesagt.«

Ein paar Sekunden herrschte Stille.

»Na ja«, sagte Farid mit veränderter Stimme.

»Was – *na ja*?«, entgegnete ich. War er etwa eifersüchtig?

»Nichts, schon gut. Wir können ja nachher noch mal telefonieren.«

»Alles klar. Ich ruf dich an, sobald ich was weiß.« Ich beendete das Gespräch und ging weiter, vorbei an weitläufigen Grundstücken, die von hohen Hecken oder Zäunen umgeben waren. Ich beschloss, die Abkürzung durch die Felder zu nehmen und bog nach links in einen schmalen Fußweg ein, der zum Ortsrand führte. Von hier aus waren es zu Fuß nur knapp fünfzehn Minuten bis zu dem Gewerbegebiet, an dessen Rand der Sonnenhof lag. Nachdem ich den ganzen Vormittag im OP gestanden hatte, genoss ich die frische Luft. Zwar war es noch kalt, aber die Sonne, die vom blassblauen Februarhimmel schien, wärmte bereits. Erst gestern hatte ich den ersten Zug Kraniche beobachtet. Die großen Vögel kehrten aus dem Süden zurück, das war immer ein Zeichen dafür, dass der Frühling bevorstand. Bald würde wieder alles grünen und blühen, die Fohlen würden zur Welt kommen und mit ihren Müttern auf den Koppeln rings um den Amselhof herumtollen. Aus dem Augenwinkel nahm ich eine Bewegung wahr und wandte den Kopf. Zuerst dachte ich, ein Hase würde quer über den frisch eingesäten Acker laufen, aber für einen Hasen war das Tier eindeutig zu groß. Plötzlich sackte mir mein Herz vor Schreck bis in die Kniekehlen, denn quer über den Acker trabte der Wolf – und er kam direkt auf mich zu.

8. Kapitel

Hektisch blickte ich mich um. Weit und breit war keine Menschenseele zu sehen und es gab auch keinen Baum, auf dem ich mich hätte in Sicherheit bringen können. Während ich panisch überlegte, was ich machen konnte, kam der Wolf immer näher, die Nase am Boden, als ob er einer Spur folgte. Scheinbar hatte er mich noch gar nicht bemerkt. Ich blieb stocksteif stehen und wagte kaum zu atmen. Knapp zwanzig Meter von mir entfernt sprang er mit einem geschmeidigen Satz über den schmalen Graben, der den Acker von dem asphaltierten Weg trennte. Ich zitterte vor Aufregung. Das war der Wolf, der Bonnie angefallen hatte! Und wahrscheinlich derselbe, der heute Morgen Johnny gebissen hatte. Die Beschreibung von Johnnys Besitzerin passte auf jeden Fall. Der Wolf warf mir nur einen uninteressierten Blick zu und verschwand zu meiner Erleichterung in Richtung Fußweg, den ich eben entlanggegangen war. War er auf dem Weg nach Hause? Vielleicht konnte ich herausfinden, wem er gehörte, wenn ich ihm jetzt nachlief! Ich machte also kehrt und rannte hinter dem Wolf her. Er trabte zielstrebig, aber ohne Eile, durch das Wohngebiet, deshalb war es für mich nicht schwer, ihm zu folgen. Mama hatte gesagt, die blöde Schnepfe würde in Hettenbach wohnen, aber ich erinnerte mich nicht an eine Adresse. Der Wolf überquerte die Straße und lief in eine Parkanlage, die inmitten des Wohngebiets lag. Ich musste kurz anhalten, weil zwei Autos die Straße entlangkamen, und bis ich den Park erreicht hatte, war der Wolf verschwunden.

»Mist!«, fluchte ich und blickte mich um. »Wo bist du, du Biest?«

Mehrere Wege führten aus dem Park, an dessen Ende die Hettenbacher Grundschule, eine Kita und die Kirche lagen, hinaus. Um diese Uhrzeit war alles wie ausgestorben – kein Kind war auf dem Spielplatz der Kita und es war auch kein Spaziergänger unterwegs. Von hier aus konnte der Wolf überallhin gelaufen sein, ich war also kein bisschen klüger als vorher. Ich drehte eine Runde durch den Park und spähte über Gartenzäune und in jeden Weg – vergeblich. Der Wolf war weg. Mit einem Seufzer machte ich kehrt und marschierte dieselbe Strecke zurück, die ich gekommen war.

Eine halbe Stunde später hatte ich den Sonnenhof erreicht. Mein Magen ballte sich zusammen, als ich durch das Tor ging, das auf einer Seite schief in der Angel hing. Es war schon eine Weile her, seitdem ich zuletzt hier gewesen war, abgesehen von der Nacht, als Christian und ich Gina aus der brennenden Hütte gerettet hatten, und da war es zu dunkel gewesen, um etwas zu erkennen. Ich war erschrocken, wie sehr das Anwesen innerhalb eines Jahres heruntergekommen war: Zwischen den Verbundpflastersteinen war Unkraut gewuchert, das niemand mehr entfernt hatte. Überall stand irgendwelcher Unrat herum, Müllsäcke stapelten sich vor dem Stalltor und am Wohnhaus. Wie konnte Tim bloß hier leben wollen?

Ich sah Mamas Auto weiter hinten im Hof neben dem schwarzen Audi von Friedrich Gottschalk. Schräg dahinter parkte das Auto von Tims Mutter. Ein Notarzt- und ein Rettungswagen standen daneben und ein dunkelgrauer Kombi mit geöffneter Kofferraumklappe. *Pietät Herrmann* las ich und plötzlich hatte ich einen Kloß im Hals. Das graue Auto war ein Leichenwagen! Was, um Himmels willen, war hier passiert?

Unentschlossen blieb ich stehen. Da kam Mama auf mich zu. Sie war blass, ihre Miene war ernst.

»Was ist denn los?«, fragte ich ängstlich.

»Friedrich ist tot«, erwiderte sie, und ich spürte, wie eine eiskalte Hand bei diesen Worten um mein Herz griff. »Tim hat ihn gefunden, als er aus der Schule kam. Da er weder seine Mutter noch seine Großmutter erreichen konnte, hat er bei uns angerufen.«

»Aber … aber das kann doch nicht sein«, stammelte ich schockiert. Erst vor drei Tagen war Friedrich Gottschalk noch auf dem Amselhof gewesen, zu einem Frühschoppen in der Gaststätte! »Wieso denn … ich meine … was … oh Gott!«

Natürlich wusste ich, dass Menschen irgendwann sterben mussten, jeden Tag standen Todesanzeigen in der Zeitung und gelegentlich sprachen meine Eltern und Großeltern über jemanden aus ihrem Bekanntenkreis, der gestorben war. Das hatte mich nie wirklich berührt, denn noch nie war jemand darunter gewesen, den ich so gut gekannt hatte wie Tims Opa. Meine Gedanken rasten, ich zitterte plötzlich am ganzen Körper. Vor meinem inneren Auge sah ich Friedrich Gottschalk vor mir, wie er schallend lachte, weil ich geglaubt hatte, dass Lajos, den ich damals noch für einen

Pferdedieb gehalten hatte, ihn umbringen wollte. Viele Jahre hatte Tim seinen Opa nicht gesehen, weil der Tims Vater nicht leiden konnte. Erst seitdem Richard Jungblut im Gefängnis saß, hatte Tim eine Beziehung zu seinem Großvater aufgebaut und Friedrich Gottschalk war wahnsinnig stolz auf Tim und sein Talent als Reiter gewesen. Er hatte damals dafür gesorgt, dass Tims Pferde vom Sonnenhof zu uns kamen, damit Tim mit Niklas, Christian und mir trainieren konnte. Er hatte ihn unterstützt, wo er nur konnte. Und jetzt war er tot.

»Offenbar hatte er einen Herzinfarkt«, drang Mamas Stimme in meine Gedanken. Sie wirkte ruhig, wie immer in kritischen Situationen. Dafür bewunderte ich sie. Wenn alle anderen die Nerven verloren, behielt sie einen kühlen Kopf.

»Und wo ist Tims Vater?«, piepste ich. Vor einer Begegnung mit Richard Jungblut hatte ich mich auf dem Weg hierher am meisten gefürchtet.

»Der ist heute Morgen nach Düsseldorf gefahren«, erwiderte Mama knapp. »Ich habe Linda erreicht, sie ist gerade gekommen. Aber sie ist völlig durcheinander, ich kann sie jetzt nicht allein lassen. Papa und Lajos kommen her, dann können wir fahren.«

»Okay.« Ich nickte. »Wo … wo ist Tim?«

»Ich weiß nicht. Im Haus ist er nicht.« Mama hob die Schultern und seufzte. »Ich muss zurück zu Linda. Wartest du hier bitte auf Papa?«

»Ja. Ja, klar.« Ich blickte ihr nach, wie sie zwischen dem Leichenwagen und dem Notarzt hindurch zum Haus ging. Dann beschloss ich, mich auf die Suche nach Tim zu machen.

Es gab wohl kaum etwas Deprimierenderes als einen leer

stehenden Pferdestall. Meine Schritte hallten auf der Stallgasse, und ich erinnerte mich daran, wie picobello sauber sie früher gewesen war. Nun waren die Boxen völlig eingestaubt, Spinnweben hingen von den Deckenbalken und den Gitterstäben. Herr Teichert hatte in den letzten Monaten, bevor er den Pachtvertrag gekündigt hatte, keinen Handschlag mehr getan – im Gegenteil! Die Mülltonnen waren so voll, dass sie sich nicht mehr schließen ließen. Der Boden in der Reithalle sah aus wie eine Mondlandschaft.

»Tim?« Meine Stimme schallte durch den leeren Stall. »Ich bin's, Elena! Wo bist du?«

»Hier.«

Erschrocken fuhr ich herum. Da war niemand. Ich ging zurück und warf einen Blick in den Aufenthaltsraum. Im Türrahmen blieb ich stehen und sah mich entsetzt um. Das, was früher ein hübsches, gemütliches Reiterstübchen gewesen war, hatte sich in eine Müllhalde verwandelt: Die gerahmten Turnierfotos waren abgehängt worden, Turnierschleifen und Pokale, die an der Wand gehangen und auf Regalen gestanden hatten, hatte man achtlos in Müllsäcke gestopft, die sich in einer Ecke türmten. Auf den Tischen lagen leere Pizzakartons, Unmengen von Getränkekisten standen herum. Tische und Stühle waren aufeinandergestapelt, der Fußboden starrte vor Dreck. Es war so eisig kalt, dass man den Atem sah, es roch muffig und nach kaltem Zigarettenrauch.

Tim saß zusammengesunken auf einem Barhocker. Mein Herz pochte heftig, als er nun aufstand und mich anblickte. Er hatte geweint, seine Augen waren gerötet und geschwollen. Unsere Blicke begegneten sich, und für einen kurzen Moment schien alles, was zwischen uns schiefgelaufen war und unsere Liebe zerstört hatte, keine Rolle zu spielen. Die Mauer der Unnahbarkeit, hinter die Tim sich vor mir zurückgezogen hatte, war zerbröckelt, und ich konnte den Aufruhr, der in seinem Innern tobte, in seinen blauen Augen erkennen. Stumm teilten wir den Kummer und Schrecken, den er erlebt hatte, aber etwas hielt mich davon ab, zu ihm hinzugehen und ihn einfach in die Arme zu nehmen. Der Junge, der da vor mir stand, war nicht mehr der Tim, den ich einmal geliebt hatte. Auch wenn noch ein Rest der alten Vertrautheit zwischen uns da sein mochte, so hatte sich doch etwas Entscheidendes unwiderruflich verändert. Ich empfand Mitleid, aber es war ein Mitleid, das ich wohl für jeden anderen auch so empfunden hätte.

»Tim, es tut mir so leid!« Ich streckte die Hand aus und berührte tröstend seinen Arm. Sein Blick flackerte, er verzog den Mund.

»Elena«, krächzte er, und ehe ich michs versah, war er bei mir, schlang seine Arme um mich und presste sein tränenfeuchtes Gesicht an meine Wange. Eine Welle des Unbehagens flutete durch meinen Körper, und ich wollte ihn von mir wegschieben, aber er achtete nicht darauf.

»Ich bin so froh, dass du hier bist«, brach es aus ihm hervor. »Es ist alles so schrecklich ohne dich, und es tut mir so leid, was ich dir angetan habe.«

Ich war völlig überrumpelt und wusste nicht, wie ich mich verhalten sollte. Tim war verzweifelt und total durcheinander, schließlich war gerade sein Opa gestorben – wäre es da nicht kaltherzig von mir gewesen, ihn einfach abzuweisen?

»Halt mich fest, Elena. Bitte!«, flüsterte Tim heiser. »Ich hab doch niemanden außer dir!«

Das waren Worte, wie ich sie mir von ihm erhofft und ersehnt hatte, in der Zeit, als ich mich so verzweifelt gefragt hatte, warum er mich so schlecht behandelte. Noch vor sechs Monaten hätten sie mich zum glücklichsten Mädchen der Welt gemacht, aber jetzt kamen sie zu spät und erfüllten mich mit Beklommenheit. Tims Nähe und seine Umarmung fühlten sich falsch an. Unbehaglich wand ich mich in seinen Armen, wollte mich von ihm befreien, aber er ließ mich nicht los, fing stattdessen an zu schluchzen. Ich hatte Tim noch nie weinen sehen, nicht einmal als er erfahren hatte, dass sein Vater ein Pferdedieb war. Eine ganze Weile standen wir so da.

»Tim … bitte …« Ich presste meine Hände gegen seine Brust und endlich ließ er mich los.

»Entschuldigung.« Er wandte sich ab, fuhr sich mit der Hand über die Augen und blieb mit hängenden Schultern stehen. »Tut mir leid. Ich hätte das nicht sagen sollen. Für einen Augenblick hab ich wohl vergessen, dass du jetzt einen anderen hast.«

Das klang beinahe wie ein Vorwurf.

Ich biss mir auf die Lippen. Es war ein Fehler gewesen, hierherzukommen.

»Willst du mit uns nach Hause fahren?«, fragte ich trotzdem, als er stumm vor sich hin starrte.

»Nach Hause!«, schnaubte er. »Wo ist denn das eigentlich?« Er setzte sich auf den dreckigen Boden, umschlang seine Knie mit den Armen. Sein Blick irrte durch den Raum.

»Früher dachte ich mal, der Sonnenhof wäre mein Zuhause. Aber alles, was davon noch übrig ist, ist Schrott. Der verdammte Teichert hat alles mitgenommen, was nicht einbetoniert war. Der Öltank ist bis auf den letzten

Tropfen leer – nicht mal die Heizung geht! Und weil er seit einem halben Jahr die Stromrechnungen nicht bezahlt hatte, haben sie den Strom abgestellt. Im Stall sind deshalb alle Wasserleitungen geplatzt, und irgendwelche Idioten haben die Reithalle mit Graffitis vollgeschmiert! Und jetzt ist mein Opa tot, dabei hat er doch versprochen, er würde mir helfen! Ich kann nicht mal traurig sein. Ich bin nur … wütend, irgendwie. Weil mich schon wieder einer im Stich gelassen hat!«

»Kann ich dir irgendwie …?«, fragte ich, als das Schweigen zwischen uns unangenehm zu werden begann. Ich wusste nicht, was ich Tim zum Trost sagen konnte.

»Nein, kannst du nicht.« Sein Tonfall war bitter, als er weitersprach. »Mir kann keiner helfen. Ich komm schon klar, wie immer.«

»Aber du kannst doch nicht …«, begann ich zögernd.

»Doch, kann ich«, unterbrach er mich scharf. »Geh einfach! Lass mich alleine, Elena. Ich will jetzt mit keinem reden, okay?«

Einen Moment lang blickte ich ihn an, wie er da vor mir auf dem Fußboden saß und sein Anblick schnitt mir ins Herz. Es war schrecklich, ihn so einsam und unglücklich zu sehen, aber ich konnte ihm nicht helfen. Das hatte ich noch nie gekonnt, weil er sich einfach nicht helfen lassen wollte.

»Gut, dann gehe ich. Wenn irgendetwas ist … du hast ja meine Nummer.«

Tim erwiderte darauf nichts. Nach einem letzten Blick auf ihn verließ ich den Stall. Zu meinem Erstaunen hatte mich seine Zurückweisung nicht verletzt, eher erleichtert. Irgendwie konnte ich sogar verstehen, dass er allein sein wollte.

Papa und Lajos waren in der Zwischenzeit eingetroffen. Sie wollten sich um Linda kümmern, deshalb fuhr Mama mit mir nach Hause. Der Leichenwagen war weg, ebenso der Notarzt und der Rettungswagen.

»Hast du mit Tim gesprochen?«, fragte Mama.

»Ja, aber nur kurz«, erwiderte ich. »Ich hab ihm angeboten, mit uns nach Steinau zu fahren, aber er wollte nicht. Weiß Frau Gottschalk eigentlich schon Bescheid?«

»Ja. Papa hat sie angerufen«, antwortete Mama. »Opa und Oma sind jetzt bei ihr.«

Wir krochen im Schneckentempo hinter einem Lkw durch das Gewerbegebiet. Wie schrecklich musste es sein, wenn man die Mitteilung bekam, dass der Mensch, den man geliebt hatte, tot war! Und wie war das wohl, wenn man starb? Tat das weh? Und was kam danach? In der Kirche und im Reli-Unterricht hieß es, man würde nach dem Tod wiederauferstehen. Aber was das genau bedeutete und wo man dann war, das hatte mir bisher niemand beantworten können. Früher hatte ich mal an den Weihnachtsmann und an den Osterhasen geglaubt, bis ich herausgefunden hatte, dass es beide in Wirklichkeit gar nicht gab. Was, wenn der Himmel und die Auferstehung auch nur Märchen waren? Ich schauderte. Wie war es Friedrich Gottschalk ergangen? In einem Moment hatte er noch gelebt und geatmet, und im nächsten Augenblick war alles dunkel, so, als ob man beim Fernseher den Stecker aus der Wand zog?

Am liebsten würde ich gar nicht darüber nachdenken, aber ich konnte nicht anders.

»Ist schon mal jemand gestorben, den du sehr gemocht hast?«, fragte ich und hätte mir in derselben Sekunde am liebsten die Zunge abgebissen. Wie gedankenlos von mir!

Bei jenem tragischen Unfall vor zwanzig Jahren, den Tims Vater auf der Rückfahrt von einem Turnier verursacht hatte, hatte Mama ihre ältere Schwester verloren.

»Ja, leider.« Mama schien nichts Schlimmes an meiner Frage zu finden und nickte. »Mein Opa starb, als ich so alt war wie du jetzt. Wir kamen ahnungslos aus der Schule, und meine Mutter hatte ganz verweinte Augen. Ich weiß noch genau, wie schockiert und durcheinander ich damals war.« Sie stieß einen Seufzer aus. »Und dann ist Viola gestorben. Da war ich achtzehn. Unser Vater hatte an dem Tag Geburtstag und wir wollten abends zusammen feiern. Das war noch viel schlimmer.«

Plötzlich sah sie ganz traurig aus, und ich verspürte das starke Bedürfnis, sie zu umarmen. Ich legte unbeholfen meine Hand auf ihre. Sie ergriff sie und drückte sie.

»Der Tod gehört zum Leben, das wissen wir alle, aber wir denken lieber nicht darüber nach«, sagte sie. »Es ist schwer, einen geliebten Menschen zu verlieren, vor allen Dingen dann, wenn es plötzlich und unerwartet geschieht, und man sich nicht darauf vorbereiten konnte. Was bleibt, ist eine schmerzliche Lücke, und manchmal dauert es lange, bis man damit klarkommt und irgendwie weiterleben kann. Ich vermisse meine Schwester noch immer. Ganz oft denke ich an sie und bedaure, dass sie Christian und dich nie kennenlernen durfte.«

Ich hielt den Atem an. Mama hatte mit mir bisher noch nie über ihre Schwester geredet!

»Ich frage mich, wie sie heute wohl aussehen würde, ob sie auch Kinder hätte und glücklich wäre. Aber es tut nicht mehr so weh, wenn ich an sie denke. Manchmal stelle ich mir vor, dass sie einfach nur irgendwohin gefahren ist, wo ich sie nicht anrufen kann. Und eines Tages sehen wir uns wieder, und ich kann ihr alles erzählen, was so geschehen ist, seitdem sie nicht mehr da ist.«

»Das heißt, dass du sie nie vergessen wirst?«, fragte ich.

»Nein, niemals«, antwortete Mama. »Und so ist es mit allen Menschen, die sterben: Solange sie nicht vergessen sind, existieren sie in unseren Erinnerungen weiter. Niemand lebt ewig und deshalb sollte man das Beste aus seinem Leben machen. Nicht so viel meckern und streiten, sondern nach vorne schauen und versuchen, mit dem, was man hat, zufrieden zu sein.«

»Ich möchte einfach nur glücklich sein«, sagte ich nachdenklich. »Aber das ist gar nicht so leicht.«

»Glück ist ja auch kein Dauerzustand«, erwiderte Mama. »Glück sind immer nur kurze Momente, und das ist auch gut so. Denn wenn man permanent glücklich wäre, würde man das nicht mehr als Glück empfinden und wieder unzufrieden sein. Ich glaube, es ist ganz wichtig, für das, was man hat, dankbar zu sein. Und man sollte seine Mitmenschen respektieren und niemandem etwas Schlechtes zufügen.«

Ich dachte an Tim und wie er da gesessen hatte, so voller Selbstmitleid und Bitterkeit, und plötzlich empfand ich eine überwältigende Sehnsucht nach Farids Zuneigung, nach seinem Lächeln und seiner fröhlichen Unbekümmertheit. Ich wollte ihm von Dr. Stinker und Johnny erzählen und mich mit ihm über den bestandenen Führerschein und die neuesten Entwicklungen in seinem Verein freuen. Nach allem, was heute geschehen war, wollte ich bei ihm sein und diese ganzen gruseligen Sachen einfach für eine Weile vergessen.

»Meinst du, du könntest mich nach Königshofen zu Farid fahren?«, fragte ich meine Mutter. Ich erzählte ihr von dem neuen Trainer und dass Farid heute den Führerschein bestanden hatte. Die unerfreulichen Ereignisse bei meinem Praktikum und meine Begegnung mit dem Wolf erwähnte ich jedoch nicht. Mama warf mir einen raschen Seitenblick zu.

»Ja, natürlich fahre ich dich hin.« Sie bog an der Ampelkreuzung nach rechts statt nach links ab und ich tippte rasch eine WhatsApp an Farid, ob es o.k. wäre, wenn ich jetzt zu ihm käme. Innerhalb von fünfzehn Sekunden bekam ich eine Antwort.

Logo, schrieb er. *Ich freu mich auf dich!*

Mir wurde ganz warm ums Herz und ich musste lächeln, als ich begriff, dass dies ein solcher Glücksmoment war, den Mama gemeint hatte. Ja, ich hatte wirklich Glück, denn ich hatte Farid, eine beste Freundin wie Melike, meine Familie, Fritzi und den Amselhof. Und dafür konnte ich echt dankbar sein.

9. Kapitel

Melike und Niklas kamen vorbei und wir feierten in Farids Zimmer mit Cola, Chips und Erdnuss-Flips Farids bestandenen Führerschein und die Tatsache, dass er ab sofort wieder in der ersten Mannschaft spielen würde. Frau Belhedi machte Pizza für uns und ich genoss es, gemütlich mit meinen Freunden abzuhängen, während es vor den Fenstern dunkel wurde. Das war ich von zu Hause nicht gewöhnt. Klar, ich liebte meine Familie, den Amselhof und unsere Pferde, aber trotzdem war es schön, auch mal ein vollkommen anderes Leben kennenzulernen. Wie musste es sein, nach Hause zu kommen und nicht in den kalten Stall zu müssen, wenn man dazu mal keine Lust hatte? Bei uns standen die Pferde immer an erster Stelle, und wir fuhren nie in Urlaub, wie es andere Leute taten, denn im Sommer waren die Heu- und die Strohernte zu machen und wichtige Turniere fanden statt.

Ich hatte Melike haarklein berichten müssen, was ich über die dramatischen Ereignisse auf dem Sonnenhof wusste, allerdings hatte ich nur beiläufig erwähnt, dass ich Tim gesehen hatte. Meine Freundin war genauso betroffen wie ich über Friedrich Gottschalks Tod, aber sie machte sich erheblich mehr Gedanken um Lajos als um Linda Jungblut, Frau Gottschalk oder Tim.

»Manchmal bin ich ja schon ein bisschen eifersüchtig auf Lajos«, neckte Niklas sie gutmütig und biss in ein Stück Pizza.

»Das musst du nicht sein«, versicherte Melike ihm. »Meine Liebe zu Lajos ist rein platonisch. Er hat so ein tragisches Schicksal, das rührt eben mein Herz.«

»Was denn für ein Schicksal?«, fragte Farid neugierig.

Abwechselnd erzählten Melike und ich, was sich vor zwanzig Jahren zugetragen und welche Rolle Tims Vater dabei gespielt hatte.

»Seine Familie hat dadurch alles verloren, was sie besaß. Und Lajos musste ins Gefängnis, obwohl er unschuldig war«, endete Melike. »Manchmal denke ich, dass er deswegen immer alleine ist und nie eine Freundin hat.«

»Vielleicht steht er nicht auf Frauen«, bemerkte Niklas. »Dann müsste ich mir keine Sorgen mehr machen.«

Melike setzte gerade zu einer heftigen Entgegnung an, als es an der Tür klopfte. Frau Belhedi steckte den Kopf ins Zimmer.

»Elena, du hast Besuch«, sagte sie. »Kommst du mal kurz?«

»Besuch?« Überrascht legte ich mein Stück Pizza zurück auf den Teller und stand auf. »Wer ist es denn?«

»Ein Herr Dr. Brinker«, erwiderte Farids Mutter. »Er hat wohl bei euch zu Hause angerufen und deine Mutter hat ihm gesagt, wo du bist. Er wollte unbedingt mit dir persönlich sprechen.«

»Ich komme mit!« Melike sprang auf. »Den Typ will ich mal mit eigenen Augen sehen.«

Natürlich hatte ich ihr und den Jungs vorhin ausführlich erzählt, was heute in der Tierklinik vorgefallen war. Wir folgten Frau Belhedi nach unten. Doc Stinker wartete in der Eingangshalle, er wirkte kleinlaut und kein bisschen überheblich, wie sonst.

»Hallo, Herr Dr. Brinker«, begrüßte ich ihn zurückhaltend.

»Äh, hallo, Elena.« Er musste sich zu einem Lächeln zwingen, das war nicht zu übersehen. »Es tut mir leid, dass ich noch so spät hier aufkreuze, aber ich muss mit dir reden. Unter vier Augen, wenn's geht.«

Frau Belhedi nahm Melike am Arm und zog sie mit sich in die Küche.

»Wie geht's Johnny?«, erkundigte ich mich.

»Ja, äh, deshalb bin ich hier.« Der Tierarzt druckste ein bisschen herum, aber dann gab er sich einen Ruck. »Hättest du mich nicht dazu überredet, den Hund noch mal anzuschauen, wäre er höchstwahrscheinlich innerlich verblutet. Ich musste ihm die Milz und eine Niere entfernen.«

»Wird er wieder gesund?«, wollte ich wissen.

»Wenn es keine Komplikationen gibt, ja.« Dr. Brinker nickte und räusperte sich. »Ich möchte mich bei dir entschuldigen. Ich war nicht sehr nett zu dir und das tut mir leid. Es war … hm … sehr anständig von dir, Johnnys Besitzerin zu erzählen, *ich* hätte auf eine OP bestanden.«

Ich traute meinen Ohren nicht. Träumte ich das etwa?

»Schon okay«, erwiderte ich, mindestens genauso verlegen wie der Mann, der vor mir stand.

»Ich habe jedem anderen Ansatz als dem schulmedizinischen immer äußerst skeptisch gegenübergestanden«, gab Dr. Brinker nun zu. »Am Montag, bei der Sache mit der Katze, da dachte ich, du wüsstest vielleicht irgendetwas und wolltest mich blamieren. Das klingt kindisch, ich weiß, aber so war es.« Er zuckte mit den Schultern und lächelte unsicher. »Carla – also Frau Dr. Waldow – hat mir vorhin am Telefon von deiner … hm … Begabung erzählt. Für mich klingt das absolut irre, das gebe ich zu, aber offenbar ist ja was dran.«

»Allerdings!« Melike kam aus der Küche geschossen und offenbarte damit, dass sie schamlos gelauscht hatte. Bevor ich sie stoppen konnte, erzählte sie dem Tierarzt schon von Blue Fire Lady, Tanot du Chardin, Friday und von Paula, der Haushälterin der Oaktree-Farm, bei der ich einen entzündeten Nerv entdeckt hatte. »Ganz zu schweigen von Joyce.« Sie wies auf die Golden-Retriever-Hündin, die in ihrem Korb unter der Garderobe lag und mit dem Schwanz wedelte, als sie ihren Namen hörte. »Sie wäre tot, wenn Elena nicht gespürt hätte, dass sie eine Gebärmuttervereiterung hatte. Stimmt's, Frau Belhedi?«

»Ja, das stimmt«, bestätigte Farids Mutter, die nun auch hinzugekommen war.

Dr. Brinker starrte mich an, als ob ich ein seltenes Tier mit grünen Punkten und lila Streifen wäre. Ich wich seinem Blick aus. Mein Gesicht glühte und ich wünschte mich weit weg. Ich hasste es, wegen meiner Gabe im Mittelpunkt der Aufmerksamkeit zu stehen. Farid und Niklas tauchten auf und setzten sich auf die Treppe, und zu allem Unglück kam in diesem Moment Professor Belhedi, Farids Vater, nach Hause.

»Guten Abend«, sagte er und blickte erstaunt in die Runde, nachdem er zuerst seine Frau und dann Joyce begrüßt hatte, die freudig um ihn herumschwänzelte.

»Das ist Dr. Brinker, ein Tierarzt aus der Klinik, in der Elena gerade ihr Schulpraktikum macht«, erklärte Frau Belhedi ihrem Mann und Farids Vater reichte Doc Stinker die Hand.

»Elena hat heute wieder mal einem Hund das Leben gerettet«, sagte Farids Mutter. »Ihr Chef ist hier, um sich dafür zu bedanken.«

»Aha. Das ist ja nett.«

Ich krümmte mich innerlich vor Verlegenheit, als Professor Belhedi sich mir nun zuwandte. Er hatte dieselben Schokoladenaugen wie Farid und behandelte mich nie anders als freundlich und voller Wohlwollen, dennoch fühlte ich mich in seiner Gegenwart immer irgendwie beklommen.

Glücklicherweise machte sich Dr. Brinker recht zügig aus dem Staub, nachdem ich ihm versichert hatte, dass ich ihm nichts nachtrug und mich darauf freute, morgen wieder in die Tierklinik zu kommen. Der Professor verschwand in sein Arbeitszimmer und Niklas und Melike verabschiedeten sich eine halbe Stunde später, aber ich blieb. Mama und Farids Mutter hatten zu meiner Freude vereinbart, dass es wohl besser sei, wenn ich bei Belhedis übernachtete. Christian, der zu Ariane geflüchtet war, hatte mich schon per WhatsApp darüber unterrichtet, dass Tims Mutter heulend bei uns in der Küche und Gina im Wohnzimmer vor dem Fernseher hockte.

Während Farid im Gästezimmer das Bett für mich bezog, trug ich die benutzten Teller und Gläser nach unten. Gerade als ich alles in die Spülmaschine räumen wollte, kam Frau Belhedi in die Küche.

»Ach, lass das ruhig stehen, das mache ich schon«, sagte

sie. »Hast du mal kurz Zeit für mich, Elena? Ich wollte mit dir über etwas sprechen.«

»Ja, klar. Über was denn?«

Für einen Moment durchzuckte mich die grässliche Vorstellung, Farids Mutter würde mir jetzt ein peinliches Mutter-Tochter-Gespräch aufdrücken, aber ihr ging es um etwas völlig anderes.

»Über deine Gabe«, antwortete sie. »Seit der Sache mit Joyce geht mir das im Kopf herum, und ich habe auch schon mit meinem Mann darüber gesprochen. Als Schulmediziner ist er natürlich skeptisch, aber als Neurochirurg äußerst neugierig.«

»Oh.« Ich stellte die Teller neben die Spüle. »Und worüber wollen Sie mit mir reden?«

»Nun ja, du besitzt eine sehr außergewöhnliche Fähigkeit.« Frau Belhedi lächelte. »Ich habe im Internet recherchiert, aber ich habe ehrlich gesagt nichts Vergleichbares gefunden. Es gibt zwar eine Menge Leute, die behaupten, sie könnten so etwas, aber bei näherer Betrachtung stellten sich alle als Scharlatane heraus, die nur die Hoffnung verzweifelter Menschen ausnutzen. Solche angeblichen Geistheiler kann man auch nicht mit dir vergleichen, denn du heilst ja niemanden.«

Ich nickte unbehaglich. Worauf wollte sie hinaus?

»Deine Gabe scheint auch kein parapsychologisches Phänomen zu sein. Es ist ja nicht so, dass du Stimmen hörst oder mit Geistern kommunizierst. So, wie ich das sehe, kann man das, was du tust und kannst, in überhaupt keine bekannte Kategorie einordnen.«

Mein Unbehagen wuchs. Mit Geistern unterhielt ich mich zwar nicht, aber ich erinnerte mich lebhaft daran, wie ich mit Quintano oder erst kürzlich mit Bonnie, dem Reh, ›gesprochen‹ hatte.

»Ich könnte mir vorstellen, dass es in wissenschaftlicher Hinsicht hochinteressant wäre, mehr über deine Gabe herauszufinden«, fuhr Frau Belhedi fort und beugte sich vor. »Wie sie funktioniert, wie du das steuern kannst, welche Impulse …«

»Keine gute Idee, Mom«, unterbrach Farid seine Mutter. Er kam in die Küche und blieb neben mir stehen. »Stell dir doch nur mal vor, was passieren könnte, wenn du einen Artikel über Elena schreibst! Es gäbe ein riesiges Aufsehen, und lauter todkranke und verzweifelte Leute, die von den Ärzten aufgegeben wurden, würden sie bestürmen und erwarten, dass sie ihnen hilft. Und wenn es nicht klappt, weil sie zu viel oder das Falsche erwarten, dann würde man sie als Betrügerin beschimpfen.«

»Ja, ich gebe zu, dass das etwas heikel ist.« Frau Belhedi wiegte nachdenklich den Kopf. »Auf der anderen Seite ist eine solche Begabung auch eine Art moralische Verpflichtung. Vielleicht könnte man in Zusammenarbeit mit verschiedenen Spezialisten – Neurologen, Psychologen, Radiologen – dieses Phänomen untersuchen. Was meinst du, Elena?«

»Ich weiß nicht.« Ich zögerte, suchte nach den richtigen Worten. »Es ist ja nichts, was ich beeinflussen kann. Ich könnte nicht einmal sagen, was ich genau tue.«

»Und das ist der Punkt!« Frau Belhedis Augen glänzten vor Begeisterung. »Das wäre doch unglaublich, wenn man das herausfinden könnte! Ich denke an all die Menschen, denen du damit helfen kannst.«

Vor meinem geistigen Auge sah ich mich wildfremde,

von Krankheiten zerfressene Menschen und dicke, alte Männer mit Schmerbäuchen und behaarten Rücken abtasten, und mein Unbehagen verwandelte sich in Angst. Wie kam ich bloß aus dieser Nummer raus ohne unhöflich zu erscheinen? Hilfe suchend blickte ich Farid an, und er verstand.

»Ich denke drüber nach«, versprach ich seiner Mutter. »Ich geh mal schnell ins Bad, okay?«

Bevor Farids Mutter noch etwas sagen konnte, flüchtete ich aus der Küche.

»Ich find's echt das Letzte, dass du vorhast, Elena wie ein Versuchskaninchen von irgendwelchen Ärzten durchleuchten zu lassen«, hörte ich Farid sagen und hielt am Fuß der Treppe inne. Er klang verärgert. »Genauso gut könnte man versuchen herauszufinden, warum ich ein Talent für Fußball habe und du für Sprachen!«

»Das ist doch etwas anderes«, widersprach seine Mutter ihm.

»Nein, das ist überhaupt nichts anderes! Sie hat eben eine ungewöhnliche Gabe!«

»Du verstehst das nicht!«

»Doch, ich verstehe das sehr gut! Seitdem das mit Joyce war, bist du total neugierig, wie Elena das gemacht hat. Warum kannst du's nicht einfach so akzeptieren, wie es ist?«

»Dann wäre ich keine gute Journalistin, oder?« Zu meiner Erleichterung schien sie nicht wütend zu sein. Bevor der Professor aus seinem Arbeitszimmer kommen und mich beim Lauschen erwischen konnte, lief ich nach oben und ging ins Badezimmer. Und plötzlich fiel mir dieser indianische Medizinmann ein, von dem Lajos Melike und mir erzählt hatte.

Dieser alte Indianer hatte auch mit seinen Händen die Stellen erfühlen können, an denen Menschen oder Tiere Schmerzen oder Blockaden hatten. Ganz so einzigartig war das, was ich konnte, also gar nicht! Vielleicht konnte Farids Mutter ja einfach mit Lajos reden. Ich wusch mein Gesicht, dann bürstete ich meine Haare und band sie zu einem Knoten. Nachdenklich betrachtete ich meine Hände. Wozu besaß ich diese seltsame Fähigkeit überhaupt? Jeder, der davon erfuhr, tat beeindruckt, aber ich empfand sie mittlerweile als Fluch. Sicherlich hatte ich dadurch schon einigen Tieren das Leben gerettet, aber vielleicht hätte ich anders empfunden, wenn ich irgendetwas Richtiges damit anfangen, ja, wenn ich mit meinen Händen hätte *heilen* können! Aber so hatte ich immer das Gefühl, diese bescheuerte Gabe würde nur Kummer und Sorge verursachen, denn alles, was ich tat, war, jemandem schlechte Nachrichten zu bringen.

Obwohl ich todmüde war, konnte ich nicht einschlafen. So viel ging mir im Kopf herum, außerdem war ich es nicht gewöhnt, woanders zu übernachten, und die Vorstellung, dass Farid nur zwei Zimmer entfernt von mir in seinem Bett lag, war irgendwie auch ziemlich nervenaufreibend.

Was machte Tim jetzt wohl? War sein Vater zurück? Saßen sie beide im Haus auf dem Sonnenhof, ohne Heizung und Strom? Oder war er bei seiner Oma und seiner Mutter, die sicherlich beide weinten? Wieso hatte er das heute zu mir gesagt? Er war außer sich vor Kummer gewesen, hatte unter Schock gestanden, und das war verständlich, aber war das wirklich eine Erklärung? Ach, wie gerne hätte ich all das früher von ihm gehört, aber jetzt berührten mich seine Worte und die Vorstellung, dass er mich vermisste, auf eine unangenehme Weise.

Es war schon Viertel vor eins, aber direkt vor dem Fenster stand eine Straßenlaterne, ihr Licht fiel durch die Ritzen der Fensterläden in mein Gesicht. Zu Hause war es nachts stockdunkel, der Amselhof lag anderthalb Kilometer außerhalb von Steinau und ringsum gab es nichts als Felder und Wald. Wie anders musste es sein, mitten in einer Stadt zu leben, wo es Nachbarn gab und Geschäfte und man nicht für alles ein Auto brauchte!

Mein Handy, das neben meinem Kopfkissen lag, vibrierte. Farid!

Schläfst du schon?, schrieb er.

Nein, antwortete ich und lächelte. *Kann nicht schlafen.*

Ist es okay, wenn ich mal kurz vorbeikomme?

Ja!!! Aber lass dich nicht erwischen! ☺

Ich glaub, meine Eltern pennen schon. ☺

Dann komm!!! Kennst ja den Weg! ☺

Ich lauschte angespannt, aber ich hörte nichts außer meinem eigenen Herzklopfen. Da ging schon die Tür auf und wieder zu, Farid bewegte sich lautlos wie ein Geist und im nächsten Moment schlüpfte er zu mir unter die Bettdecke. Mein Herz pochte wie verrückt.

»Hey«, flüsterte er.

»Hey«, antwortete ich.

»Kannst du deinen Handywecker auf fünf Uhr stellen? Ich hab Kissen unter meine Bettdecke gestopft, auf den ersten Blick sieht's so aus, als ob ich im Bett liegen würde, aber es ist besser, wenn sie uns hier morgen früh nicht erwischen.«

»Klar.« Ich programmierte den Wecker auf fünf Uhr.

»Meinst du, du kannst jetzt schlafen?«, wisperte Farid.

»Jetzt ja.«

Er gab mir einen Kuss und kuschelte sich an mich. Ich spürte die Wärme seines Körpers und fühlte mich in seinen Armen sicher und geborgen. Während ich noch darüber nachdachte, wie wunderbar es wäre, jeden Abend so einschlafen zu können, überfiel mich urplötzlich die Erinnerung an eine Nacht vor anderthalb Jahren, als Papa und Mama in Irland gewesen waren und Tim bei mir übernachtet hatte. Am nächsten Morgen hatten wir festgestellt, dass Fritzi gestohlen worden war. Verflixt! Es war höchste Zeit, neue Erinnerungen zu schaffen. Erinnerungen, die nichts mit Tim Jungblut zu tun hatten!

»Ich muss nächsten Freitag nach Hamburg«, sagte Farid plötzlich. »Irgendwie habe ich gar keine Lust mehr dazu.«

»Aber warum denn nicht?« Ich drehte mich in seinen Armen um. Jetzt war ich froh, dass es im Zimmer dank der Laterne hell genug war, um Farids Gesicht erkennen zu können. »Du hast dich doch total darauf gefreut, wieder in der Bundesliga zu spielen! Ich bin an dem Wochenende ja auch in Elz auf dem Turnier.«

»Ich weiß.« Er seufzte. »Aber irgendwie … Na ja. Egal.«

»Das ist jetzt nicht wegen … Tim, oder?«

»Hm.«

»Du musst dir keine Gedanken machen«, versuchte ich Farid zu beschwichtigen.

»Wirklich nicht?«

»Nein.« Ich legte meine Hand an seine Wange. »Du kannst mir vertrauen.«

»Dir ja. Aber was ist mit … *ihm?*« Tims Name kam Farid nicht über die Lippen. »Garantiert gehst du auf die

Beerdigung von seinem Opa und da siehst du ihn wieder. Und in der Schule seht ihr euch auch … Ach, verdammt! Ich wollte nicht eifersüchtig sein, aber jetzt bin ich's doch!«

»Ich kann dich verstehen.« Ich gab ihm einen Kuss. »Aber du hast keinen Grund dazu. Das mit Tim und mir ist vorbei. Ich liebe dich.«

»Ich liebe dich auch, Elena.« Farids Stimme war so zärtlich, dass mir die Tränen in die Augen traten. »Viel mehr, als ich's sagen kann.«

Mir wurde ganz warm ums Herz vor Glück, und in diesem Moment nahm ich mir vor, niemals etwas zu tun, was Farid verletzen könnte.

10. Kapitel

Eine Woche später fand die Beerdigung von Friedrich Gottschalk statt. Es war ein sonniger, klirrend kalter Wintertag, der Himmel war hellblau und wolkenlos, und ich wäre viel lieber ausgeritten, als zwischen Melike und dem Aknefrosch in der Kirche von Steinau zu sitzen und mir endlos lange Reden anzuhören. Ich war noch nie zuvor auf einer Beerdigung gewesen, und insgeheim schwor ich mir, das auch sobald nicht wieder zu tun. Die kleine Kirche platzte aus allen Nähten, so viele schwarz gekleidete Menschen drängten sich, um von Tims Opa Abschied zu nehmen. Friedrich Gottschalk war eine bekannte und geschätzte Persönlichkeit gewesen, Mitglied in wohl jedem Verein der Gegend, und deshalb hielten in der Kirche, in der es furchtbar kalt war, nach dem Pfarrer noch alle möglichen Leute Abschiedsreden: der Landrat, der Bürgermeister, der Präsident vom Rotary-Club, der Vorsitzende vom Steinauer Sportverein und ein paar andere würdigten Gottschalks Verdienste, rühmten seinen Humor, seine Großzügigkeit und sein soziales Engagement. Davon, dass er pleite war und wohl selbst seine große Villa mittlerweile den Banken gehörte, sagte niemand etwas.

e Plätze waren ziemlich weit hinten, aber zu sehen nehin nichts. In der ersten Reihe saß Tim mit seiner Mutter, seiner Oma und ein paar anderen Leuten, die offenbar mit ihm verwandt waren. Gina war nicht da. Opa und Oma hatten in der Bank dahinter Platz genommen, neben ihnen saß Lajos.

Von dem Sarg vor dem Altar war, vor lauter Blumengebinden und Kränzen, an denen bedruckte Schleifen hingen, kaum etwas zu sehen. Auf einem Sockel daneben stand ein gerahmtes Foto von Tims Opa mit einer schwarzen Schleife.

»Wenn man die Leute so reden hört, klingt das ja grad so, als wäre der Gottschalk die Mutter Teresa von Steinau gewesen«, meckerte mein Bruder, allerdings so leise, dass ihn außer uns keiner hören konnte. »Dabei war er ein knallharter Geschäftsmann, der sich ordentlich verzockt hat.«

»Über Verstorbene soll man nicht schlecht reden«, ermahnte Ariane ihn.

»Über Lebende auch nicht«, maulte Christian. »Über wen kann man denn eigentlich überhaupt lästern?«

»Ich kann kaum glauben, dass der Herr Gottschalk da in dem Sarg drin liegt«, flüsterte Melike mir ins Ohr. »Ganz kalt und starr, der Arme. Er war immer so fröhlich und lebenslustig.«

»Ich bin auch bald kalt und starr«, bemerkte der Aknefrosch, der Ohren wie ein Luchs hatte. »Wenn jetzt noch einer denkt, eine Rede schwingen zu müssen, dann gibt's in Kürze die nächste Beerdigung.«

»Meinst du, bei dir wird auch so viel los sein?«, fragte Melike ihn und blickte sich verstohlen um. »Ich wette, das sind mindestens fünfhundert Leute.«

»Ich sprach nicht von *mir.*« Der Aknefrosch warf meiner Freundin einen vernichtenden Blick zu. »Sondern von demjenigen, der als Nächstes zum Rednerpult wackelt. Dem dreh ich nämlich höchstpersönlich den Hals um.«

»Ach so.« Melike zuckte die Schultern und putzte sich lautstark die Nase. Sie hatte ganz verweinte Augen, und ich wunderte mich ein bisschen, warum es sie so sehr mitnahm, dass Tims Opa gestorben war.

»Wenn du eine große Beerdigung haben willst, musst du bloß überall bekannt sein oder jung sterben«, sagte Christian nun zum Aknefrosch. »Insofern könntest du Glück haben, Jens.«

»Hallo? Ich will überhaupt keine Beerdigung, weder eine große noch eine kleine!«, zischte der Aknefrosch erbost. »Ich würde gerne noch ein paar Jahre leben!«

»Weil, wenn man erst mit neunzig abnippelt, ist keiner mehr übrig, der kommen könnte«, sinnierte Christian ungerührt vor sich hin. »Wäre irgendwie blöd, so ganz allein auf dem Friedhof. Also, ich fänd's schon schön, wenn alle meine Freunde dabei wären.«

»Welche Freunde?«, frotzelte der Aknefrosch. »Kenne ich die?«

Christian überhörte die Bemerkung geflissentlich.

»Ich stelle mir vor, wie ergreifend es wäre, wenn mein Pferd mit leerem Sattel und einem Trauerflor um den Hals hinter meinem Sarg herschreiten würde«, malte er sich aus.

»Ganz sicher würde es auch weinen«, flüsterte der Aknefrosch. »Vor Erleichterung darüber, dass du nicht mehr auf ihm reitest.«

Mein Bruder versetzte Jens einen Stoß mit dem Ellbogen,

und ich musste mit aller Macht ein Kichern unterdrücken, das in meiner Kehle aufstieg. Mama, die eine Reihe vor uns saß, drehte sich um und warf Christian und Jens einen mahnenden Blick zu.

Endlich waren alle Trauerreden gehalten, der Pfarrer verkündete, dass die Familie des Verstorbenen alle Trauergäste im Anschluss an die Beisetzung zu Kaffee und Kuchen in die Pferdetränke einladen würde, dann begann der Chor der Sängervereinigung ein furchtbar trauriges Abschiedslied zu singen.

»Kaffee und Kuchen?«, zischte ich Melike fragend zu. »Wieso denn das?«

»Keine Ahnung.« Meine Freundin zuckte mit den Schultern.

»Das nennt man ›Leichenschmaus‹«, belehrte der Aknefrosch uns altklug. »Man betrinkt sich gepflegt und erzählt witzige Schoten über den Verstorbenen. Dann taumeln alle nach Hause und das Leben geht weiter, als wär nichts gewesen.«

Der Sarg wurde aus der Seitentür der Kirche gerollt, und alle standen auf. Die Gummireifen der Bahre quietschten auf dem Marmor, man hörte unterdrücktes Schluchzen. Tims Oma und seine Mutter, die sich bei Tim eingehakt hatte, folgten dem Pfarrer und den beiden Messdienern als Erste nach draußen.

»Oh, ich *liebe* Beerdigungen«, wisperte Melike, als wir uns im Schneckentempo durch den Mittelgang nach vorne schoben. »Sie haben so etwas wahnsinnig Dramatisch-Morbides an sich. Erst kürzlich war ich in Königshofen auf einer, obwohl ich die Leute gar nicht kannte.«

»Wie bitte?«, fragte der Aknefrosch entgeistert.

»Ja, ich lese immer die Todesanzeigen in der Zeitung«, sagte Melike. »Und wenn mir ein Name gefällt und ich zufällig Zeit habe, gehe ich zu der Beerdigung.«

»Du bist echt krank, Melike.« Ariane schüttelte den Kopf. »Du hast den Knall des Jahrhunderts.«

Ich konnte absolut nichts Dramatisches daran finden, dass alle Leute mit traurigen Mienen hinter einem Sarg hertrotteten. Im Gegenteil: Ich fand es einfach nur schrecklich bedrückend, erwachsene Menschen weinen zu sehen.

»Sag mal, warum bist du eigentlich so bleich und hast solche grauen Ringe um die Augen?«, erkundigte sich der Aknefrosch bei Ariane, als wir hinaus in den hellen Sonnenschein traten. »Du siehst so aus, als wolltest du 'ne Rolle bei *The Walking Dead* ergattern.«

»Ich fand es unpassend, normal gestylt zu einer Beerdigung zu gehen«, entgegnete Ariane würdevoll. »Deshalb habe ich mich blass geschminkt. Man nennt diesen Style übrigens *Urban Decay Naked Smoky Eyes*.«

»Fragt sich, wer hier wohl den größeren Knall von uns beiden hat«, murmelte Melike und hakte sich bei mir ein. Wir waren zu weit entfernt, um mitzubekommen, wie der Sarg in die ausgehobene Grube gelassen wurde. Schritt für Schritt schoben wir uns hinter Papa und Mama, dem Aknefrosch, Christian und Ariane nach vorne. Rings um das offene Grab hatte man alle Kränze und Blumen aufgebaut, direkt davor stand eine Schale mit Erde, und ich beobachtete beim Näherkommen, wie die Leute mit einer kleinen Schaufel Erde auf den Sarg warfen, manche auch Blumen, die sie mitgebracht hatten. Sie blieben kurz vor dem Grab stehen, danach gingen sie zu Tims Familie, schüttelten Friedrich Gottschalks Witwe, Linda und Tim die Hände.

Ich spürte, wie mir die Kehle eng wurde, je näher wir dem Grab kamen. Was sollte ich zu Tim, zu seiner Mutter und seiner Oma sagen?

»Guck doch, der *arme* Lajos! Er weint! Oh Gott, mir bricht das Herz!«, raunte Melike mir mit zitternder Stimme zu. »Aber er sieht einfach fantastisch aus mit dem schwarzen Mantel. Ein bisschen wie Orlando Bloom, findest du nicht?«

Ich hörte kaum zu. Bisher war die ganze Angelegenheit für mich irgendwie seltsam abstrakt gewesen, aber der Anblick von Lajos, wie er allein vor dem Grab stand, mit gesenktem Kopf und zuckenden Schultern, erschütterte mich und trieb mir die Tränen in die Augen. Lajos hatte ein sehr enges Verhältnis zu Tims Opa gehabt. Als er vor ein paar Jahren aus Amerika zurück nach Deutschland gekommen war, hatte Friedrich Gottschalk ihm dabei geholfen, hier wieder Fuß zu fassen. Er hatte ihm das Forsthaus für einen lächerlich niedrigen Betrag vermietet und ihn auf jede mögliche Weise unterstützt. Für Lajos, dessen Vater früh gestorben war, war Friedrich wie ein Vater gewesen. Schon früher, vor dem verhängnisvollen Unfall, bei dem Mamas Schwester ums Leben gekommen war, hatte Gottschalk Lajos gemocht. Damals war Lajos mit Linda befreundet gewesen, und Friedrich Gottschalk, der ihn schon als Schwiegersohn betrachtet hatte, hatte seiner Tochter nie verziehen, dass sie Lajos im Stich gelassen und ausgerechnet Richard Jungblut geheiratet hatte.

Am liebsten hätte ich auf der Stelle den Friedhof verlassen und es hätte mir nicht das Geringste ausgemacht, zu Fuß bis zum Amselhof zu laufen. Ich fühlte mich unbehaglich, als ich zwischen Mama und Papa zum Grab ging und auf den Holzdeckel des Sarges starrte, der schon von Erde und Blumen bedeckt war, und dann stand ich plötzlich Linda Jungblut gegenüber. Sie sah aus wie ein Gespenst – totenbleich mit roten Augen. Als sie Mama erblickte, ließ sie Tims Arm los und stürzte sich auf meine Mutter.

»Susanne«, krächzte sie heiser und krallte ihre Finger in Mamas Jackenärmel. »Ich halte das nicht durch! Kannst du bei mir bleiben? Bitte!«

»Natürlich«, hörte ich Mama sagen. Da Linda Jungblut mich nicht beachtete, sagte ich nichts zu ihr. Tim gab Papa die Hand und nickte stumm, als er ihm herzliches Beileid wünschte und ihn kurz umarmte. Mein Herz klopfte. Unsicher hielt ich Tim auch die Hand hin, aber er guckte einfach an mir vorbei, als sei ich unsichtbar. Ich spürte, wie mir das Blut ins Gesicht stieg und zog eilig die Hand zurück. Papa schob mich weiter.

»Jens, bitte nimm die Kinder mit«, hörte ich ihn mit gedämpfter Stimme zum Aknefrosch sagen, der direkt hinter mir gestanden hatte. »Fahrt gleich nach Hause. Wir warten noch auf Linda und Annemarie.«

Ich blickte mich um und beobachtete ungläubig, wie Tim mit Melike, Christian und Ariane sprach und sie sogar *umarmte* – und mich hatte er nicht einmal eines Blickes gewürdigt! Ein wilder Zorn zuckte in mir auf. Noch nie in meinem Leben war ich mir so absolut blöd vorgekommen! Hatte er nicht in der Nacht, als wir Gina gerettet hatten, noch gefaselt, er wolle unbedingt, dass wir Freunde blieben? War das etwa alles gelogen? Verdammt, wieso machte ich mir um diesen Kerl eigentlich Gedanken? Ein Graben tat sich zwischen Tim und mir auf, der so breit und so tief war wie der Grand Canyon.

»Weitergehen, dummes Kind.« Die Stimme des Aknefroschs riss mich aus meiner Erstarrung. Ich lief blindlings los und stolperte über die Umrandung eines Grabes. Geistesgegenwärtig packte der Aknefrosch meinen Arm, sonst wäre ich hingefallen.

»*Hoooo*-la!«, sagte er zu mir wie zu einem Pferd. »Was ist denn los mit dir?«

»Nichts!« Ich hätte mir eher die Zunge abgebissen, als ihm die Wahrheit zu sagen. Niemand durfte jemals erfahren, wie tief Tims Verhalten mich gekränkt hatte. »Ich will nur weg hier!«

»Na komm, jetzt beruhig dich mal.« Jens, der sonst immer ruppig und zynisch war, legte den Arm um meine Schulter. »Nur weil dir dein Ex-Herzbube am Grab seines verblichenen Großvaters nicht um den Hals gefallen ist, musst du doch nicht gleich flennen.«

»Das hat gar nichts damit zu tun!« Ich war erschüttert darüber, wie leicht ich zu durchschauen war.

»Ja, klar.« Der Aknefrosch grinste. »Jetzt putz dir mal die Nase, und dann bringt der Onkel Jens dich und die anderen Blagen nach Hause. Vielleicht will das dumme Kind gleich noch ein bisschen Ponyreiten und dabei auf andere Gedanken kommen, hm?«

»Du bist so *blöd*«, knurrte ich, doch insgeheim war ich ihm dankbar, dass er mir einen einigermaßen würdevollen Abgang ermöglicht hatte.

»Du auch«, entgegnete er freundlich.

Melike, Christian und Ariane holten uns kurz vor dem Tor ein.

»Diese Frau ist echt oberpeinlich«, sagte meine Freundin gerade. »Tim kann einem echt leidtun mit so einer Mutter!«

»Wisst ihr was: Ich hole ihn.« Christian wollte kehrtmachen. »Ist doch jetzt fast vorbei, da kann er hier auch verschwinden.«

Ich trat meinem Bruder in den Weg.

»Wenn du *das* tust, rede ich nie mehr in meinem Leben ein Wort mit dir!« Meine Stimme klang fast hysterisch.

»Aber wieso denn …«, begann Christian verdutzt.

Hatte er gar nicht mitbekommen, wie demonstrativ Tim an mir vorbeigeguckt und mich gedemütigt hatte?

»Leidest du an Gedächtnisschwund?«, fuhr ich ihn an. »Du warst doch selbst sauer auf Tim und jetzt tust du gerade so, als wäre nichts gewesen! Wie kannst du nur …«

»So, das könnt ihr auch im Auto weiterdiskutieren«, fiel mir der Aknefrosch eilig ins Wort, denn ein paar Leute guckten uns beim Vorbeigehen schon seltsam an. »Ich hab den Auftrag vom großen Boss, die Kinder auf den Hof zu bringen, und ich will keinen Ärger kriegen. Also: auf, zum Auto, und zwar *pronto!*«

Auf der kurzen Fahrt raus zum Amselhof sagte niemand von uns ein Wort, selbst Melike hielt den Mund. Das Auto war kaum richtig zum Stillstand gekommen, als ich schon die Tür aufriss und hinaussprang. Ich hatte die Nase voll von den Jungbluts und Gottschalks und wollte im Stall sein, bevor sie hier auftauchten. Die ersten Trauergäste kamen schon angetuckert, und immer mehr Autos krochen die Auffahrt Richtung Parkplatz entlang.

»Elena!«, rief Melike hinter mir her, und ich blieb stehen. »Was ist denn los mit dir?«

»Hab Kopfschmerzen«, erwiderte ich ausweichend. »Ich reite 'ne Runde ins Gelände. Kommst du mit?«

Sie sah mich prüfend an. »Ach, ich glaub, ich hab auch

Kopfschmerzen. Leihst du mir was zum Anziehen? Ich hab nur die Beerdigungsklamotten dabei.«

»Klar.«

Wir liefen zum Haus, zogen uns um und waren zehn Minuten später im Stall. Wir putzten und sattelten unsere Pferde im Rekordtempo, und als wir im Schritt zwischen Spring- und Dressurplatz Richtung Wald ritten, schrieb ich Mama eine Nachricht, damit sie sich keine Sorgen machte.

»Wohin wollen wir reiten?«, fragte ich meine Freundin.

»Zum Forsthaus«, erwiderte Melike ohne zu zögern. »Wir müssen nach Lajos gucken. Ich mache mir Sorgen um ihn.«

»War mir klar.« Ich hatte längst kapiert, warum Melike keine große Lust auf das Kaffeetrinken in der Pferdetränke hatte: Lajos war vor uns vom Parkplatz gefahren und in den Wald eingebogen. »Was ist, wenn er nicht gestört werden will?«

»Dann reiten wir eben wieder weg.« Melike warf mir einen raschen Seitenblick zu. »Und *mir* war klar, dass du wegen Tim sauer bist. Du hast keine Lust, ihn zu sehen, stimmt's?«

»Stimmt«, sagte ich und grinste schief. »Komm, lass uns am Waldrand entlangreiten. Da kann man besser galoppieren.«

»Und wir kommen an unserer Wiese vorbei.« Melike grinste auch.

»Genau«, bestätigte ich und ließ Hilda angaloppieren.

11. Kapitel

»Unglaublich, wie schnell die Zeit vergeht, oder?«

»Ja, Wahnsinn. Das ist jetzt alles schon zwei Jahre her.«

Melike und ich hatten unsere Pferde neben der Feldscheune am oberen Ende der Wiese angehalten und blickten nun versonnen über die schneebedeckte Fläche, die auf drei Seiten vom Wald umgeben war. Beinahe die ganze Wiese war mit orangefarbenem Schafzaun eingezäunt, denn in der Scheune überwinterte die Schafherde von Bauer Weitzel. Früher einmal hatte hier der Schäferhundeverein sein Domizil gehabt, bis sich die Hundeleute mit Weitzel verkracht hatten, was keine Kunst war, denn der Bauer galt gemeinhin als Ekel. Als wir damals einen geeigneten Trainingsplatz für Fritzi gesucht hatten, war Tim dieses Grundstück eingefallen, denn es war sehr gepflegt und nicht so steinig wie die meisten Wiesen ringsum. Tim hatte vom Bauern Weitzel die Wiese gemietet und so war es dazu gekommen, dass wir uns hier regelmäßig heimlich getroffen hatten, um meinen jungen Hengst zu trainieren. Hier hatte ich den ersten Kuss meines Lebens bekommen, und hierher war ich geritten, wenn ich traurig oder durcheinander gewesen war. Die Hindernisse, die wir damals hier aufgebaut hatten, waren längst weg, und irgendjemand hatte auch den Baumstamm, über den ich so oft mit Fritzi gesprungen war, zurück ins Unterholz gerollt. Das Einzige, was übrig war, waren bittersüße Erinnerungen.

Wir sahen Twix dabei zu, wie er, die Nase am Boden, kreuz und quer über die Wiese rannte, auf der Suche nach einer Maus. Seine Pfoten hinterließen Spuren in der dünnen Schneedecke und bald bildeten sie ein bizarres Zickzack-Muster. Hilda schnaubte und verlagerte das Gewicht von einem Bein aufs andere. Es störte weder sie noch Smiley, eine Weile einfach nur dazustehen. Fritzi hätte keine Sekunde lang still gestanden.

»Alles geht einmal vorbei«, sagte Melike versonnen. Sie stützte den Ellbogen auf das Sattelhorn und spielte mit den Zügeln. »Damals war ich gerade in Lajos verliebt.«

»Nein, in Christian«, verbesserte ich meine Freundin.

»Ach, stimmt, in den war ich ja auch mal verliebt!« Sie kicherte, wurde dann aber ernst. »Ich finde, heute ist alles viel besser als damals. Wir haben mit Niklas und Farid echt ein Riesenglück.«

»Ja, du hast recht«, pflichtete ich ihr bei. »Man vergisst irgendwie immer das Schlechte und denkt nur an das, was schön gewesen ist. Eigentlich war es mit Tim fast immer nur stressig. Ich kann überhaupt nicht zählen, wie oft ich wegen ihm geheult habe!«

»Warum macht es dir immer noch so viel aus, was er sagt und tut?«, wollte Melike wissen.

»Das frag ich mich auch.« Ich stieß einen Seufzer aus. »Es war alles so kompliziert mit ihm. Eigentlich sollte ich froh sein, dass ich ihn los bin, aber irgendwas in mir drin war die ganze Zeit noch nicht richtig fertig mit ihm.«

»Weil ihr euch nie richtig ausgesprochen habt«, behauptete Melike. »Keiner von euch beiden hat Schluss gemacht.«

»Stimmt«, antwortete ich. »Jedes Mal, wenn ich versucht habe mit ihm zu reden, hat er dichtgemacht und irgendwelche Ausreden vorgeschoben.«

»Und was jetzt? Der arme Farid hat's echt nicht verdient, dass du Tim noch immer nachtrauerst.«

Hatte sie recht? Trauerte ich Tim wirklich nach? Oder war es nicht viel eher so, dass ich einer bestimmten Zeit in meinem Leben nachtrauerte, weil ich sie in meiner Erinnerung idealisiert hatte? Wenn ich ehrlich war, hatte ich Tim nie so gut gekannt, wie ich Farid bereits jetzt kannte. Er hatte sich mir nie richtig geöffnet, und da war immer etwas Unausgesprochenes zwischen uns gewesen, eine Art unsichtbare Grenze, die zu überschreiten ich nie gewagt hatte.

»Tim war der erste Junge, in den ich verliebt war, und ich wollte unbedingt, dass alles toll und perfekt ist«, versuchte ich eine Erklärung zu finden. »Er war so wichtig für mich, weil bei uns damals die totale Krise war. Vielleicht hatte ich deshalb immer Angst, ihn zu verlieren, und hab mir zu viel gefallen lassen. Und je mehr ich in mich reingefressen habe, desto langweiliger bin ich für Tim geworden. Zum Schluss hab ich ja kaum noch etwas gesagt, nur weil ich befürchtet hab, es könnte wieder irgendein blödes Missverständnis geben.«

Ein paar Krähen flogen krächzend über unsere Köpfe. Die Wintersonne wärmte kaum, mir wurde allmählich kalt. Ich stieß einen Pfiff aus. Sekunden später kam Twix aus dem Unterholz geschossen und wetzte quer über die Wiese auf uns zu.

Sollte ich Melike erzählen, was sich an dem Tag, an dem Tims Opa gestorben war, im Reiterstübchen auf dem Sonnenhof abgespielt hatte? Ja, entschied ich. Sie musste es wissen, sonst würde sie nicht verstehen, was in mir vorging. Auf dem Weg zum Forsthaus erzählte ich es ihr also, und sie war schockiert.

»Ich möchte nichts Schlechtes von Tim denken«, sagte ich. »Aber ich kapiere einfach nicht, warum er das eine sagt und das andere tut. Wenn er mich doch angeblich immer noch mag und mit mir befreundet bleiben will, weshalb hat er sich dann heute auf dem Friedhof mir gegenüber so blöd benommen?«

»Ich könnte mir vorstellen, dass er einen Riesenzorn auf sich selbst hat«, erwiderte Melike. »Und er weiß genau, wie weichherzig du bist und wie du reagierst, denn er kennt dich ziemlich gut. Du musst damit aufhören, dich für ihn verantwortlich zu fühlen. Das bist du nicht! Das ist niemand!«

»Aber ich hab irgendwie voll das schlechte Gewissen, weil es mir so gut geht, und er hat mit allem nur Pech.«

»Elena!« Melike parierte Shiner durch und Hilda stoppte sofort. Meine Freundin griff nach meinem Arm und blickte mich aus ihren dunklen Augen streng an. »Hör auf damit! Du musst absolut kein schlechtes Gewissen haben! Tim hatte jede Chance, und er hat sie sich selbst kaputtgemacht. Du kannst nichts daran ändern, dass sein Vater ein kriminelles Riesenarschloch, seine Mutter komplett hilflos und er über seinen toten Opa gestolpert ist. Damit muss Tim leider alleine fertigwerden oder sich helfen lassen wollen! Wenn er sich ein bisschen anstrengt, kann er ein super Abi machen und ein Stipendium fürs Studium kriegen. Er kann göttlich reiten, damit könnte er auch Geld verdienen, wenn er nicht studieren will. Du bist nicht für das Schicksal dieser verkorksten Familie zuständig, Elena, und wenn du dich davon nicht befreist, dann wird das mit Farid und dir schiefgehen, und das wäre eine Schande, denn er liebt dich!« Sie hatte sich in Rage geredet, ihre Wangen waren feuerrot und ihre Augen glänzten. »Was habe ich gerade gesagt? Wiederhol es, los!«

Ich musste lachen, und sie ließ mich los und lachte auch.

»Ich kann ’ne ganz schöne Klugscheißerin sein, ich weiß«, sagte sie, und wir ritten weiter. »Aber du darfst dir bloß nicht einreden, dass du für irgendetwas verantwortlich wärst.«

»Du hast ja recht. In meiner Fantasie ist Tim zu jemandem geworden, der er in Wirklichkeit gar nicht ist«, entgegnete ich. »Vielleicht war das heute sogar ganz gut, denn jetzt kann ich endlich sauer auf ihn sein.«

»Genau! Und irgendwann ist alles lang genug her und dann könnt ihr immer noch Freunde sein.«

Unsere Stimmen hallten durch den winterlich kahlen Wald, und bald hatten wir den Waldsee erreicht. Die Sonne glitzerte auf der Wasseroberfläche, die unbeweglich wie ein Spiegel zwischen den Bäumen lag. Aus dem Schornstein des Forsthauses stieg Rauch auf; Lajos war also tatsächlich nach Hause gefahren. Ob er hier wohl wohnen bleiben konnte, jetzt, wo Herr Gottschalk tot war?

Der silberne Kombi parkte im Hof hinter dem Forsthaus. Wir ritten um das Haus herum, die Hufe unserer Pferde klapperten auf dem Kopfsteinpflaster. Seitdem Lajos den Stalltrakt auf dem Amselhof gepachtet hatte und dort seine vierbeinigen Patienten betreute, war der kleine Stall mit den vier Boxen leer. Twix sprang die Stufen der Veranda hoch, rannte zur Tür und bellte. Als wir absaßen und die Pferde anbanden, ging die Tür auf und Lajos trat heraus. Seine Augen waren gerötet, er sah so traurig aus, dass es mir ins Herz schnitt.

»Na, ihr zwei Cowgirls«, sagte er mit einem matten Lächeln. »Ich hab euch schon kommen hören.«

»Wir wollten mal schauen, wie es dir geht«, erwiderte Melike. »Ist es okay oder stören wir?«

»Nein, es ist okay. Wollt ihr die Pferde in den Stall stellen?«

»Och, denen macht es nichts aus, hier einen Moment zu warten.« Ich ließ mich aus dem Sattel gleiten. Weder Smiley noch Hilda waren geschoren und mit ihren dicken Pelzen fühlten sie sich trotz der frostigen Temperaturen pudelwohl. Sie verbrachten die meiste Zeit in ihren Außenpaddocks statt in den Boxen und gingen eigentlich nur in den Stall, wenn es in Strömen regnete.

»Dann holt ihnen etwas Heu. Ihr wisst ja, wo es liegt.«

Melike zog den Pferden die Trensen aus und hängte sie über die Sattelhörner, ich holte im Stall einen halben Ballen Heu und streute es vor Smiley und Hilda auf den Boden. Das Springreiten war meine absolute Leidenschaft und ich liebte Fritzi und Lenzi, aber die Quarter Horses waren einfach der Hit, wenn man ohne Stress ins Gelände reiten wollte.

Twix hatte es sich bereits auf seinem Lieblingssessel direkt vor dem Kamin gemütlich gemacht, als wir das Haus betraten, die Reithelme absetzten und uns aus Jacken und Chaps schälten. Es duftete köstlich nach frisch aufgebrühtem Tee mit Ingwer. Die warme Luft schlug uns entgegen, und ich merkte erst jetzt, wie durchgefroren ich war.

»Macht's euch gemütlich!«, rief Lajos aus der Küche. »Gleich gibt's Tee zum Aufwärmen.«

»Was sollen wir denn mit ihm reden?«, flüsterte ich Melike zu. Plötzlich fühlte ich mich eigenartig gehemmt. »Stell dir vor, er bricht in Tränen aus, weil wir aus Versehen was über Herrn Gottschalk sagen!«

»Und wenn schon!« Melike ließ sich auf die zerkratzte Ledercouch fallen. »Zur Trauerverarbeitung ist es am besten, wenn man über denjenigen spricht, der gestorben ist.«

»Woher weißt du denn so was?«, wunderte ich mich.

»Ich hab ausführlich recherchiert«, erwiderte Melike mit leiser Stimme. »Eigentlich deshalb, weil ich selbst eine Erklärung finden wollte, warum mich Beerdigungen so faszinieren. Aber dann bin ich auf so Seiten gestoßen, auf denen erklärt wird, wie man mit Trauer umgeht und so weiter.«

Sie verstummte, als Lajos mit einem Tablett in den Händen hereinkam. Mein Blick fiel auf den Esstisch, auf dem sich Bücher und Papierstapel türmten.

»Weißt du noch, wie ich geglaubt habe, du würdest Herrn Gottschalk umbringen?«, fragte ich Lajos. »Ich habe ihn bis draußen schreien gehört und mich angeschlichen, und da lag er dort auf dem Tisch und es sah so aus, als wolltest du ihm den Kopf abreißen.«

»Ja, das weiß ich noch sehr gut.« Lajos stellte das Tablett vor uns auf dem Couchtisch ab. »Du hattest draußen das Loch gesehen, das ich für die Pferdeschwemme ausgehoben habe, und dachtest, ich wollte ihn dort vergraben.«

»Es war megapeinlich«, sagte ich zu Melike. »Ich bin weggerannt und habe mir den Fuß verknackst. Lajos kam hinter mir her und ich dachte, mein letztes Stündlein hätte geschlagen!«

»Wie habt ihr mich damals noch genannt?« Lajos schenkte jedem von uns eine Tasse Tee ein, dann setzte er sich uns gegenüber in den Sessel.

»Waldschrat!« Melike kicherte. »Du hattest so einen wilden Bart und hast irgendwie voll unheimlich ausgesehen.«

»Wir hatten dich ja schon vorher ausspioniert«, gab ich zu.

»Ich weiß. Ich hatte euch gesehen. Und ihr habt sogar die Polizei hergeschickt, weil ihr mich für einen Pferdedieb gehalten habt.« Nun musste Lajos schmunzeln. »Friedrich hat mich den ganzen Abend mit dem Spitznamen aufgezogen. Am nächsten Morgen habe ich den Bart abgeschnitten und mich rasiert.«

»Auf jeden Fall hab ich mich in Grund und Boden geschämt und Herr Gottschalk hat sich halb totgelacht«, erinnerte ich mich, dann wurde mir bewusst, wie unpassend meine letzte Bemerkung klang und schlug erschrocken die Hand vor den Mund. »Das war jetzt blöd ausgedrückt.«

»Nicht schlimm«, beruhigte Lajos mich und nippte an seinem Tee. »Das sagt man eben so. Wenn man genau überlegt, führt man das Wort ›Tod‹ dauernd im Mund: todsicher, sich totlachen, totenblass, todschick, todunglücklich.«

Es war sehr warm in dem holzverkleideten Raum und ich spürte, wie mein Gesicht zu glühen begann.

»Tja, und dann kommt der Tod eines Tages wirklich und man ist schockiert«, fuhr Lajos fort. »Dabei wissen wir alle, dass wir eines Tages sterben müssen.«

»Wieso bist du nicht bei diesem Kaffeetrinken in der Pferdetränke?«, fragte Melike.

»Ich hasse solche Veranstaltungen«, gab Lajos freimütig

zu und verzog das Gesicht zu einem grimmigen Lächeln. »Da wird nur dummes Zeug geredet. Und die meisten, die da jetzt sitzen, waren insgeheim neidisch auf Friedrich und haben sich wahrscheinlich ins Fäustchen gelacht, als er in Schwierigkeiten geraten ist.«

»Fehlt dir der Herr Gottschalk sehr?«, erkundigte sich Melike teilnahmsvoll. »Du hast ihn arg gerngehabt, nicht wahr?«

»Ja, das hatte ich.« Lajos nickte versonnen. »Er war mein Freund und beinahe so etwas wie ein Ersatzvater.«

»Aber wieso ist er nur so plötzlich gestorben?« Bisher hatte ich mir verboten, darüber nachzudenken, denn die Vorstellung, dass man einfach auf der Stelle tot umfallen konnte, jagte mir höllische Angst ein. Ich hatte immer angenommen, man müsste lange im Bett liegen und krank sein, bevor man starb.

»Genau genommen kam es gar nicht so plötzlich«, erwiderte Lajos. »Friedrich hatte ein schwaches Herz. Ich habe immer vermutet, dass er mal einen unbemerkten Herzinfarkt gehabt hatte, aber davon wollte er nichts hören.«

»Tatsächlich?« Das hatte ich nicht erwartet.

»Er hätte viel gesünder leben müssen: weniger Stress, weniger Alkohol und das Rauchen hätte er auch lassen sollen. Aber er hat immer gesagt, dass ihm das Leben dann keinen Spaß machen würde. Das war zwar absolut unvernünftig, aber konsequent. Typisch für Friedrich.« Lajos rieb sich mit beiden Händen das Gesicht und stieß einen Seufzer aus. »Die Aufregungen der vergangenen Monate haben ihm sehr zu schaffen gemacht. Er sah sein ganzes Lebenswerk in Trümmern und machte sich große Sorgen um Lindas Zukunft.«

»Ist es denn wirklich so schlimm, wie erzählt wird?« Ich erinnerte mich, wie sehr es mich erschüttert hatte, als Papa uns von Gottschalks Insolvenz erzählt hatte. Tims Opa war für mich seit jeher der Inbegriff von Reichtum gewesen und ich hatte nicht fassen können, dass ausgerechnet er kein Geld mehr haben sollte.

»Ja, leider«, sagte Lajos bedrückt. »Das Wohnhaus fällt als Einziges nicht in die Insolvenzmasse, weil es auf den Namen seiner Frau im Grundbuch eingetragen ist, aber sonst ist alles weg: die vielen Mietwohnungen, die Gewerbeobjekte, die Grundstücke.«

»Auch das Forsthaus?«, fragte ich.

»Ja, auch das.«

»Musst du dann hier ausziehen?« Ich dachte kurz daran, dass die blöde Schnepfe hinter dem Forsthaus her war. Ob Lajos darüber Bescheid wusste?

»Kommt darauf an, wer es kauft«, sagte er. »Momentan ist der Insolvenzverwalter mein Vermieter.«

»Und was passiert mit dem Sonnenhof?«, wollte Melike wissen.

»Der gehört Linda und Richard«, antwortete Lajos und trank noch einen Schluck Tee. »Wobei, genau genommen gehört er wohl der Bank. Wenn nicht irgendein Wunder geschieht, dann kommt es wohl zur Zwangsversteigerung.«

12. Kapitel

Lajos sprach mit uns wie mit Erwachsenen, und das war etwas, was Melike und ich ganz besonders an ihm schätzten. Nie sagte er: »Das versteht ihr sowieso nicht« oder »Dazu seid ihr noch zu jung«. Er nahm uns ernst, antwortete auf alle unsere Fragen.

Eine Weile schwiegen wir einfach, und das war auch etwas Schönes. Mit Lajos konnte man das. Im Kamin barst funkensprühend ein Holzscheit, und Twix seufzte behaglich.

Die Stille wurde von einem *Ping!* unterbrochen.

»Das ist wahrscheinlich Mama. Oder Farid!«, vermutete ich und fummelte mein Handy aus der Tasche meines Fleecepullovers. Aber zu meiner Überraschung war es keiner von den beiden, sondern Joana Channing. »Eine Nachricht von Joana!«

»Und, was schreibt sie?«, fragte Melike neugierig.

Ich überflog die vielen Zeilen.

»Joanas Eltern wollen nach Deutschland kommen, schon Anfang April!«, antwortete ich. »Das ist ja cool! Brenda möchte diese Saison in Europa reiten … und Chad Channing … hä? Was bedeutet denn das? Er will in die Klinik?«

»Wahrscheinlich hat sie ›clinics‹ geschrieben«, warf Lajos ein. »Das ist der englische Begriff für Lehrgänge.«

»Ah, okay, das macht schon eher Sinn.« Ich grinste verlegen. »Also, wenn ich das richtig verstehe, wollen Brenda und ihr Exmann für ein Jahr nach Europa kommen.«

Es war nicht ungewöhnlich, dass erfolgreiche Springreiter aus den USA, Kanada, Südamerika oder Australien für eine Weile mit ihren Pferden in Europa ritten, denn hier gab es viele große Turniere, auf denen man Weltranglistenpunkte sammeln konnte. Das Weltcup-Finale fand in diesem Jahr in Leipzig statt und die grüne Saison begann im Mai mit dem Hamburger Derby. Schon häufig hatten wir auf dem Amselhof vierbeinige Gäste aus dem Ausland beherbergt, meistens jedoch nur für ein paar Nächte, denn die Nähe zum Frankfurter Flughafen war attraktiv. Viele der ausländischen Reiter suchten sich ein Domizil in Deutschland, Holland oder Belgien, weil man von dort aus bequem durch Europa reisen konnte.

»Kommt Joana mit?«, wollte Melike wissen.

»Nein, aber ihre Großmutter«, sagte ich. »Luke und Joana sind im Mai mit der Highschool fertig und wollen danach herkommen.«

»Oh, Lajos, du musst unbedingt Chad Channing, den Vater von Luke und Joana, kennenlernen!« Melike rang theatralisch die Hände. »Ich bin sicher, ihr werdet euch gut verstehen.«

»Aha. Wie kommst du darauf?«, erkundigte Lajos sich.

»Er hat mich irgendwie an dich erinnert«, erklärte Melike. »Nicht wahr, Elena? Chad ist auch so … hm … wie kann ich's beschreiben?«

»Na, jetzt bin ich aber gespannt.« Lajos grinste. Er sah längst nicht mehr so niedergeschlagen aus wie noch vor einer halben Stunde.

»Er ist auch so ein einsamer Wolf, der am liebsten alleine ist«, sagte meine Freundin schließlich. »Und er ist ein bisschen sonderlich. Wie du!«

»So siehst du mich also? Als sonderlichen, einsamen Wolf?« Lajos ließ es belustigt klingen, aber in seinen Augen lag ein ernster Ausdruck.

»Na ja, mal ehrlich!« Melike beugte sich vor. »Du wohnst seit Jahren hier draußen im Wald in dieser alten mäuseverseuchten Bruchbude, ganz allein. Und es macht auf mich nicht den Eindruck, als ob dich der Mangel an Sozialkontakten irgendwie stören würde. Das ist schon ziemlich schrullig, findest du nicht?«

Lajos verschluckte sich an einem Schluck Tee und bekam einen Hustenanfall. Er wurde krebsrot im Gesicht, und ich fürchtete schon, er sei sauer, aber dann bemerkte ich, dass er lachte.

»Melike, Melike!«, japste er. »Wenn es dich nicht gäbe, müsste man dich erfinden! Mangel an Sozialkontakten! *Schrullig!* So hat mich ja noch niemand bezeichnet!«

»Sag mal, Lajos«, fing ich vorsichtig an. »Stimmt es eigentlich, dass die blö… äh … die Frau Böhl-Schempp das Forsthaus kaufen will?«

»Ja, der Insolvenzverwalter von Friedrich hat mich angerufen und mir gesagt, dass sie ernsthaft interessiert ist«, erwiderte Lajos zu meiner Enttäuschung.

»Aber warum kaufst du es nicht selbst?«, wollte Melike wissen. »So viel kosten Immobilien doch bestimmt nicht mehr, wenn sie aus einer Insolvenzmasse kommen.«

»Das stimmt zwar, aber das Forsthaus ist ein Liebhaberobjekt für jemanden, der genug Geld übrig hat.« Lajos gähnte und streckte sich. »Friedrich hat seit fünfundzwanzig Jahren nichts mehr an dem Haus machen lassen. Die Elektroheizung ist völlig veraltet und verbraucht viel zu viel. Die Wasserleitungen sind marode, das Bad ist eine Zumutung. Alle Fenster sind verzogen und schließen nicht mehr richtig, überall zieht es und es gibt keinen Kanalanschluss, sondern nur eine Sickergrube. Mal ganz abgesehen von dem Mäuseproblem, das du eben selbst erwähnt hast. Diese Bude hier ist ein Fass ohne Boden.«

»Aber wo ziehst du denn hin, wenn diese arrogante Kuh das Forsthaus kauft?« Allein die Vorstellung, Lajos könne nicht nur aus dem Forsthaus ausziehen, sondern vielleicht sogar vom Amselhof weggehen, verursachte mir ein schmerzliches Gefühl der Verlassenheit.

»Kommt Zeit, kommt Rat«, antwortete Lajos. »Noch ist ja gar nichts passiert. Was habt ihr übrigens gegen Frau Böhl-Schempp? Ich finde sie eigentlich ziemlich nett.«

»*Waaas?*«, fuhr ich ungläubig auf und Twix knurrte verärgert, weil ich ihn so unsanft zur Seite geschleudert hatte. »Bist du sicher, dass wir über dieselbe Frau sprechen?«

»Ich denke schon. Miriam Böhl-Schempp.« Lajos schmunzelte. »Ihr Pferd war vor einer Weile mal ein Patient von mir. Ich habe ihr übrigens den Amselhof empfohlen. Und den Tipp, dass das Forsthaus wohl recht günstig zu erwerben ist, den hat sie auch von mir bekommen.«

Ich hatte das Gefühl, jemand habe mir unversehens den Boden unter den Füßen weggezogen.

»Also … also … das glaub ich jetzt ja nicht!«, stotterte ich fassungslos. Wie konnte Lajos bloß auf so eine schreckliche

Frau hereinfallen? Mit seiner Menschenkenntnis war es offenbar nicht besonders weit her, wenn er Leute wie Linda Jungblut und nun diese Schnepfe leiden konnte!

»Wo hatte sie ihr Pferd eigentlich vorher stehen?«, erkundigte sich Melike.

»In Frankfurt-Niederrad. Aber sie reitet gern ins Gelände und möchte, dass ihr Pferd im Sommer auf die Koppel gehen kann. Die Paddockboxen haben dann letztlich den Ausschlag gegeben.«

»Zu schade, dass wir noch eine frei hatten«, brummte ich. »Aber vielleicht kauft sie ja das Forsthaus und haut wieder ab mitsamt ihren Kötern.«

In der Sekunde, in der ich das aussprach, schoss mir ein Blitz der Erinnerung durch den Kopf und ich wusste mit einem Schlag wieder, woran mein Gedächtnis mich schon die ganze Zeit erinnern wollte.

Gerade gestern hatten wir in der Klinik wieder einen Beagle verarzten müssen, der im Wald von einem streunenden Hund angefallen und schlimm gebissen worden war. Durch die Aufregung um den Tod von Friedrich Gottschalk hatte ich nicht mehr an Johnny gedacht und daran, dass ich den Wolf an diesem Tag in Hettenbach gesehen hatte!

Ich richtete mich so jäh auf, dass Twix zur Seite purzelte. Er warf mir einen gekränkten Blick zu und robbte zu Melike hinüber, die ihn auf ihren Schoß zog.

»Der Hund!«, stieß ich hervor.

»Welchen meinst du?« Meine Freundin schmuste mit Twix und kraulte seinen Bauch, was dem Terrier ein Knurren puren Wohlbehagens entlockte. »Etwa dieses süße, kleine, schnucklige Mausehündchen hier?«

»Quatsch!«, fiel ich ihr ins Wort. »Ich meine den Wolf!

Den, der Bonnie angefallen hat! In den letzten Monaten sind in der Nähe von Hettenbach immer wieder Hunde gebissen worden und die Besitzer haben alle ein großes dunkelgraues Tier mit spitzen Ohren und hellen Augen beschrieben! Genau so eines habe ich in Hettenbach übers Feld kommen und in einer Straße verschwinden sehen, als ich zu Fuß zum Sonnenhof gelaufen bin!«

Das Lächeln verschwand aus Lajos' Miene. Er setzte sich auf, stützte die Unterarme auf die Knie und blickte mich aus seinen dunklen Augen wachsam an.

»Was, wenn das der Hund von der Schnepfe war?«, rief ich aufgeregt. »Kennst du die Hunde von ihr, Lajos?«

»Ja«, erwiderte der überraschend einsilbig. Zwischen seinen Augenbrauen hatte sich eine tiefe Falte gebildet. »Das ist ein sehr ernster Vorwurf, Elena. Wie sicher bist du dir, dass du den Hund von Miriam gesehen hast und nicht einen anderen, der ihm womöglich nur ähnlich sieht?«

»Das wäre schon ein großer Zufall, wenn es in der Gegend zwei Hunde von dieser Sorte gäbe, oder?«

Lajos seufzte und schürzte nachdenklich die Lippen.

»Warum bin ich nur nicht eher darauf gekommen?« Ich sprang auf. »Wir müssen das unbedingt der Polizei melden! Dieser Hund ist gefährlich und kann jederzeit …«

»Elena«, unterbrach Lajos mich. »Kann es sein, dass du ein paar Fakten verdrehst, nur weil du Miriam nicht leiden kannst und ihr deshalb ein paar reinwürgen willst?«

»Nein! Das stimmt nicht!«, widersprach ich heftig.

»Denk mal drüber nach«, erwiderte er. »Ihr hattet vielleicht einfach einen schlechten Start, Miriam und du. Aber deswegen solltest du nicht ungeprüft solche Anschuldigungen in die Welt setzen. Du weißt, was die Polizei mit einem Hund macht, der verdächtigt wird, einen Menschen gebissen oder ein anderes Tier getötet zu haben. Erinnere dich an die Sache mit Robbie letztes Jahr.«

Glühend heiß kroch mir die Hitze vom Hals aufwärts ins Gesicht. Leider steckte in Lajos' Worten mehr als nur ein Körnchen Wahrheit: Ich hätte die blöde Schnepfe nur zu gerne geärgert.

»Aber *falls* es der Hund von ihr gewesen ist, dann muss man doch …«, begann ich unsicher, doch Lajos ließ mich nicht ausreden.

»Es ist kein normaler Hund, sondern ein Wolfshybride«, sagte er. Seine Stimme klang angespannt. »Miriam hat ihn aus einer nicht artgerechten Haltung gerettet. Du kannst dir wohl denken, was passiert, wenn du eine solche Behauptung aufstellst, nur aufgrund einer Vermutung oder – schlimmer noch – aus purer Bosheit!«

Jedes seiner Worte schmerzte mich, und ich fühlte mich auf einmal richtig mies.

»Natürlich muss der Sache nachgegangen werden, aber sachlich und ohne Vorverurteilung durch die Öffentlichkeit.« Lajos ergriff seine Jacke. »Ich muss weg. Elena, ich bitte dich, deine Verdächtigung vorerst für dich zu behalten. Ich verspreche euch, ich gehe der Sache auf den Grund.«

»Ein Wolfshybride!« Melike hatte sich die Zügel unter die Knie geklemmt und tippte ungeduldig auf ihrem Smartphone herum. Sie suchte nach einer genauen Definition für diesen Begriff, den wir beide zuvor noch nie gehört hatten. »Klingt irgendwie voll dämonisch, findest du nicht?«

»Doch, absolut. Ich reite nicht mehr alleine ins Gelände, solange sich da so ein blutgieriger *Hybrid* herumtreibt.«

Wir ritten durch den Wald zurück zum Amselhof. Lajos hatte uns mehr oder weniger rausgeworfen, so eilig hatte er es plötzlich gehabt. Garantiert fuhr er direkt zu der blöden Schnepfe! Ich war richtig sauer auf ihn. Er hatte gerade so getan, als ob ich mir irgendetwas ausgedacht hätte! Dabei war es doch die Schnepfe gewesen, die mich blöd behandelt hatte!

»Ach, ein Wolfshybrid ist bloß eine Kreuzung zwischen Wolf und Hund. Ich dachte, das wäre was Spannenderes, irgendwas wie eine Chimäre oder so.« Melike klang ein bisschen enttäuscht.

»Wie eine – was?« Ich tippte eine Nachricht an Farid. Er war schon in Hamburg angekommen.

»Eine Chimäre ist ein Mischwesen.« Melike schob konzentriert die Zungenspitze zwischen die Zähne. »In der griechischen Mythologie gab es so ein Ungeheuer mit drei Köpfen – eines Löwen, einer Ziege und einer Schlange. Auch Pegasus, das Pferd mit den Flügeln, war eine Chimäre … Aber ein Hybride … obwohl hier … warte mal … oha! Das klingt schon anders! Hör zu: In den USA kam es bereits zu Zwischenfällen mit Hybriden. Zwischen 1981 und 1999 wurden vierzehn Menschen durch Wolfsmischlinge getötet und vierzig verletzt!«

Sie riss die Augen auf.

»Na ja, so viel ist das nicht«, brummte ich. »Da sterben wahrscheinlich mehr Leute, weil sie vom Pferd fallen.«

»In Deutschland ist die Haltung von Wolfshybriden auf jeden Fall grundsätzlich verboten«, las Melike weiter vor. »Die Tiere gelten als gefährlich und unberechenbar, außerdem unterstehen sie dem Washingtoner Artenschutzabkommen und genießen den gleichen Schutzstatus wie reinrassige Wölfe. Um eine Genehmigung für die Haltung eines Wolfshybriden zu bekommen, muss man belegen, woher man das Tier hat und die Eignung zur Haltung sowie angemessene Unterbringungsmöglichkeiten nachweisen können, das heißt mindestens: ein großes Gehege mit hohen Zäunen und im Boden versenkten Gittern.«

»Wahrscheinlich hat die Schnepfe keine Genehmigung. Wenn rauskommt, dass ihr Wolfsvieh Hunde beißt und Rehe wildert, dann kriegt sie Mega-Ärger«, sagte ich düster. »Und deshalb ist sie scharf auf das Forsthaus.«

»Und Lajos ist scharf auf die Schnepfe«, erwiderte Melike. »Sonst hätte er niemals so reagiert. Ich werde sie mal googeln.«

Ein paar Minuten später wussten wir mehr über die Frau, die nicht etwa wegen unserer tollen Webseite – wie sie Mama erzählt hatte – sondern dank Lajos auf den Amselhof gekommen war.

»Boah!«, staunte meine Freundin. »Miriam Böhl-Schempp, geboren in Kiel, Jahrgang 1972, ist Physikerin und arbeitet nach Stationen in Brüssel, Vancouver und Genf seit 2012 am Zentrum für Schwerionen-Forschung in Darmstadt. Sie hat 2001 am Institut für theoretische Physik in München promoviert und das Thema ihrer Doktorarbeit war: *Elektromagnetische Dissoziation in Schwerionenstößen als Informationsquelle für Strahlungseinfangreaktionen von astrophysikalischem Interesse.*«

»Daran sieht man, dass sie nicht alle Tassen im Schrank

hat«, sagte ich. »Wer beschäftigt sich schon mit so einem Quatsch?«

»Sie muss wahnsinnig intelligent sein.« Melike war fasziniert. »Hier ist sogar ein Foto. Hm … sie ist hübsch.«

»Zeig mal.« Ich streckte die Hand aus und Melike reichte mir ihr Handy. Ich hatte die Schnepfe noch niemals ohne Mütze auf dem Kopf gesehen. Widerwillig musste ich mir eingestehen, dass meine Freundin recht hatte: Auf dem Foto sah sie wirklich täuschend nett aus. Sie hatte dunkle Locken und Grübchen, wenn sie lächelte.

»Theoretische Intelligenz hat mit emotionaler Intelligenz nichts zu tun.« Ich gab Melike das Handy zurück. »Ich finde sie unsympathisch hoch zehn.«

»Dann finde ich das auch«, sagte Melike voller Überzeugung. »Wenn du sie nicht magst, mag ich sie auch nicht. Fertig.«

Wir guckten uns an und mussten lachen.

Es dämmerte schon, als wir uns dem Amselhof näherten. Wir ritten am Sportplatz vorbei, die Hufe unserer Pferde klapperten auf dem Asphalt des Feldwegs.

»Schau mal!«, sagte ich zu Melike. »Da vorne steht das Schnepfen-Auto!«

»Tatsächlich!«

Am Straßenrand vor dem Tor des Amselhofs parkte der dunkle Berlingo mit geöffneter Kofferraumklappe.

»Lass uns mal einen Blick reinwerfen«, schlug Melike vor. »Wir müssen uns nur beeilen. Sehr lange wird sie wohl nicht wegbleiben, wenn sie bei der Kälte den Kofferraum offen lässt.«

Wir saßen von unseren Pferden ab und näherten uns vorsichtig dem Auto. Ich ließ die Taschenlampe meines

Handys aufflammen und leuchtete in die beiden Transportboxen. In der linken Box saß ein hellbrauner Mischlingshund, der drohend knurrte, als ich ihn anleuchtete. Dann hielt ich das Handy auf die rechte Box. Mein Herz begann zu pochen, eine Gänsehaut rann mir über den Rücken, denn in die hinterste Ecke gedrückt lag – *der Wolf!* Er hatte die Schnauze auf die Vorderpfoten gelegt und starrte mich aus grünlich schillernden Augen ohne zu blinzeln an.

»Das ist er!«, stieß ich hervor und prallte erschrocken zurück, als der andere Hund plötzlich ein furchterregendes Knurren hören ließ und drohend die Zähne fletschte. »Das ist der Wolf, den Robbie neulich verjagt hat!«

»Bist du dir sicher?«, flüsterte Melike.

»Hundertprozentig!« Mir war ganz schlecht vor Aufregung. »Was machen wir jetzt?«

»Ein Foto, als Beweis«, sagte meine Freundin pragmatisch. »Und dann nichts wie weg hier, bevor uns jemand erwischt!«

Meine Hände zitterten so sehr, dass ich mich immer wieder vertippte, bis ich endlich die Kamera-App erwischte und ein paar Fotos schoss.

»Du musst den Blitz einschalten!«, zischte Melike. »Sonst wird das nichts.«

»Ich weiß, ich weiß!« Hektisch wischte und tippte ich auf meinem Smartphone herum. »Shit! Warum geht das blöde Blitzding denn nicht?«

»Gib her!« Melike streckte die Hand aus und drückte mir Smileys Zügel in die Hand. »Pass du auf, ob jemand kommt!«

Mit pochendem Herzschlag spähte ich hinter dem Auto hervor Richtung Amselhof. In beiden Reithallen brannte

Licht, die Laternen links und rechts des Hoftors waren bereits eingeschaltet.

»Shit, shit, shit!«, fluchte Melike vor sich hin und ich wandte mich um. Meine Freundin kniete auf dem Boden und tastete unter dem Auto herum.

»Was ist?«

»Mir ist das Handy runtergefallen!«

»Oh nein!«

Der Hund in der linken Transportbox knurrte immer wütender. Ich zitterte am ganzen Körper. Mein Smartphone war mein kostbarster Besitz – ich konnte es unmöglich hier liegen lassen!

Ich hörte Stimmen. Drüben auf dem Hof schlugen Autotüren zu, ein Motor sprang an. Scheinwerfer flammten auf.

»Da kommt jemand!«, wisperte ich panisch. In spätestens dreißig Sekunden würde irgendwer an uns vorbeifahren und sich fragen, was wir wohl an einem fremden Auto zu suchen hatten. Und mit etwas Pech würde es die Schnepfe erfahren!

»Ich hab's!«, flüsterte Melike und drückte mir mein Handy in die Hand. In Windeseile schwangen wir uns auf unsere Pferde – keine Sekunde zu spät! Denn direkt hinter dem Auto marschierte Miriam Böhl-Schempp durchs Hoftor! Zum Abhauen war es zu spät, deshalb lenkten wir die Pferde hinter die mannshohen Brombeerbüsche, die im Sommer eine undurchdringliche Hecke bildeten. Jetzt, im Winter, waren sie kein besonders gutes Versteck und wir konnten nur hoffen, dass die Frau gleich davonfuhr und nicht etwa auf die Idee kam, ihre Hunde noch mal rauszulassen. Mit angehaltenem Atem spähten wir durch die blattlosen Äste zur Straße. Aber die Schnepfe war wohl schon vorher mit ihren Hunden spazieren gegangen. Sie schloss die Kofferraumklappe, stieg ein und ließ den Motor an. Wir warteten, bis sie gewendet hatte und Richtung Steinau fuhr.

13. Kapitel

»Er war das nicht!«, schrie ich. »Ich schwör's!«

»Aber ich hab es genau gesehen«, sagte Frau Böhl-Schempp. »Der Hund hat das Mädchen gebissen!«

Sie wechselte einen Blick mit Lajos und ich sah, wie sie ihm verschwörerisch zuzwinkerte. Ich begriff, dass ich von ihm keine Hilfe zu erwarten hatte. Mit hilflosem Zorn musste ich mit ansehen, wie Männer in weißen Kitteln versuchten, Twix in einen Käfig zu stecken.

»Autsch! Jetzt hat das Vieh mich gebissen!«, fluchte jemand und ich erkannte Herrn Nieselwetter, den Förster.

»Er hat Angst vor Männern!«, rief ich. »Normalerweise beißt er nicht!«

Mein Jack Russell Terrier wehrte sich und kämpfte, knurrte und fletschte die Zähne, aber er hatte keine Chance gegen die Männer. Die Gittertür klappte zu, der Käfig wurde weggetragen. Twix' angstvolles Jaulen fuhr mir wie ein Messerstich ins Herz.

»Hunde, die Rehe reißen und Menschen beißen, werden nun mal eingeschläfert. Das ist eine Vorschrift.« Der Mann in dem weißen Kittel wandte sich zu mir um und ich zuckte erschrocken zusammen, als ich ihn erkannte. Es war Richard Jungblut und er lächelte grausam. Fassungslos sah ich, wie er eine Spritze aufzog. »Da draußen warten lauter Hunde, die ich heute einschläfern muss. Aber mit deinem fange ich an.«

»Bitte!«, flehte ich verzweifelt. »Das dürfen Sie nicht tun! Die Frau hat gelogen, glauben Sie mir doch! Sie hasst mich! Es war ihr Wolf, nicht mein Hund, der das getan hat!«

»Da steht dann wohl Aussage gegen Aussage«, entgegnete Tims Vater kalt. »Aber Tim hat mir sowieso schon alles erzählt.«

»Was denn? Was hat er erzählt?«

Plötzlich war er verschwunden und mein Zorn verwandelte sich in schiere Panik. Ich stolperte einen endlos langen Gang entlang. An der Decke flackerten Neonröhren, links und rechts stapelten sich Käfige bis zur Decke. Es waren Hunderte und in jedem hockte ein Hund. Das Geheule und Gebelle war schier unerträglich. Schluchzend suchte ich nach Twix, aber ich konnte ihn nicht finden. Eine Sirene schrillte los und übertönte das Gebell. Die Tür am Ende des Ganges wurde aufgerissen, ich zwinkerte geblendet in das grelle Licht. Miriam Böhl-Schempp trug jetzt auch einen Kittel. Sie öffnete die Tür eines der Käfige.

»Twix!«, schrie ich, als ich meinen Hund erblickte. Er wedelte freudig mit dem Schwanz, weil er wohl glaubte, man würde ihn rauslassen, aber auf der anderen Seite der Tür wartete der Tod auf meinen süßen, kleinen Hund! Ich begann zu rennen, aber ich würde es nicht schaffen.

»Du kommst zu spät, Elena!«, rief die Schnepfe, packte den wild zappelnden Twix und lachte böse.

»Nein!«, schrie ich. »Nein, bitte nicht!«

»Hey, Elena, wach auf!« Jemand rüttelte mich an der

Schulter. Der Flur mit den Käfigen löste sich auf und verschwand irgendwo weit entfernt im Land der Träume.

»Wasisnlos?«, murmelte ich verschlafen und begriff, dass dieser Jemand Melike war.

»Was schreist du denn so?« Meine Freundin kicherte.

»Wie viel Uhr ist es?« Ich tastete unter meiner Decke nach Twix und war erleichtert, als ich feststellte, dass er sich in meinen Kniekehlen zusammengerollt hatte. Er seufzte zufrieden, als ich sein Fell berührte.

»Fünf nach sechs. Du hast geratzt wie ein Bär.« Meine Freundin grinste. »Ich hab dir den Handywecker ans Ohr gehalten, aber du bist nicht aufgewacht, sondern hast nur wild rumgeschrien.«

»Oh Mann.« Ich rekelte mich und gähnte. »Ich hab voll den Mist geträumt!«

»Ich geh schnell ins Bad.« Melike knipste die Lampe an. »Ariane ist gerade raus.«

Melike und Ariane hatten bei uns übernachtet, weil sie mit aufs Turnier fahren würden. Meine Mutter war noch lange bei Linda geblieben und wir hatten ihre Abwesenheit ausgenutzt, um in ihrem Büro den Einstellvertrag der Schnepfe herauszusuchen. Zu unserer Enttäuschung hatte sie die Adresse der Firma in Darmstadt angegeben, bei der sie arbeitete. Melike hatte das ausgesprochen verdächtig gefunden. Wer so etwas täte, meinte sie, habe etwas zu verbergen.

Um sieben Uhr wollten wir losfahren, denn nach Elz brauchten wir ungefähr eine Stunde und um 8:30 Uhr begann die zweite Abteilung des L-Springens, in der Ariane und ich reiten würden.

Ich warf die Bettdecke zurück. Twix blinzelte ins helle

Licht, streckte sich und gähnte, blieb aber liegen. Früher war er sofort aus dem Bett gehüpft, mittlerweile wartete er gemütlich, bis ich im Badezimmer fertig war und nach unten ging, bevor er sich aus dem kuscheligen Bett bequemte.

Zwanzig Minuten später betraten wir den Stall. Ariane war schon dabei, Con Amore zu putzen. Mit Kopfhörern auf dem Kopf zupfte sie das Stroh aus dem Schweif ihres Pferdes, dabei sang sie leise vor sich hin. Melike und ich holten Lenzi und Fritzi aus ihren Boxen, nahmen ihnen die Stalldecken ab und brachten sie auf Hochglanz. Papa hatte bereits den Lkw vorgefahren und die seitliche Verladerampe heruntergelassen, Christian streute Sägespäne ein und hängte die prall gefüllten Heunetze auf. Fahrten zu Turnieren waren für jeden von uns längst alltägliche Routine, jeder Handgriff saß und alle wussten, was sie zu tun hatten. Mama suchte die Pässe für die Pferde heraus, die heute mitkamen, und legte sie in der Wohnkabine des großen Lkw in den Schrank. Dann bereitete sie die Kopfnummern für alle Pferde vor. Bereits gestern Abend hatte sie uns in die Starterlisten eingetragen. Innerhalb einer Dreiviertelstunde waren sechs Pferde geputzt und verladen, das Sattelzeug, Gamaschen, Sprungglocken und was man sonst noch so brauchte, war verstaut, unsere Turnierklamotten hingen im Schrank des Wohnabteils. Christian setzte sich auf den Beifahrersitz, Melike, Ariane und ich quetschten uns auf die Rücksitzbank. Der Aknefrosch würde später nachkommen, denn er ritt erst im M, genau wie Niklas. Das Hallenturnier in Elz war eines der ersten Late-Entry-Turniere in der Saison, deshalb gab es sehr viele Nennungen, obwohl es nur bis M ausgeschrieben war. Nach der Winterpause war jedermann heiß aufs Turnierreiten. Allein im L-Springen gab es vier Abteilungen mit jeweils vierzig Startern. Ich schrieb Farid, und er antwortete mir keine Minute später. Er war bereits unterwegs zum Frühstück, danach ging es zum Morgentraining. Das Spiel begann um 15:30 Uhr, und Farid hoffte wenigstens auf eine Einwechslung.

Als wir das Wiesbadener Kreuz passierten, ging hinter uns im Osten die Sonne wie ein glühend roter Feuerball auf.

Eine halbe Stunde später hatten wir den Turnierplatz erreicht. Auf dem Reitplatz parkten Lkw und Autos mit Pferdehängern in Reih und Glied, Pferde wurden herumgeführt und geritten. Ich kannte die meisten Leute, denn während der Turniersaison sah man sich jedes Wochenende. Melike, Ariane und ich liefen zur Meldestelle und holten uns eine Starterliste. Ich war mit Fritzi als Neunte dran und mit Lenzi als Neunundzwanzigste, Ariane war einundzwanzigste Starterin.

»Kann ich das hier auslegen?«, fragte sie die Dame in der Meldestelle und wedelte mit einem Stapel Flyer.

»Was ist denn das?«, fragte die Frau neugierig und studierte einen der Flyer. »*Aristian*. Aha.«

»Wir stellen alle Produkte selbst her und verzichten dabei komplett auf Weizen und allergene Zusatzstoffe«, hörte ich Ariane quaken. Melike stieß mich mit dem Ellbogen an und verdrehte die Augen.

Wir verdrückten uns, bevor Ariane mit ihrer Predigt über die Schädlichkeit von Weizenmehl oder irgendetwas anderem loslegte, mit der sie uns seit Tagen nervte.

»Ich hab gar nicht mitgekriegt, dass sie schon mit ihrer

Produktion angefangen haben«, sagte ich etwas verwundert.

»Haben sie auch nicht«, erwiderte Melike. »Die Arbeitssklaven fehlen noch. Und soweit ich weiß, hat das mit der Metzgerei, die sie mieten wollten, auch nicht geklappt. Wenn du mich fragst, ist das eh 'ne Luftnummer.«

In der Reithalle lief die erste Abteilung des L-Springens. Papa stand mit ein paar anderen Reitern zusammen an einem Stehtisch und nippte an einer Tasse Kaffee. Ich schaute mir drei Ritte an und prägte mir den Parcours ein, dann machten wir uns auf den Weg zurück zum Lkw, um zu satteln.

»Ach, ich geh noch schnell aufs Klo«, sagte ich zu Melike.

»Ich warte hier«, erwiderte meine Freundin.

Eilig bog ich in den Flur ein, der zu den Toiletten führte. Die Tür der Herrentoilette ging auf und ein Mann kam heraus. Ich konnte nicht mehr ausweichen und prallte gegen ihn.

»Entschuldigung«, sagte ich und erschrak, als ich ihn erkannte: Vor mir im Halbdunkel stand Tims gruseliger Vater und seine eisblauen Augen schienen mich zu durchbohren – genau wie heute Nacht in meinem Traum!

»Ach, hallo, Elena«, sagte er. Es wäre kindisch gewesen, mich umzudrehen und wegzurennen.

»Hallo«, murmelte ich deshalb und wollte mich an ihm vorbeischlängeln.

»Elena, warte doch bitte mal kurz! Nur drei Sekunden.« Er streckte den Arm aus, als ob er mich festhalten wollte, ließ ihn aber wieder sinken, als ich vor ihm zurückwich.

»Äh, ich hab's eilig. Ich muss satteln«, erwiderte ich

unbehaglich. Das Herz schlug mir bis zum Hals, ich traute mich kaum, den Mann anzusehen. Seitdem ich denken konnte, war er für mich das personifizierte Böse, ungefähr so wie Lord Voldemort bei *Harry Potter*.

»Ich wollte mich nur bei dir bedanken«, sagte Richard Jungblut nun zu meiner absoluten Verblüffung. »Für alles, was ihr für Gina getan habt. Das war unglaublich mutig von deinem Bruder und dir. Ihr habt meinem kleinen Mädchen das Leben gerettet.«

Mir klappte beinahe der Mund auf. Ich hatte mit allem Möglichen gerechnet, aber nicht damit! Von seiner früheren Großspurigkeit und Herablassung war jedoch nichts mehr übrig. Erst jetzt fiel mir auf, wie hager er geworden war. Tiefe Furchen hatten sich in sein Gesicht gegraben und sein blondes Haar war ganz ergraut. Richard Jungblut war in den letzten zwei Monaten erschreckend gealtert. Sein Blick war nicht mehr stechend, sondern irgendwie … erloschen.

»Äh … ja …«, stotterte ich. »Ich … äh … das war doch selbstverständlich.«

Was sollte ich auch darauf antworten? Hätte er Gina bei seinem Auftritt in der Pferdetränke nach unserer Weihnachtsfeier nicht so schroff abgewiesen, dann wäre sie niemals mit ihrem Pony durch die Winternacht zu ihrem Versteck im alten Steinbruch geritten. Er war schuld daran, dass seine Tochter für ihr ganzes Leben entstellt war und ihn nun hasste. Plötzlich dämmerte mir, dass ihm das bewusst war.

»Nein, das war es nicht.« Richard Jungblut presste kurz die Lippen zusammen. »Ihr habt euch damit selbst in Gefahr gebracht. Danke, Elena.«

Und damit ging er davon. Ich blickte ihm völlig verdattert nach, erst dann fiel mir wieder ein, dass ich ja eigentlich aufs Klo gehen wollte.

Vielleicht lag es an meiner unerwarteten Begegnung mit Tims Vater, oder auch daran, dass ich den Parcours nicht abgegangen war, aber ich verritt mich mit Fritzi im L-Springen. Im letzten Moment merkte ich, dass ich den falschen Sprung anritt und lenkte den Hengst in eine Volte. Das galt als Verweigerung und wurde mit drei Fehlerpunkten bestraft, doch ansonsten gelang uns eine schnelle und fehlerfreie Runde. Papa sagte nichts dazu, zumal ich mit Lenzi die Prüfung später gewann. Ariane platzierte sich mit ihrem erfahrenen Con Amore auf dem vierten Platz.

Da wir bis zum M-Springen noch jede Menge Zeit hatten, gingen Melike und ich, nachdem wir Lenzi versorgt hatten, ins Gastronomie-Zelt, um uns etwas zu essen zu holen. Mein Bruder und Ariane saßen mit Tim an einem Tisch.

»Der hat mir ja gerade noch gefehlt«, murmelte ich.

Dasselbe dachte Tim bei meinem Anblick wohl auch, denn er stand auf und verschwand eilig, als Melike und ich uns dem Tisch näherten.

»Er hat ja Turnierklamotten an«, bemerkte meine Freundin. »Reitet er hier?«

»Ja, die Pferde vom Gestüt Lindenhof«, erwiderte Christian. »Deren Bereiter ist krank geworden.«

»Wie schön für ihn«, brummte ich und biss in mein Mettbrötchen. »Übrigens bin ich vorhin seinem Vater in die Arme gelaufen. Stell dir vor, er hat sich bei mir dafür bedankt, dass wir Gina das Leben gerettet haben. Irgendwie glaube ich, dass es ihm echt leidtut.«

Mein Bruder hob nur die Augenbrauen, sagte aber nichts. Er löffelte eine körnige, braune Pampe aus einer Frischhaltebox.

»Die Reue kommt etwas spät«, bemerkte Ariane spitz. »Wenn er Gina nicht so behandelt hätte, wäre es nie passiert.«

»Gut dass er ein schlechtes Gewissen hat«, sagte Melike. Ihr hatte ich schon von dem kurzen Gespräch erzählt. »Mit den Schuldgefühlen wird er leben müssen.«

»Und Gina mit den Brandnarben«, fügte Ariane hinzu. »Mein Gott, was ist das für eine grässliche Familie! Kannst echt froh sein, dass du aus *der* Nummer raus bist, Elena.«

»Sag mal, Christian, was isst du da eigentlich?«, erkundigte sich Melike bei meinem Bruder. »Sieht aus wie Durchfall.«

Christian hörte auf zu kauen und verzog das Gesicht.

»Das ist Hummus mit schwarzen Bohnen und Chia-Samen!« Ariane funkelte meine Freundin wütend an. »Es schmeckt fantastisch und ist auch noch äußerst gesund!«

»Sieht trotzdem voll bäh aus.« Melike schüttelte sich. »Wie Durchfall halt. Und hat sogar dieselbe Konsistenz.«

Mein Bruder beugte sich über die Plastikbox und spuckte das, was er im Mund hatte, aus. Dann wischte er sich mit dem Handrücken den Mund ab und atmete tief durch.

»Schätzchen, ich liebe dich. Wirklich«, sagte er zu Ariane. »Aber jetzt ist Schluss mit dem gesunden Kram. Ich hab's probiert! Das ist einfach nichts für mich.«

»Hier, du kannst die andere Hälfte von meinem Mettbrötchen haben.« Ich schob meinem Bruder den Teller hin, er griff zu und verdrückte die Brötchenhälfte mit zwei Bissen, bevor Ariane ihn daran hindern konnte.

»Ah, wie gut!« Christian grinste mit vollen Backen und Ariane starrte ihn sprachlos an.

»Mettbrötchen – ein Euro fünfzig«, kommentierte Melike trocken. »Arianes Gesichtsausdruck – unbezahlbar!«

Wir grinsten uns an und kicherten.

»Weißt du was, Melike?«, zischte Ariane, die es hasste, wenn irgendetwas nicht nach ihrem Kopf ging, böse. »Du bist und bleibst eine blöde Kuh!«

»Ach, Arianchen, du auch«, antwortete meine Freundin gelassen. »Ich mag dich aber trotzdem, irgendwie.«

»Pah!«, schnaubte Ariane beleidigt. »Stopft euch nur weiter mit tierischem Eiweiß und Weizenmehlprodukten voll! Ihr werdet schon sehen, was ihr davon habt! Wenn ihr fünfzig seid, werdet ihr verbraucht und schrumpelig aussehen, falls ihr nicht vorher an Herzverfettung und Arterienverkalkung gestorben seid!«

Sie packte die Frischhaltebox in ihren Korb, stand auf und stolzierte mit hoch erhobenem Kopf davon.

»Da geht sie hin, die Miss Hummus«, sagte Melike und wir kriegten einen Lachanfall. Wir lachten, bis uns die Tränen kamen.

»Na, ihr seid ja gut drauf.« Niklas kam an unseren Tisch, setzte sich neben Melike und gab ihr einen Kuss. »Was ist mit Ariane los? Sie hat mich gerade beinahe über den Haufen gerannt.«

»Christian hat soeben das kulinarische Projekt ›Gesund und Wertvoll‹ mit einem Mettbrötchen beendet«, erwiderte Melike und tupfte sich die Lachtränen ab.

»Dann musst du wenigstens nicht mehr heimlich nachts an den Kühlschrank schleichen.« Niklas zwinkerte meinem Bruder zu, der nur vielsagend grinste. Wir erzählten vom L-Springen und von meiner Begegnung mit Tims Vater, dann machte sich Christian auf die Suche nach Ariane und wir gingen hinüber in die Reithalle, wo der Parcours für das M-Springen umgebaut wurde.

14. Kapitel

Es war ein langer Tag gewesen. Als wir abends wieder auf dem Amselhof ankamen, war es bereits dunkel. Im M-Springen waren mir zwei fehlerfreie Ritte gelungen, mit Lenzi hatte ich um 0,3 Sekunden den Sieg verpasst, mit Fritzi war ich noch Achte geworden. Niklas hatte seine Abteilung mit Palais de Danse gewonnen, Tim war mit einem kleinen Fuchswallach vom Gestüt Lindenhof knapp hinter ihm Zweiter geworden und Papa und Jens hatten sich mit jeweils beiden Pferden gut platziert. Alles in allem war es damit ein erfolgreicher Tag für den Reiterverein Amselhof Steinau gewesen. Da Niklas eine SKY-Go-App auf seinem Handy installiert hatte, hatten wir das Spiel von Eintracht Frankfurt in Hamburg live verfolgen können. Tatsächlich war Farid eingewechselt worden, allerdings erst in der 73. Minute, als seine Mannschaft bereits zwei Tore im Rückstand war. In der Nachspielzeit hatte er den Anschlusstreffer erzielt, und auch wenn dieses Tor nicht mehr für einen Sieg gereicht hatte, so war Farid doch wahnsinnig happy. Er hoffte, dass er bei dem neuen Trainer eine Chance bekam, demnächst auch mal von Anfang an spielen zu dürfen.

Am Montag musste ich wieder in die Schule, die drei

Wochen Praktikum waren für meinen Geschmack viel zu schnell vorbeigegangen. Seit der Sache mit Johnny hatte sich Herr Dr. Brinker um hundertachtzig Grad gedreht und war total nett geworden. Zum Schluss hatte ich ihm bei kleineren Operationen richtig assistieren dürfen und das hatte mir Spaß gemacht. Und am letzten Tag hatten alle zusammen ein Gläschen Sekt zum Abschied getrunken, ich allerdings nur Cola, und da hatte er mir sogar das Du angeboten.

Nach der sechsten Stunde gingen Melike und ich in die Schulkantine. Ich hatte vor der Doppelstunde PoWi eine Freistunde, Melike leider nicht. Wir stellten uns in die lange Schlange vor der Essensausgabe. Ariane stand ein Stück vor uns und ließ sich Hackbraten und Pommes geben.

»Was muss ich denn da sehen?«, fragte Melike. »Willst du etwa an Herzverfettung und Arterienverkalkung sterben?«

»Ach, halt die Klappe, Melike.« Ariane winkte ab. »Ich dachte mir, es ist sicher langweilig, wenn ich als Einzige hundertzehn werde und dauernd auf euren Beerdigungen abhängen muss.«

»Und was ist mit eurem Aristian-Projekt?«

»Vorübergehend auf Eis gelegt«, erwiderte Ariane und schob sich eine Pommes in den Mund. »Das Konzept ist zwar gut, aber mit der Finanzierung und der Umsetzung hapert es noch ein bisschen.«

»Wie willst du denn jetzt ein YouTube-Star werden?«, stichelte Melike.

»Mir fällt schon was anderes ein«, sagte Ariane schnippisch. »Mach dir da mal keine Sorgen.«

»Auf die Idee käme ich nie und nimmer«, entgegnete Melike. »Hau rein!«

Unser Lieblingstisch in der Ecke war frei. Wir aßen und quatschten dabei über die Schnepfe und Lajos. Als Melike in den Unterricht musste, blieb ich sitzen. Ich kramte mein Handy heraus und checkte meine WhatsApps.

»Ist hier noch frei?«, fragte jemand.

Ich blickte auf. Vor mir stand Tim und lächelte mich ein bisschen gezwungen an. Mein Herz machte ein paar erschrockene Schläge.

»Äh, j...ja. Klar«, sagte ich so lässig wie möglich.

»Danke.« Er stellte sein Tablett ab, zog seine Jacke aus und hängte sie über die Stuhllehne. Dann setzte er sich mir gegenüber hin.

»Wie geht's?«, fragte er nach ein paar Sekunden verlegenen Schweigens.

»Gut. Und dir?«

»Auch ganz gut.«

Es war das erste Mal seit unserer Trennung, dass wir alleine waren, sofern man in einer Schulkantine um die Mittagszeit von »alleine« sprechen konnte, und wenn man von dem kurzen Gespräch im Reiterstübchen auf dem Sonnenhof mal absah.

Obwohl ich mich in den letzten Wochen über ihn geärgert hatte, mochte ich ihn in einem Winkel meines Herzens irgendwie noch immer, und wenn auch nur wegen dem, was wir gemeinsam erlebt und durchgestanden hatten. Verstohlen betrachtete ich ihn. Ich sah die schmale Narbe, die sich wie ein weißer Strich von seiner Nase bis zur Oberlippe zog, und das Grübchen in seinem Kinn, das ich so oft berührt hatte. Er war mir so vertraut und gleichzeitig fremd. Sein Gesicht war schmaler geworden, kantiger. Erwachsen, irgendwie.

»Tut mir echt leid, dass ich auf der Beerdigung so komisch war«, sagte Tim nun.

»Schon gut.« Ich schob mein Handy zur Seite und stellte fest, dass meine Hand zitterte. Zu blöd. Hoffentlich bemerkte Tim das nicht. Eine Weile aß er schweigend. Warum hatte er sich ausgerechnet zu mir an den Tisch gesetzt? Es waren genug andere Tische frei!

»Vielleicht hast du's schon gehört«, sagte er plötzlich. »Ich ziehe wieder zurück auf den Sonnenhof.«

»Das hat deine Mom meiner erzählt«, antwortete ich.

Nach allem, was Tims Vater ihm angetan hatte, war das für mich total unverständlich. Tim hatte seinen Alten für die Art und Weise, wie er ihn und seine Mutter behandelt hatte, für die Schläge, die Gemeinheiten und die Demütigungen, aus tiefstem Herzen gehasst. Ich wusste nur zu gut, wie schrecklich und peinlich es für ihn bis heute war, einen Vater zu haben, der wegen Betrugs und Diebstahls im Knast gesessen hatte.

Unsere Blicke trafen sich. In Tims Augen las ich etwas, was ich zuerst nicht richtig deuten konnte. Und da begriff ich, dass wir alles andere als zufällig hier saßen. Dieses Gespräch hatte er geplant und abgewartet, bis er mich mal alleine erwischte. Die Schulkantine war dazu ein denkbar unverfänglicher Ort.

Tim legte sein Besteck hin.

»Elena«, begann er und verstummte wieder. Er kaute an seiner Unterlippe, suchte nach den richtigen Worten. »Niemand versteht, warum ich das tue. Auch meine Mutter und meine Oma nicht. Mein Opa war deswegen total außer sich, und manchmal hab ich mir schon gedacht, dass er vielleicht deshalb einen Herzinfarkt gekriegt hat.«

Gab er sich etwa die Schuld am Tod seines Großvaters?

»Was die Leute sagen, ist mir total egal«, redete Tim weiter. »Aber mir ist wichtig, dass *du* verstehst, warum ich das tue. Warum ich's tun *muss.*«

»Wieso?«

»Weil … weil du weißt, wie mein Vater war. Und dass ich ihn gehasst hab und eigentlich immer von ihm wegwollte. Das waren keine Sprüche von mir. Aber … er hat sich verändert. Seit der Sache mit Gina.«

»Ich hab ihn am Samstag in Elz auf dem Turnier gesehen.« Ich erinnerte mich an Richard Jungbluts stumpfen Blick. »Er hat sich bei mir bedankt. Wegen Gina.«

Tim nickte nur.

»Du wolltest doch Abi machen und Tiermedizin studieren«, sagte ich und mein Gehirn ergänzte: *… und mit mir auf dem Amselhof leben und dort eine Tierklinik eröffnen.*

»Das hab ich mir zumindest eingeredet.« Tim schüttelte den Kopf. Er spielte mit seiner Gabel. »Für eine Weile hab ich sogar echt geglaubt, dass ich das wollte. Aber das stimmt nicht. Wenn ich ehrlich bin, dann hab ich nur deshalb gedacht, ich müsste studieren, weil Niklas, Christian und Melike auch an die Uni gehen. Ich wollte dazugehören. So sein wie sie. Verstehst du?« Plötzlich sprudelten die Worte nur so aus seinem Mund. »Dabei bin ich überhaupt nicht der Akademiker-Typ! Ich hab keinen Bock, jahrelang zu lernen und Prüfungen zu schreiben und vielleicht durchzufallen oder am Ende irgendwann festzustellen, dass ich etwas studiert hab, was ich gar nicht machen will.« Er hielt kurz inne und atmete tief durch, löste den Blick nicht von meinem. »Ich kann reiten, das weiß ich. Das Pferd, mit dem ich nicht zurechtkomme, ist noch nicht geboren. Das ist mein Talent, und das darf ich nicht vergeuden, indem ich glaube, ich müsste schlauer sein, als ich bin.«

Ich hielt die Luft an. Kam jetzt wieder seine Selbstmitleid-Masche? Wollte er mir Vorwürfe machen? Oder – noch schlimmer – sich bei mir einschleimen, damit er …

»Ich hab wahnsinnig viel von deinem Vater gelernt«, unterbrach er meine Gedanken. »Aber ich habe auch gemerkt, dass es einfach scheiße ist, Reiter ohne eigenen Hof zu sein, so wie Jens zum Beispiel. Oder wie tausend andere Reiter, die von einem Stall zum nächsten ziehen und nie was Eigenes auf die Beine stellen.«

»Hm.«

»Ich weiß, was du jetzt denkst.« Die Andeutung eines Lächelns huschte über sein Gesicht. »Wenn wir zusammengeblieben wären, hätte ich eines Tages zu dir auf den Amselhof kommen können. Das war unser Traum, stimmt's?«

»Ja, stimmt«, gab ich zu und lächelte schwach. Er kannte mich wirklich gut.

»Aber selbst das wollte ich eigentlich nicht. Das ist mir in den letzten Wochen klar geworden.« Tim beugte sich vor. »Ich will nicht, dass die Leute hinter meinem Rücken sagen: Guckt euch den Jungblut an, die Zecke. Der hat sich ins gemachte Nest gesetzt.«

»Aber das würde doch niemand sagen«, widersprach ich lahm.

»Natürlich. Das haben sie doch schon.« Tim seufzte. »Verstehst du, Elena, ich möchte *selbst* etwas erreichen, aus eigener Kraft und mit den Mitteln, die mir zur Verfügung stehen. Diese Mittel sind mein Talent … und letztlich auch das Talent von meinem Alten, gute Pferde zu finden, auszubilden und wieder zu verkaufen. Jetzt, wo mein Opa tot und seine Kohle futsch ist, kann ich machen, was ich will. Ich bin frei.«

Ganz langsam dämmerte mir, was er meinte.

»Ich war echt … verzweifelt, als ich begriffen hab, dass ich dich endgültig verloren habe«, fuhr Tim fort. »Damit hab ich irgendwie nicht gerechnet, obwohl es meine Schuld war, weil ich mich dir gegenüber total mies verhalten habe. Vorher, und nachher erst recht. Ich war neidisch auf Christian und auf Niklas und auch auf deinen Fußballer.«

»Er heißt Farid.«

»Ja, klar. Farid.« Tim lächelte kurz. »Ich dachte mir: Die haben alles und ich hab nichts. Nur einen Alten im Knast, eine Mutter, die Angst vor ihrem eigenen Schatten hat, einen Hof, der eigentlich der Bank gehört, und einen Opa, der mit seinem Geld immer bestimmen will, wo es langgeht. Und dann … dann hab ich gemerkt, dass ich zwei Möglichkeiten habe: entweder ewig weiter im Schatten von anderen zu leben, mich zum Ei machen und ein neidischer Loser zu werden, oder wenigstens den *Versuch* wagen, den Sonnenhof wieder zum Laufen zu kriegen und erfolgreich zu sein. Der Sommer auf der Oaktree-Farm hat mir echt die Augen geöffnet. Ich möchte nicht enden wie Chris.«

Er hielt inne und sah mich an, als ob er eine Bestätigung von mir erwartete.

»Ich weiß, was du meinst«, erwiderte ich leise. Und das stimmte. Plötzlich kapierte ich alles und mir fiel ein gewaltiger Stein von der Seele. Der Verdacht, dass Tim nicht aus Liebe sondern einzig aus eiskaltem Kalkül mit mir zusammen gewesen sein könnte, weil er darauf spekuliert hatte, eines Tages durch mich den Amselhof zu kriegen, hatte mich furchtbar gequält. Bis heute hing der Schatten dieses

Verdachts über allem, was ich tat, und hinderte mich daran, einen Schlussstrich unter die Vergangenheit zu ziehen. Ich hatte nie glauben wollen, dass Tim dermaßen berechnend sein könnte, aber schließlich hatte sogar mein Bruder genau das gedacht. Und Tim hatte durch sein Verhalten auch alles dafür getan, um diesen Anschein zu erwecken.

»Wir hatten eine geile Zeit, du und ich. Die werde ich niemals vergessen, selbst wenn ich hundert werden sollte«, flüsterte Tim rau. »Als wirklich alles in meinem Leben ätzend und mies und finster war, warst du für mich da. Du warst … mein Leuchtturm.«

Ein Frosch kroch in meine Kehle, meine Augen begannen zu brennen. Vor Erleichterung. Und vor Glück.

»Es tut mir wahnsinnig leid, dass ich dir wehgetan hab«, sprach Tim weiter. »Ich konnte mich selbst nicht leiden in den letzten Monaten und ich hab meinen ganzen Frust an dir abgeladen, statt mir einzugestehen, woran es lag. Als ich gehört hab, dass du mit diesem Fußba… äh … mit Farid zusammen bist, ist meine Welt zusammengebrochen. Es war wie ein Schock an dem Abend in der Pferdetränke. Ich war so wütend und enttäuscht. Bis ich geschnallt hab, dass ich allein schuld an allem war. Und irgendwie hat mich das erst zum Nachdenken gebracht.«

Einen Moment lang schwiegen wir beide.

»Ich freu mich, dass du mir das sagst.« Ich flüsterte auch, weil ich meiner Stimme nicht traute.

»Und ich freu mich, dass du mir zuhörst.« Auf einmal war die Anspannung aus seinem Gesicht verschwunden, und er lächelte das alte Tim-Lächeln, das ich einmal so sehr geliebt hatte.

Melike und auch der Aknefrosch hatten recht gehabt:

Tim war nicht wie sein Vater. Überhaupt nicht. Aber er hatte eine schwierige Zeit durchgemacht.

»Ich hab zwar keinen blassen Schimmer, wie wir die Schulden vom Hof jemals abbezahlen können, aber irgendwie wird es schon gehen«, sagte er nun und aß seinen Teller leer.

»Was ist mit dem Abi?«

»Das mach ich auf jeden Fall. Wäre ja schwachsinnig, so kurz vorher alles hinzuschmeißen. Und auf ein paar Monate kommt's jetzt auch nicht mehr an.«

»Find ich gut.«

Es gongte.

»Ich muss los. Ich hab jetzt den Stegmaier, bei dem darf ich nicht wieder zu spät kommen.« Tim wischte sich den Mund ab, lächelte wieder, wurde dann aber ernst. »Wir schaffen das, Freunde zu bleiben, oder?«

»Klar.« Ich nickte. Und dann legte ich meine Hand auf seine und drückte sie kurz. »Danke, Tim.«

»Ich danke dir«, erwiderte er. »Wir sehen uns.«

Ich blickte ihm nach, wie er sich durch die Tische schlängelte, das Tablett abgab und in seine Jacke schlüpfte. Vor der Ausgangstür wandte er sich noch einmal kurz um und zwinkerte mir zu. Und zum ersten Mal seit vielen, vielen Monaten empfand ich keine Wehmut, nur eine tiefe Erleichterung, als ob mir eine schwere Last von den Schultern gefallen sei. Tim hatte mich von der Sorge befreit, an allem, was zwischen uns schiefgelaufen war, schuld gewesen zu sein. Wir würden Freunde bleiben. Und endlich konnte ich mein Glück mit Farid wirklich genießen.

15. Kapitel

»Eintracht am Main, nur du sollst heute siegen! Eintracht am Main, weil wir dich alle lieben!«, sang ich lauthals mit fünfzigtausend anderen Menschen und schwenkte den schwarz-weißen Schal über meinem Kopf. Ich hüpfte aufgeregt auf und ab und wartete gespannt darauf, dass die Spieler endlich aus der Kabine kamen. Heute, beim Heimspiel gegen Schalke 04, war Farid zum allerersten Mal in der Startelf und würde von Beginn an spielen. Professor Belhedi hatte uns in seine Loge in der Commerzbank-Arena eingeladen, und außer Niklas, Melike, Christian und dem Aknefrosch waren sogar Papa und Farids Mutter dabei. Endlich war es so weit! Die Mannschaften liefen aufs Feld und der Stadionsprecher sagte jeden einzelnen Spieler an. Er nannte nur immer die Vornamen, die Zuschauer brüllten im Chor die Nachnamen.

»Mit der Nummer 20: Makoto …«

»*Hasebe!*«

»Mit der Nummer 8: Farid …«

»*Belhedi!*«, schrien wir alle mit und lachten.

Der Professor legte seiner Frau den Arm um die Schulter und sie ergriff seine Hand. Da wurde mir klar, dass es auch für Farids Eltern ein ganz besonderer Moment war.

Seitdem er ein kleiner Junge war, hatten sie seine Fußballleidenschaft unterstützt, ihn jedes Wochenende zu Spielen und Turnieren kutschiert, und nun war er am Ziel seiner Träume angelangt, für das er sich so hart und diszipliniert geschunden hatte.

Farid spielte die vollen neunzig Minuten und er machte seine Sache gut. Er war es, der den Pass auf Alex Meier spielte, der daraufhin das Siegtor erzielte.

Da Belhedis am nächsten Morgen zu Freunden nach München fuhren, würde Farid das Wochenende bei uns verbringen. Nach dem Spiel warteten Papa und ich noch fast eine Stunde auf ihn, bis Farid endlich alle Interviews und Autogramme gegeben, sich geduscht und umgezogen hatte. Doch trotz seines Erfolges war er auf der Fahrt zum Amselhof ziemlich schweigsam. Ich erinnerte mich an das Gefühl, das ich gehabt hatte, nachdem ich mit Lenzi in der Festhalle das Youngster-Tour-Finale gewonnen hatte. Manchmal brauchte man nach einem solchen Ereignis einen Moment, um das alles sacken zu lassen. Es war fast Mitternacht, als wir zu Hause waren. Farid sagte recht bald Gute Nacht und verschwand im Gästezimmer. Ich war auch müde und schlief ruckzuck ein.

Die Digitalanzeige meines Weckers zeigte 2:17, als mich jemand wach rüttelte.

»Glorys Fohlen kommt«, sagte Mama leise. »Wenn du dabei sein willst, musst du dich ein bisschen beeilen!«

Schlagartig war ich hellwach und warf die Bettdecke zurück.

»Ich muss Farid wecken!«, rief ich, während ich aufsprang und in dem Berg Klamotten meine Jeans suchte. »Er will doch auch dabei sein!«

»Das mach ich schon.« Mama verließ mein Zimmer. »Zieh dich warm an, es ist kalt draußen.«

Twix kroch unter der Bettdecke hervor, setzte sich auf und gähnte ausgiebig. In Rekordzeit schlüpfte ich in Jeans, zog zwei Paar Socken an und meine alte graue Jogginghose darüber.

Nur fünf Minuten später trafen wir uns in der Küche. Mama trug schon ihre dicke Stalljacke und packte gerade zwei Thermoskannen und Tassen in einen Korb. Farid rieb sich gähnend die Augen.

»Guten Morgen!«, murmelte er noch immer schlaftrunken. Er gab mir einen Kuss und zog sich eine Mütze über seine wirr abstehenden Haare.

»Cool, dass du mitkommst«, flüsterte ich zurück. Ich war so aufgeregt, dass ich beinahe nur mit meinen Crocs an den Füßen aus dem Haus gestürmt wäre, hätte Mama mich nicht daran erinnert, meine Stallschuhe anzuziehen. Twix wuselte unternehmungslustig zwischen unseren Füßen herum und wedelte wild mit dem Schwanz.

»Du bleibst hier, Twix!«, sagte Mama zu meinem Jack Russell Terrier, der daraufhin prompt am ganzen Leib zu zittern begann. Er duckte sich, hob den Kopf und blickte Mama aus seinen großen dunklen Augen flehend an, als ob sie vorhatte, ihn ins Tierheim zu bringen – nach dem Motto: *Ich armer kleiner Hund, keiner versteht mich.*

Bei diesem Anblick musste Mama schmunzeln und drohte Twix mit dem Zeigefinger. Zaghaft wedelte er mit der Schwanzspitze und hob ein Pfötchen.

»Ach, was soll's, dann komm halt mit«, sagte Mama amüsiert und öffnete die Haustür. Twix kapierte sofort, dass er gewonnen hatte, und hatte gleich wieder Oberwasser. Bevor ich ihn schnappen und ihm das Fleece-Mäntelchen anziehen konnte, schoss er aus der Haustür und verschwand wie ein Blitz in der Dunkelheit. Ich rannte ihm nach. Der Himmel war sternenklar und der fast volle Mond tauchte alles in ein silbriges Licht.

Plötzlich fiel mir der Wolf ein. Was, wenn er hier herumstreunte auf der Suche nach einem Unterschlupf oder einer leichten Beute? Ich wartete auf Mama und Farid.

»Twix!«, rief ich, und zu meiner Erleichterung tauchte der Hund hinter einem abgestellten Pferdeanhänger auf. »Bleib bei uns!«

Brav trippelte der Terrier neben uns her zur Scheune. Wir traten durch die Seitentür ein. In der Scheune war es beträchtlich wärmer als draußen. Nur zwei Lampen waren eingeschaltet und verbreiteten ein schummeriges Licht. Papa stand an Glorys Box. Er wandte sich um, als er uns kommen hörte.

»Und?«, fragte ich atemlos.

»Ihr seid rechtzeitig«, flüsterte er. »Die Fruchtblase ist gerade geplatzt. Jetzt geht es los.«

Mit vor Anspannung pochendem Herzen trat ich neben ihn und beobachtete die Stute. Papa hatte Glorys Schweifrübe bereits mit einer Bandage umwickelt, und schon vor zwei Tagen war die Strohmatratze in der Box gegen eine dicke Schicht Sägespäne ausgetauscht worden. Glory ging unruhig im Kreis, den Kopf gesenkt. Sie schlug mit dem Schweif, blieb immer wieder stehen. Dann scharrte sie mit dem Vorderhuf in den Spänen und legte sich hin.

»Muss man nicht irgendwas tun?«, fragte Farid meinen Vater.

»Nein. Wir greifen nur im Notfall ein. Normalerweise

kriegen die Stuten das ganz alleine hin«, erwiderte Papa mit leiser Stimme. »Glory Day ist eine sehr erfahrene Mutterstute. Sie hatte schon vier Fohlen, die sie alle ohne unsere Hilfe zur Welt gebracht hat.«

»Es ist das erste Mal, dass wir bei ihr dabei sind«, fügte Mama hinzu. »Dieser Geburtswarner hat wirklich funktioniert.«

Dann sagte niemand von uns mehr etwas. Unter Glorys Schweifrübe erschienen zwei kleine Hufe. Die Stute presste und arbeitete gewaltig und wir verfolgten stumm und ehrfürchtig, wie nun die Beine des Fohlens herauskamen, auf die das Köpfchen gebettet war. Nach einer neuerlichen Wehe folgte der Hals und plötzlich schnalzte der ganze kleine Körper, umgeben von der schützenden Eihaut, heraus. Da lag es in den Sägespänen: Fritzis erstes Fohlen! Mir wurde ganz heiß vor Glück und Stolz.

»Oh mein Gott!«, hauchte ich überwältigt und griff nach Farids Hand, aber Farid stand nicht mehr neben mir. Ich wandte erstaunt den Kopf und sah meinen Freund rücklings davontaumeln. Er verdrehte die Augen und sackte in sich zusammen.

»Farid!«, rief ich erschrocken. Papa und Mama drehten sich um. Mit zwei Schritten war Papa bei Farid, der schon wieder zu sich kam und sich aufrappelte.

»Entschuldigung«, murmelte Farid benommen. »Mir war plötzlich ganz schwarz vor Augen.«

»Nicht schlimm«, tröstete Papa ihn und half ihm auf die Beine. »Setz dich hier auf den Strohballen. Du bist nicht der erste Mann, der bei einer Geburt umkippt.«

Farid war ganz grün im Gesicht. »Es tut mir leid«, flüsterte er schwach, als ich zu ihm kam und besorgt seine

Hände ergriff. »Ist gleich wieder gut. Guck nach dem Fohlen, Leni. Ist alles okay?«

»Ich glaub schon«, erwiderte ich. »Und was ist mit dir?«

»Geht schon.«

Mama holte den Korb, schraubte eine der beiden Thermoskannen auf und schenkte eine Tasse mit Kaffee ein. Sie reichte Farid den Becher. »Trink einen Schluck«, sagte sie lächelnd. »Das bringt deinen Kreislauf wieder in Schwung.«

Ich ging zurück zur Box. Papa war hineingegangen. Er befreite das Fohlen von der Eihaut, säuberte mit einem Handtuch die Nüstern und desinfizierte die Stelle, an der die Nabelschnur abgerissen war, mit einer Jodlösung. Glory kam auf die Beine, schüttelte sich und wandte sich ihrem Fohlen zu. Sie stieß leise, dunkle Geräusche aus, wie ich sie noch nie gehört hatte. Das Fohlen hob den Kopf, rollte sich aus eigener Kraft in Bauchlage. Sein Fell war nass vom Fruchtwasser, die Ohren lagen flach angedrückt am Kopf.

»Oh, es hat genau Fritzis Stern!«, schwärmte ich. »Es ist perfekt! Schaut doch mal, die Mähne! Und die kleinen Hüfchen!«

»Sie sind noch ganz weich, wie Gummi«, sagte Papa. »Vier weiße Fesseln, auch wie Fritzi. Aber die Fuchsfarbe hat es von seiner Mutter.«

Farid hatte ein paar Schluck Kaffee getrunken. Er stand auf, kam mit unsicheren Schritten zu uns und lehnte sich neben mir an die Boxentür.

Glory störte sich nicht an Papas Anwesenheit. Sie beschnüffelte ausgiebig ihr Fohlen und begann, sein Fell trocken zu lecken. Ich hatte mir eine Geburt viel mühsamer und irgendwie dramatischer vorgestellt und befürchtet, die Mutterstute würde schwitzen und erschöpft in der

Box liegen, aber Glory hatte nur ein paar feuchte Haare am Hals.

Kaum zehn Minuten nachdem es zur Welt gekommen war, versuchte das Fohlen bereits, auf die Beine zu kommen. Papa verließ die Box.

»Ist es ein ... äh ... wie nennt man das noch gleich? Pferd oder Pferdin?«, wollte Farid wissen.

»Hengst oder Stute«, verbesserte ich ihn.

»Wenn ich es richtig gesehen habe, dann ist's ein kleiner Hengst«, erwiderte Papa. Mama und er betrachteten zufrieden lächelnd Stute und Fohlen. Wie oft hatten die beiden wohl schon mitten in der Nacht so vor einer Box gestanden, nach elf langen Monaten des Hoffens und Bangens?

»Es ist immer wieder ein Wunder«, sagte Mama leise. Sie hatte ganz feuchte Augen.

»Das will ja schon aufstehen!«, sagte Farid überrascht.

»Pferde sind Nestflüchter«, erklärte Mama. »Wenn sie nach elf Monaten zur Welt kommen, sind sie komplett entwickelt, im Gegensatz zu Hundewelpen, die blind und taub geboren werden.«

»In einer Stunde kann es traben und galoppieren«, ergänzte Papa. »Diese Fähigkeit brauchen Fohlen in freier Wildbahn, damit sie gleich mit der Herde laufen können. Hast du dir übrigens schon einen Namen überlegt, Elena?«

Auf dem Amselhof war es üblich, einem Fohlen gleich bei seiner Geburt einen Rufnamen zu geben. Später, wenn es drei- oder vierjährig als Turnierpferd eingetragen wurde, erhielt es meist einen anderen, klangvolleren Namen. In den letzten Jahren hatte ich Listen mit unendlich vielen Pferdenamen angelegt, aber für mich hatte von vornherein festgestanden, dass ich das Fohlen »Junior« nennen wollte, wenn es ein Hengst werden sollte.

»Junior«, sagte Mama laut und wiederholte den Namen noch zweimal, dann befand sie ihn für gut. »Ja, das klingt schön.«

Glory stupste ihr Fohlen mit der Nase an und forderte es vorsichtig, dann immer nachdrücklicher auf, aufzustehen. Ein paarmal kippte Junior zur Seite, doch er gab nicht auf. Und tatsächlich stand er kaum dreißig Minuten nach seiner Geburt, wenn auch noch wackelig, auf seinen langen, staksigen Beinen und blickte leicht verwundert in die Welt, die vorerst nur aus vier Wänden und seiner Mama bestand. Sein Fell begann bereits zu trocknen. Verzückt sah ich zu, wie der kleine Kerl seine ersten Schritte tat, und machte mit meinem Smartphone einen Haufen Fotos, die ich gleich Melike schickte.

»Cool, was so ein Fohlen schon alles kann«, meinte Farid neben mir. Er hatte sich wieder erholt, die Farbe war in seine Wangen zurückgekehrt.

Glory stupste das Fohlen Richtung Euter, damit es trank, aber Junior kapierte nicht ganz, wohin er sollte. Zwar sagte ihm sein Instinkt, dass er trinken sollte, doch war ihm nicht ganz klar, wie er das bewerkstelligen musste, deshalb half Papa nach. Er umfing den Kleinen mit beiden Armen und hielt ihn fest, dann drückte er den Kopf des Fohlens in Richtung Euter. Glory stand geduldig da, als wüsste sie, dass Papa es schon hinkriegen würde.

»Diese erste Milch ist ganz besonders wichtig für ein Fohlen«, erklärte Mama uns. »Man nennt sie auch Kolostral- oder Biestmilch und sie enthält alle Abwehrstoffe, die das Fohlen braucht. Außerdem wirkt sie auch abführend auf das Darmpech, das den Darm eines neugeborenen Fohlens verschließt. Eine Stute hat ungefähr fünf Liter von dieser Milch, die nicht mehr neu gebildet wird.«

Fasziniert beobachteten wir, wie Junior endlich das prall gefüllte Euter seiner Mutter fand und zu saugen begann. Man konnte ihn richtig schmatzen hören!

»So, das Spannendste habt ihr erlebt«, sagte Mama. »Am besten geht ihr wieder ins Bett, ihr zwei. Jetzt passiert hier nicht mehr viel.«

»Aber morgen ist keine Schule«, protestierte ich. »Ich will noch ein bisschen bleiben.«

Mein Blick streifte Farids Gesicht und ich bemerkte, dass er unter seiner Sonnenbräune wieder käseweiß geworden war.

»Was ist denn?«, fragte ich ihn und ergriff seinen Arm.

»Da! Oh Gott!« Entsetzt deutete er auf das Hinterteil der Stute. »Es ist verletzt! Ihm hängen ja die Gedärme raus!«

Zuerst glaubte ich, er meinte das Fohlen, aber Farid bezeichnete alle Pferde grundsätzlich als Neutrum.

»Nein, nein, das sind nicht die Gedärme«, wollte Mama ihn beruhigen. »Das ist die Nachgeburt, also die Plazenta, und das ist völlig normal. Es ist sehr wichtig, dass die Nachgeburt komplett ist und nichts in der Gebärmutter zurückgeblieben ist, deshalb heben wir sie auf, damit der Tierarzt sie sich morgen anschauen kann und …«

»Ich glaub, mir wird schlecht!«, stammelte Farid mit erstickter Stimme und stürzte zur Tür hinaus. Ich folgte ihm, blieb aber stehen, als ich würgende Geräusche von draußen vernahm.

»Elena, lass ihn«, sagte Mama. »Mir ging es ganz ähnlich wie ihm, als ich zum ersten Mal bei einer Geburt dabei war.«

»Der Arme!« Ich war voller Mitleid und verspürte auch einen Hauch von Schuldgefühlen, weil ich ihn dazu überredet hatte, mitten in der Nacht aufzustehen. Keinen Gedanken hatte ich daran verschwendet, wie das alles auf jemanden wirken musste, der sonst nicht viel mit Tieren zu tun hatte. »Er tut mir so leid!«

»Geh einfach darüber hinweg«, riet Mama mir. »Männer mögen es nicht, an solche schwachen Momente erinnert zu werden.«

Mir kam das ein bisschen hartherzig vor. Zwar wäre ich gerne noch geblieben, um dem Fohlen zuzusehen, aber ich beschloss, dass Farid für heute Nacht wahrhaftig genug gelitten hatte und erlöst werden musste. Ich pfiff nach Twix, der es sich in der Futterkammer gemütlich gemacht hatte, sagte Papa und Mama Gute Nacht und ging hinaus.

16. Kapitel

Farid lehnte mit geschlossenen Augen an der Scheunenwand und atmete tief ein und aus.

»Geht's dir gut?«, fragte ich besorgt.

»Hmja.« Er öffnete erst nur ein Auge, dann auch das zweite.

»Komm«, sagte ich und streckte ihm meine Hand hin. »Lass uns rübergehen.«

»Willst du nicht noch ein bisschen bleiben?«

»Nein, nein. Ist schon okay.«

Farid ergriff meine Hand und wir liefen schweigend die Auffahrt entlang. In meinem Innern tobten die unterschiedlichsten Gefühle: Freude, Stolz und Ergriffenheit stritten sich mit meinem schlechten Gewissen Farid gegenüber.

»Ich hab's dir versaut, stimmt's?«, sagte er auf einmal.

»Was meinst du?«

»Du hast dich so drauf gefreut, bei der Geburt von Fritzis erstem Fohlen dabei zu sein, und ich benehm mich wie ein blödes Weichei und werde ohnmächtig!« Er war total niedergeschlagen.

»Nein, das stimmt nicht!«, widersprach ich ihm. »Ich ärgere mich über mich selbst. Vielleicht hätte ich dich vorwarnen sollen.«

»Wie denn? Du warst ja selbst noch nie dabei. Aber du bist … na ja … irgendwie viel härter im Nehmen als ich.« Er zog die Nase kraus. »Ich weiß schon, warum ich niemals Arzt werden könnte. Sobald ich Blut sehe, wird mir schlecht. Mein Vater und meine Schwestern werden sich totlachen, wenn sie hören, dass ich zweimal schlappgemacht habe.«

»Das muss ja niemand erfahren.«

»Hm«, brummte er. »Ich wette, dein Ex hätte nicht mit der Wimper gezuckt und die Nachgeburt mit bloßen Händen aus der Box geschaufelt.« Er schauderte.

»Tim ist mit Pferden aufgewachsen, wie ich auch«, erwiderte ich. »Ja, stimmt, wahrscheinlich hätte ihm das eben nichts ausgemacht. Aber dir würde es ganz sicher auch nichts mehr ausmachen, wenn du es ein paarmal erlebt hättest.«

»Ich weiß nicht, ob ich das jemals könnte«, sagte Farid mit einem Anflug von Bitterkeit und ich spürte, wie eine eiskalte Hand um mein Herz griff. »Und manchmal frage ich mich, ob du es schon bereust.« Er verstummte und zuckte die Schultern. »Das mit mir, meine ich. Ich bin halt kein Pferdemensch.«

»Wie kommst du denn darauf?« Ich blieb stehen und starrte Farid entgeistert an. »Wie meinst du das?«

Meine Stimme klang piepsiger als beabsichtigt. Ich betrachtete Farids Gesicht im fahlen Schein des Mondes.

»Ich weiß auch nicht, wie ich's erklären soll«, sagte er nun und wich meinem Blick aus. »Das ist mir alles so fremd.«

Ganz plötzlich herrschte eine Spannung zwischen uns, die mein Glücksgefühl zerstörte. Farid und ich hatten uns noch nie gestritten, seit wir uns kannten, ja, es hatte nicht einmal den Hauch einer Verstimmung zwischen uns gegeben. Was war das jetzt? Ein Streit? Oder mehr? Etwas Grundlegendes vielleicht, das nun an die Oberfläche drängte und deutlich machte, dass alle recht hatten, wenn sie behaupteten, Farid und ich würden nicht zusammenpassen? Hatten sie recht, Christian und Tim und alle, die es insgeheim dachten, aber nicht laut sagten? Was, wenn ich Farid verlor, weil er sich in meiner Welt nicht wohlfühlte? Würde ich ihm zuliebe auf das alles verzichten können: auf den Amselhof, die Pferde, auf Fritzi?

»Farid«, flüsterte ich ängstlich. »Was ist denn?«

Statt mir zu antworten, nestelte er sein Handy aus der Jackentasche, tippte darauf herum und hielt es mir hin. Beim Anblick des Fotos von Tim und mir am Tisch in der Schulkantine durchzuckte mich ein zitternder Schreck und meine Knie wurden butterweich. Das Foto war von außen durch die Fensterscheiben der Kantine gemacht worden, es war nicht besonders gut und etwas verschwommen, aber Tim und ich waren eindeutig zu erkennen. Er beugte sich gerade zu mir hin und ich ... lächelte. Oh, verdammt! Das war also der wahre Grund, weshalb Farid gestern Abend so in sich gekehrt gewesen war!

»Wer hat dir das geschickt?«, fragte ich mit mühsam beherrschter Stimme. Ich zitterte innerlich und spürte Panik in meinem Innern wie einen stacheligen, heißen Klumpen, der irgendwo hinter meinem Brustbein saß und mir den Atem nahm. Gedankenfetzen wirbelten durch meinen Kopf und ließen sich nicht fassen.

»Spielt doch keine Rolle«, antwortete er. »Warum hast du mir nicht erzählt, dass du wieder mit ihm redest und in der Schulkantine rumsitzt, wo euch jeder sehen kann? Wissen es vielleicht alle anderen – Melike, Niklas, Christian, deine Eltern – nur ich nicht?«

»Nein, nein, nein! Das war alles ganz anders!«, sagte ich. »Bitte, Farid, lass es mich erklären!«

Ich erzählte ihm, was Tim zu mir gesagt hatte, aber meine Worte schienen ihn kaum zu erreichen. Er sah mich nicht ein einziges Mal an, und ich konnte es ihm nicht verdenken. Ich hatte ihn enttäuscht. Und verletzt.

»Wieso hast du es mir nicht einfach erzählt, wenn es nicht mehr war?«, wollte er wissen, als ich geendet hatte.

»Ich … ich weiß auch nicht«, stotterte ich. »Ich … ich wollte es dir sagen, aber dann waren immer Leute dabei und irgendwie … fand ich's nicht so wichtig.«

»Nicht so wichtig.« Farid schnaubte und schüttelte den Kopf. »Ich hab echt gedacht, es wäre mir egal, dass dein Ex immer noch um dich rumschwirrt, aber heute Nacht hab ich gemerkt, dass es das nicht ist. Ich wollte nicht eifersüchtig sein auf … *den*. Aber … ihr kennt euch so lange. Eure Eltern waren Freunde. Ihr reitet beide. Manchmal fühl' ich mich, als wäre ich bei allem irgendwie außen vor. Als ich vorhin auf dem Strohballen saß, da … da dachte ich plötzlich, ich gehöre nicht in deine Welt. Und dass es deinen Eltern vielleicht gerade recht ist, wenn du wieder mit *dem* zusammen wärst und nicht mit mir.«

Und da begriff ich, was Farid empfand: Zweifel.

Vor ein paar Wochen hatte ich ein langes Gespräch mit Lajos über dieses Thema geführt, denn ich war total verunsichert gewesen. Tim und auch mein Bruder hatten behauptet, ich würde überhaupt nicht zu Farid passen, wir seien komplett unterschiedlich und irgendwann, wenn Farid als Fußballer richtig Erfolg hätte, würde er mich sowieso verlassen und sich eine andere suchen, irgendein superhübsches Model, wie die meisten Fußballspieler. Die Zweifel hatten mein Herz und meine Gedanken vergiftet, und wenn Farid sich ein paar Stunden lang nicht bei mir meldete, glaubte ich sofort, er hätte ein anderes Mädchen kennengelernt, das ihm besser gefiel als ich. Von Tag zu Tag war ich unsicherer und unglücklicher geworden und ich war fast so weit gewesen, mit Farid Schluss zu machen, nur um nicht irgendwann enttäuscht zu werden. Lajos hatte mir daraufhin geraten, mich mal in Farids Lage zu versetzen. Für ihn sei die Situation nämlich noch erheblich schwieriger als für mich, denn er müsse schließlich sogar damit klarkommen, dass mein Exfreund auf dem Amselhof ein und aus ginge, während er selbst oft weit weg sei. Das hatte mir die Augen geöffnet.

»Oh nein, das stimmt nicht«, widersprach ich Farid nun. »Meine Eltern sind nicht traurig darüber, dass Tim und ich nicht mehr zusammen sind, im Gegenteil! Sie mögen dich total gerne! Kurz vor Weihnachten, als ich den Streit mit Christian hatte, hat mein Vater zu meiner Mutter gesagt, dass er dich sehr gut leiden kann, und dass du anständig bist und weißt, was du willst, und hart dafür arbeitest. Er wäre nie wirklich glücklich darüber gewesen, dass ich ausgerechnet mit dem Sohn von Richard Jungblut zusammen war und dass das, was du für mich gemacht hast, bedeutend mehr wäre als alles, was Tim je für mich getan hat.«

Im Mondlicht erkannte ich die Skepsis in Farids Miene. Er war nicht so richtig überzeugt.

»Ist das wahr?«

»Ja, absolut.« Ich nickte heftig. »Ich hab auf der Treppe gesessen und heimlich gelauscht.«

Lajos hatte bei unserem Gespräch noch etwas gesagt, was mir seitdem im Kopf herumging. Ich legte meine Hand zaghaft auf Farids Arm und fürchtete schon, er werde ihn wegziehen, aber das tat er nicht. Ganz plötzlich war mir klar, was er mir bedeutete. Im Vergleich zu dem, was ich für Farid empfand, waren meine Gefühle für Tim kindisch gewesen. Er war verletzt, das sah ich ihm an, und ich konnte ihn verstehen: Während er trainierte oder irgendwo in Deutschland auf dem Weg zu einem Spiel war, saß ich fröhlich mit meinem Ex in der Schulkantine. Ich hätte ihm von dem Gespräch längst erzählen müssen, dann wäre es nicht so tragisch gewesen. War es zu spät? Hatte ich alles zerstört, weil ich nichts gesagt hatte?

»Meine Beziehung zu Tim ist kaputtgegangen, weil es dauernd irgendwelche blöden Missverständnisse gab«, sagte ich mit zittriger Stimme. »Er hat immer mehr auf die anderen gehört als auf mich. Und er hat mir nie die Chance gegeben, ihm etwas zu erklären.«

Endlich blickte Farid mich an. Mein Herz raste, mir war übel. Alles, einfach alles hing davon ab, dass er verstand, was ich meinte.

»Es war falsch, dir nicht gleich zu erzählen, was war, aber lass uns bitte, bitte nicht denselben Fehler machen wie Tim und ich«, beschwor ich ihn. »Falls irgendetwas passiert, so wie das jetzt, lass uns darüber reden, okay?«

Farid überlegte einen Moment. »Okay.«

»Ich liebe dich! Tausend Mal mehr, als ich Tim je geliebt habe!«, flüsterte ich und sah, wie sich die Andeutung eines Lächelns in Farids Mundwinkel schlich. »Lajos hat mal zu mir gesagt: ›Das, was die Liebe letztendlich ausmacht, ist Vertrauen‹. Tim hatte nie Vertrauen, zu mir nicht und zu niemandem sonst. Kann sein, dass seine ätzende Familie daran schuld ist, aber das ist jetzt auch unwichtig. Wichtig ist, dass *wir* uns vertrauen, egal was andere sagen und wie irgendwas auf den ersten Blick aussehen mag.«

»Ach, Leni!« Farid machte einen Schritt auf mich zu und schloss mich fest in die Arme. Er stieß einen tiefen Seufzer aus und schmiegte seine Wange an meine. »Ich bin so froh, dass es nicht so ist, wie ich dachte. Ich hab mich nicht getraut, davon anzufangen, weil ich nicht wie ein eifersüchtiger Trottel dastehen wollte. Ich liebe dich auch! Aber ich will nicht immer Angst haben müssen, wenn ich nicht hier sein kann!«

Bei seinen Worten rieselte mir ein Glückgefühl wie eine Gänsehaut über den Rücken und plötzlich strömten mir die Tränen übers Gesicht.

»Das musst du nicht. Das versprech ich dir«, schluchzte ich und schlang meine Arme um seinen Hals.

Er küsste meine Wange.

»Lass uns eine Abmachung treffen«, sagte er leise. »Auch wenn's mal Probleme geben sollte, werden wir immer und sofort über alles reden und uns jeden Abend vertragen. Okay?«

»Ja. Das machen wir so. Versprochen!« Ich wischte mir mit dem Handrücken die Tränen ab. »Verzeihst du mir, dass ich dir nichts erzählt hab?«

»Ich glaub, da gibt's nichts zu verzeihen«, erwiderte er und lächelte zärtlich. »Ich hätte nicht warten und dir gleich das Foto zeigen sollen. Und ich will alles über Pferde lernen, damit ich nie mehr bei einer Fohlengeburt umkippe.«

»Und du musst mir alles über Fußball beibringen«, sagte ich.

Gerade als wir unser Versprechen mit einem Kuss besiegeln wollten, tauchte Mama aus der Dunkelheit auf.

»Ihr steht ja immer noch hier draußen in der Kälte herum!«, sagte sie. »Ich hab doch den Schlüssel stecken lassen.«

»Wir mussten noch was besprechen«, sagte ich und zwinkerte Farid zu. Er lächelte und drückte meine Hand und ich war in dieser Sekunde wohl das glücklichste Mädchen der Welt.

17. Kapitel

»Was für 'ne linke Tour!« Melike war außer sich, als ich ihr die Geschichte mit dem Foto erzählt hatte. Zuerst hatte Farid nicht verraten wollen, wer es ihm per WhatsApp geschickt hatte, aber schließlich hatte er den Namen herausgerückt: Madjan Khazaeli aus der Elften.

»Ich hab noch nie ein Wort mit der geredet!« Ich kippelte auf meinem Schreibtischstuhl hin und her, die Füße auf der Tischplatte und betrachtete mit wachsendem Unbehagen die Fotos, die sie auf Instagram gepostet hatte. »Wie ist sie wohl an Farids Nummer gekommen?«

»Das ist doch total easy«, meinte Melike. »Vielleicht aus einem Klassenchat oder so.«

Es war Samstagnachmittag. Wir waren schon geritten und bei einem Spaziergang mit Bittersweet hatte ich Melike ausführlich von meinem Gespräch mit Tim und dem Foto erzählt, das Farid bekommen hatte. Farid war vormittags beim Training gewesen, ein lockeres Auslaufen nach dem gestrigen Spiel. Dort hatten Niklas und Christian ihn abgeholt und waren zu einem Gamer-Kumpel von Farid gefahren, um zusammen zu zocken.

Melike und ich hingen in meinem Zimmer ab und vertrieben uns die Zeit, bis Gloria und der Aknefrosch zurückkamen. Die beiden waren heute in aller Herrgottsfrühe ins Elsass gefahren, um ein neues Pferd als Verstärkung für die Westernreitschule zu holen. In der näheren und weiteren Umgebung von Steinau gab es keine Möglichkeit, das Westernreiten zu erlernen, und es hatte sich schnell herumgesprochen, dass dies nun auf dem Amselhof möglich war. Meine Eltern waren überrascht gewesen, wie groß die Nachfrage nach Westernreitunterricht war. Gloria hatte sogar eine Warteliste einrichten müssen, denn Gray Jac, Shiner und Hilda konnten unmöglich vier oder fünf Mal am Tag gehen. Aus diesem Grund hatten Papa und Mama beschlossen, noch einige Schulpferde anzuschaffen. Gloria hatte sich also auf die Suche gemacht, aber es war gar nicht so leicht, ein braves Lehrpferd zu finden. Bei Schweizer Bekannten, die in Mooslargue im Elsass ein großes Reitzentrum für Westernreiten betrieben, war sie fündig geworden.

»Nur Selfies! Das passt so richtig!«, schnaubte Melike gerade verächtlich. Sie lag auf meinem Bett, schmuste mit Twix und scrollte auf ihrem Smartphone ebenfalls durch Madjans Instagram-Fotos. »Narziss lässt grüßen! Gegen die ist selbst Ariane uneitel.«

»*Wer* lässt grüßen? Ein Nazi?« Ich blickte irritiert von meinem Laptop auf.

»Ach, Elena! Du bist meine beste Freundin und ich liebe dich! Aber manchmal bist du so was von ahnungslos!« Melike seufzte theatralisch. »Narziss war ein junger Mann in der griechischen Mythologie, der dazu verdammt wurde, sein Spiegelbild zu lieben. Er hockte also tagein, tagaus an einer Quelle und starrte verliebt sein eigenes Spiegelbild an. Und als er versucht hat, es zu umarmen, ist er ertrunken.«

»Was du alles weißt«, murmelte ich, wandte mich wieder meinem Laptop zu und betrachtete die Fotos von Madjan. »Sie ist voll hübsch.«

»Quatsch! An der ist doch gar nichts echt!«, widersprach Melike mir. »Die hat drei Kilo Schminke in der Fratze, künstliche Fingernägel und blondierte Extensions. Von ein paar Leuten weiß ich übrigens, dass sie Pro-Mia ist. Deshalb ist sie auch so klapperdürr.«

»Echt? Ist ja krass.« Ich hatte schon von den Pro-Anas und Pro-Mias gehört, das waren Mädchen, die magersüchtig waren oder an Bulimie litten. Lilli Koch, ein sehr nettes und eigentlich hübsches Mädchen aus meiner Stufe, war im letzten Sommer in eine Spezialklinik gekommen, weil sie so dünn geworden war, dass sie fast gestorben wäre. Da war sie noch immer, mittlerweile seit sieben Monaten.

»Letztens hab ich übrigens das Gerücht gehört, Madjan und ihre Busenfreundin Nadia – so ’ne Bohnenstange mit roten Haaren, die kennst du auch – hätten sich bei der letzten Staffel von GNTM beworben«, wusste Melike. »Sind extra zum Casting nach Dortmund gefahren, weil sie meinten, im Ruhrgebiet gäb’s nur Hässliche und da hätten sie bessere Chancen als in Frankfurt.« Meine Freundin lachte schadenfroh. »Aber es hat wohl nicht geklappt!«

»Warum macht sie das?« Das ebenmäßige Modelgesicht und die perfekt geschminkten braunen Augen von Madjan deprimierten mich irgendwie. Im Vergleich zu ihr fühlte ich mich komplett unscheinbar. »Was hab ich ihr denn getan?«

»Nix. Sie ist einfach neidisch«, erwiderte Melike. »Und sie gehört zu der Sorte Mädchen, die sich einen Typen angeln will, mit dem sie angeben kann. Ich fürchte, du musst dich darauf gefasst machen, dass so was nicht zum letzten Mal passiert ist. Farid sieht megagut aus, er hat was auf dem Kasten und er spielt göttlich Fußball. Alle Madjans dieser Welt sind hinter so einem her.«

»Na toll.« Ich legte frustriert mein Smartphone weg und erinnerte mich mit einem komischen Gefühl daran, wie sich die Journalisten und Fotografen beim Festhallenturnier auf Farid und mich gestürzt hatten. Sie hatten Christian und den Aknefrosch einfach zur Seite gedrängt! So etwas passierte Farid immer häufiger, und mit jedem Tor, das er schoss, wurde der Rummel um seine Person größer. Immer wieder geschah es, dass Mädchen hysterisch loskreischten, wenn er irgendwo auftauchte, er musste mit irgendwelchen Wildfremden Selfies machen und bei Facebook hatte er mittlerweile fast hunderttausend Follower. Hätte er Bock auf Instagram gehabt, wären es wahrscheinlich dort noch viel mehr Abonnenten und Likes. Wie mochte das erst werden, wenn er noch mehr Erfolg hatte und vielleicht sogar eines Tages richtig berühmt wurde? Konnte das wirklich gut gehen?

»Hast du etwa schon wieder dein *Ich-find-mich-so-hässlich-und-langweilig*-Gesicht aufgesetzt?«, fragte Melike und ich musste unwillkürlich grinsen.

»Na ja …«, begann ich, aber meine Freundin ließ mich nicht zu Wort kommen. Sie wälzte sich auf den Rücken, schloss die Augen und presste die Hände auf die Ohren.

»Aaaaaeeeeiiiiioooouuuuu! Lalalalala!«, sang sie laut und schräg. »Ich kann gaaaaar nichts hören!«

Ich warf mich kichernd neben sie auf mein Bett und bog ihren Arm zur Seite. Twix bellte, hüpfte um uns herum und wollte mitspielen. Ein Regen Hundehaare ging über uns nieder.

»Aber wenn …«, versuchte ich erneut etwas zu sagen, doch Melike schüttelte nur heftig den Kopf: »Nein, nein, nein, ich will das nicht mehr hören, nie mehr, nie mehr!«

»Okay, okay, ich sag nichts!«, schrie ich ihr ins Ohr. »Trotzdem mach ich mir Gedanken, wie das alles werden soll! Mit wem soll ich das denn besprechen, wenn nicht mit dir?«

Da richtete Melike sich auf und legte mir die Hände um den Hals.

»Elena, ich muss dich leider erwürgen, wenn du noch ein Mal ›aber wenn‹ sagst oder dieses *Gesicht* machst!«, sagte sie pathetisch. »Hör zu: Wir sind total *cool.* Wir sind *bildschön.* Wir sind *authentisch.* Es ist kein Zufall, dass wir die coolsten, schönsten, nettesten und besten Typen haben! Hast du das verstanden?«

»Ja.« Ich musste lachen und sie ließ mich los.

»Thomas Müller hat übrigens auch 'ne Frau, die reitet.«

»Echt?«

»Klar! Und ich glaub kaum, dass die dauernd jammert und mit zitternder Unterlippe wie ein Häufchen Elend dahockt, wenn ihr Mann Selfies mit irgendwelchen Tussen machen muss.«

Sie sprang auf, ging ans Fenster und betrachtete ihren schwarzen Rollkragenpullover mit zusammengezogenen Augenbrauen.

»Ich sehe ja aus, als hätte ich in Twix' Körbchen geschlafen«, rief sie entsetzt und versuchte, die Hundehaare von ihrem Pullover zu zupfen. »Oh, shit! Das ist ein Pulli von meiner Mom! Hundert Prozent Kaschmir. Die bringt mich um, wenn die das sieht!«

»Ich kenn einen Trick«, sagte ich und stand ebenfalls auf. Aus einer Schreibtischschublade holte ich eine Rolle Malerkrepp, die ich für genau solche Fälle immer griffbereit hatte, und riss einen Streifen ab. Den Streifen klebte ich auf Melikes Pullover und zog ihn wieder ab, dabei blieben alle Hundehaare an der Klebeseite hängen.

»Oh, wow, super!« Melike war begeistert. Wir brauchten fast fünfzehn Minuten, bis der Pulli komplett enthaart war, dabei sah Twix uns schwanzwedelnd zu.

Mein Handy meldete sich mit einem Glockenton.

»Das war Gloria. Sie sind gleich da«, verkündete ich. »Fahren gerade durch Steinau.«

»Dann nichts wie los«, sagte Melike. »Ich bin echt voll gespannt!«

»Ich auch!« Rasch kramte ich einen Fleece-Hoodie aus dem Klamottenberg, der sich auf meinem Sessel türmte, schlüpfte hinein, dann klappte ich den Laptop zu und folgte Melike nach unten.

»Ich finde es eigentlich echt cool, was Tim zu dir gesagt hat«, sagte Melike, als wir zu den Stallungen liefen. »Ich war schon fast so weit zu glauben, er wäre genauso ein Mistkerl wie sein Vater. Aber jetzt muss ich meine Meinung wohl revidieren.«

»Ja, stimmt. Er war fast so wie früher.« Ich nickte, doch dann korrigierte ich mich. »Nein, nicht wie früher. Irgendwie war er … cooler.«

»Wäre ihm ja zu wünschen, dass das mit dem Sonnenhof klappt. Obwohl ich es bezweifele.«

Gerade als wir den Eichenstall erreicht hatten, trafen

auch Gloria und Jens ein. Der Aknefrosch rangierte den Pferdehänger geschickt rückwärts in den Hof. Meine Eltern kamen aus dem Turnierstall, auch Stani, Heinrich und Srdjan tauchten auf. Es war immer wieder aufregend, wenn ein neues Pferd auf den Amselhof kam.

»Die Fahrt lief super«, sagte Gloria. »Kein Stau, kein Schnee. Und die beiden haben sich nicht einmal gerührt.«

»Die beiden?«, fragte ich erstaunt. »Ich dachte, du hättest nur ein Pferd geholt?«

»Gloria hat in Mooslargue zufällig die vierbeinige Liebe ihres Lebens wiedergefunden und konnte nicht widerstehen«, sagte der Aknefrosch, hakte die Plane los und klappte die Rampe des Hängers hinunter.

»Ich dachte, die Liebe ihres Lebens wärst du«, neckte ich ihn.

»Hab ich vier Beine?«, entgegnete der Aknefrosch.

Wenig später führten Gloria und er die beiden Neuerwerbungen zum Stall. Offenbar hatte Papa schon Bescheid gewusst, denn die beiden letzten freien Boxen im Eichenstall waren frisch eingestreut worden.

»Das ist Sugar«, stellte Gloria uns die kleine Kohlfuchsstute vor. »Sie ist vierzehn und superlieb, das perfekte Anfängerpferd. Aber sie beherrscht auch das ganze Programm und war früher ein Top-Reining-Pferd.«

Das andere Pferd war ebenfalls ein Fuchs mit einer breiten Laterne, zwei hellblauen Augen und vier hochweißen Beinen.

»Und dies hier ist Gunny.« Gloria strahlte voller Stolz und es war nicht zu übersehen, dass das Pferd etwas Besonderes für sie war. »Er ist jetzt zwölf und leider total turniersauer. Nur deshalb konnte ich ihn überhaupt kaufen, sonst wäre er sicher unbezahlbar gewesen. Aber als Schulpferd ist er ideal.«

»Ungewöhnlich, diese blauen Augen«, fand Mama. »Ist er auch ein Quarter Horse?«

»Er ist als Quarter und als Paint-Horse eingetragen. Seine Farbe nennt man Sorrel-Overo. Ich hab Gunny als junges Pferd ausgebildet und geshowed«, verriet Gloria uns. »Dummerweise hatte ich nicht genug Geld, um ihn zu kaufen. Er ging dann nach Italien und da haben sie ihn jedes Wochenende auf irgendwelchen Shows geschrubbt, bis er keine Lust mehr hatte. Ich hab gedacht, ich würde ihn nie wiedersehen.«

»Aber manchmal gibt's ein Happy End im Leben und jetzt hast du dein Schätzchen wieder«, sagte der Aknefrosch so freundlich, wie er sonst nie war. »Wenn du ihn jetzt immer so anhimmeln willst, dann werde ich allerdings eifersüchtig!«

»Musst du nicht.« Gloria grinste und gab ihm einen Kuss, dann wandte sie sich wieder an uns. »Gunny stammt übrigens von Colonel Smoking Gun ab, einem Hengst, der unter seinem Nickname ›Gunner‹ bekannt ist. Er ist einer der drei Eight-Million-Dollar-Sires der National-Reining-Horse-Association in Amerika.«

»Was bedeutet das?«, wollte Papa wissen. Er ging in die Hocke und untersuchte Gunnys Beine, dann schaute er ihm ins Maul. Der Wallach ließ das geduldig über sich ergehen.

»Seine Nachkommen haben über acht Millionen Dollar an Preisgeldern gewonnen«, erklärte Gloria. »Gunner war selbst sehr erfolgreich auf Shows, aber als Deckhengst war er echt ein Kracher. Gunny ist übrigens wie viele Gunner-

Nachkommen von Geburt an taub. Das ist ein Gendefekt, den Gunner vererbt hat.«

»Ist er deshalb nicht besonders schreckhaft?«, fragte Mama.

»Im Gegenteil«, versicherte Gloria. »Dadurch, dass er schon taub zur Welt kam, vermisst er den Gehörsinn nicht. Mittlerweile sind taube Pferde sogar ziemlich beliebt, weil sie bei Shows oft viel cooler sind als Pferde mit Gehör.«

»Ein Hengst, der einen solchen Mangel vererbt, würde in Deutschland bei keinem Zuchtverband zugelassen«, sagte Papa skeptisch.

Wir sahen zu, wie die beiden Pferde ihre neuen Boxen erkundeten und mit ihren Boxennachbarn Bekanntschaft schlossen, dann gingen Melike und ich in die Scheune, um nach Junior zu sehen. Das Hengstfohlen hatte sich prächtig entwickelt und war fast so zutraulich wie Bonnie, das Reh.

»Ich bin ja schon ein klitzekleines bisschen neidisch, dass ihr bei seiner Geburt dabei gewesen seid«, sagte Melike und wich Junior aus, der gerade seine tollen fünf Minuten hatte. Er schoss wie ein Blitz in der Box herum, buckelte und quiekte und gebärdete sich wie ein Wilder. Papa ließ Glory und ihn zwar jeden Tag in der Reithalle laufen, damit das Fohlen ausgiebig rennen konnte, aber das war natürlich kein Ersatz für Bewegung auf der Koppel. Das war der Nachteil, wenn Fohlen so früh im Jahr zur Welt kamen, denn dann mussten sie die ersten Lebensmonate mehr oder weniger im Stall verbringen. Allerdings hatte Papa im vergangenen Jahr hinter der Scheune einen großen Paddock mit einem Offenstall für die Stuten und Fohlen anlegen lassen, und sobald Eis und Schnee weggetaut waren, würden Glory, Junior und die anderen Stuten tagsüber dorthin umziehen.

»Ja, das war echt beeindruckend«, erwiderte ich. Ich hatte Melike nicht erzählt, dass Farid umgekippt war und gekotzt hatte, obwohl sie meine beste Freundin war und ich ihr sonst so ziemlich alles erzählte. Aber das war Farids und mein Geheimnis und meine Eltern würden auch niemals ein Sterbenswörtchen darüber verlieren. »Das nächste Mal pennst du bei uns und dann kannst du nachts mit raus.«

18. Kapitel

Auch am Sonntagmorgen lachte die Sonne vom Himmel, deshalb beschloss ich, dass Farids vierte Reitstunde nicht in der Reithalle, sondern draußen, im Gelände, stattfinden sollte. Gloria hatte heute frei und nichts dagegen, dass wir uns Gray Jac, den braven Grauschimmelwallach ausliehen, den sie aus den USA mit auf den Amselhof gebracht hatte.

Wir führten die Pferde in den Vorraum der großen Reithalle. Dort gurtete ich noch einmal bei beiden Pferden nach und wollte Farid gerade beim Aufsitzen helfen, doch bevor ich etwas sagen konnte, schwang er sich so lässig in den Sattel, als ob er das schon sein Leben lang getan hätte.

»Na? Was sagst du?« Er grinste mich an.

»Sensationell! Bist halt ein Supersportler«, lobte ich ihn und reichte ihm Gray Jacs Zügel und das Ende des Führstricks. Ich hatte dem Grauschimmel ein Stallhalfter unter die Trense geschnallt, denn ich würde ihn sicherheitshalber als Handpferd neben Hilda herlaufen lassen. Farid saß zwar wirklich erstaunlich gut im Sattel, aber natürlich konnte er nach drei Reitstunden noch nicht annähernd reiten, und ich wollte erst sichergehen, dass er mit Gray Jac zurechtkam, bevor ich ihm die Zügel überließ. Ich saß auf und ergriff den Strick wieder.

Papa war zuerst dagegen gewesen, als ich ihn gefragt hatte, ob ich mit Farid eine Runde ins Gelände reiten dürfe, und er hatte erst zugestimmt, als ich ihm versichert hatte, dass wir Twix nicht mitnehmen, nur Schritt reiten und ich Gray Jac am Führzügel nehmen würde. Der Grauschimmel war das bravste Pferd der Welt mit Nerven aus Stahl. Wahrscheinlich würde er nicht einmal einen Satz machen, wenn neben ihm ein Silvesterböller explodierte. Trotzdem durfte man nie vergessen, dass Pferde Lebewesen und damit unberechenbar waren.

Ich schwang mich auf Hildas Rücken.

»Denk dran, Elena: Ihr reitet nur Schritt«, ermahnte Papa uns. »Keine waghalsigen Aktionen, verstanden?«

»Natürlich nicht«, versicherte ich ihm.

Farid und ich ritten über den Hof und nahmen den Weg, der zwischen dem großen Springplatz und den Dressurplätzen zum Wald führte.

»Total cool, dass wir beide zusammen ins Gelände reiten«, stellte ich fest und lächelte Farid an.

»Ja, absoluter Wahnsinn! Ich *reite* neben dir her, wow!« Er lachte. »Mein Trainer würde mich killen, wenn er das wüsste.«

»Er wird's nicht erfahren«, versicherte ich. Es war Farids Idee gewesen, und ich hatte mich total darüber gefreut, dass er wirklich ernsthaft Reiten lernen wollte. Bis er mich kennengelernt hatte, hatte er ein eher gespaltenes Verhältnis zu Pferden gehabt, denn als Kind war er mal vom Pferd seiner Mutter gebissen worden.

»Da drüben, hinter der rot-weißen Schranke, geht es geradeaus ins Steinauer Moor«, erklärte ich. »Die Abzweigung links führt über den Panoramaweg und oberhalb vom

Steinbruch nach Hettenbach. Dort sind Christian und ich entlanggeritten, als wir Gina gesucht haben.«

Natürlich hatte ich ihm die ganze dramatische Geschichte von Ginas Verschwinden bereits in aller Ausführlichkeit erzählt, und aus Melikes und meinen Schilderungen und Anekdoten kannte er bereits vom Hörensagen viele Örtlichkeiten wie zum Beispiel unsere liebste Galoppstrecke im Wald, die wir »die Autobahn« nannten, das Römerkastell, wo die Sache mit dem Reh passiert war, das Forsthaus am Waldsee und auch die Wiese, auf der Tim heimlich Fritzi und mich trainiert hatte. Kein Wunder, dass Farid ganz begierig darauf war, all diese Orte, von denen wir ihm so viel erzählt hatten, endlich mit eigenen Augen zu sehen.

Wir ritten eine große Runde durch den Wald und erreichten nach einer knappen Stunde den breiten Mittelweg, der Richtung Forsthaus und zum Steinernen Kreuz führte.

»Was macht dein Allerwertester?«, erkundigte ich mich. »Kannst du noch im Sattel sitzen?«

»Klar. Kein Problem«, behauptete Farid. »Wie kann man sich in so 'nem Riesenwald so gut auskennen? Hier sieht alles total gleich aus! Nur Bäume, Unterholz und Gestrüpp! Bist du dir sicher, dass du überhaupt noch weißt, wo wir sind?«

»Klar«, beruhigte ich ihn. »Keine Sorge, du Stadtpflanze! Ich bin hier unterwegs, seitdem ich denken kann: zu Fuß, mit dem Pferd oder dem Fahrrad. Da kennt man irgendwann jeden Weg, jede Kurve und sogar jeden Stein auf dem Boden.«

Ich machte Farid auf verschiedene Orientierungspunkte aufmerksam: eine Eiche mit drei Stämmen, ein halb in einen Baum eingewachsenes Hinweisschild, das darum bat,

Hunde an die Leine zu nehmen, oder ein seltsam geformter Felsen mitten im Wald, der von jedem nur der »Seufzerbrocken« genannt wurde, ohne dass man genau wusste, woher dieser Name ursprünglich stammte.

»Wenn man am Seufzerbrocken vorbei ist, dann ist es nicht mehr weit bis zum Waldsee«, erklärte ich und merkte, wie viel Spaß es mir machte, Farid in die Geheimnisse unseres Waldes einzuweihen. »Wenn wir um die nächste Kurve kommen, sehen wir schon das Forsthaus. Schau, da ist der See!«

»Tatsächlich!« Er grinste. »Puh, dann kann ich mich ja wieder entspannen. Ich dachte zwischendurch, wir hätten uns verirrt.«

»Selbst wenn das der Fall gewesen wäre, müsstest du nicht befürchten, ewig im Wald herumzuirren«, erwiderte ich. »Die Pferde finden auch allein den Weg zurück in den Stall.«

Wir näherten uns dem Ziel unseres Ausritts. Schon von Weitem konnte ich die Schafe riechen. Wenn es zu kalt war, konnte die Herde in der Scheune sein, aber an sonnigen Tagen wie heute waren die Tiere an der frischen Luft und knabberten an dem welken Gras. Wir ließen die letzte Baumreihe hinter uns. Ich blinzelte geblendet von der Helligkeit in das gleißende Sonnenlicht.

»Das ist also die berühmte Fritzi-Wiese«, stellte Farid fest. »Wie süß, die Schäfchen machen ein Nickerchen in der Sonne.«

Meine Augen gewöhnten sich an die grelle Sonne. Ein großer Teil der Wiese war mit kniehohem orangefarbenem Elektrozaun eingezäunt. Überall verstreut lagen Schafe. Aber sie machten kein Nickerchen. Ich erkannte sofort, dass hier etwas nicht stimmte. Und dann sah ich Blut auf den Schneeresten.

»Oh mein Gott!«, stieß ich entsetzt hervor und ritt näher an den Zaun heran. Hilda schnaubte, als ihr der kupfrige Blutgeruch in die Nüstern geriet. Sie riss den Kopf hoch und wich ängstlich zurück.

»Was hat es denn?«, fragte Farid.

»Sie wittert etwas«, sagte ich. »Die Schafe schlafen nicht. Ich glaub, sie sind tot!«

»Wieso denn das?«

»Ich weiß nicht.«

Auch Gray Jac war nervös, deshalb saßen wir vorsichtshalber von den Pferden ab und führten sie hinter die Scheune. Ich fummelte mein Handy aus der Innentasche meiner Jacke, zog die Handschuhe aus und tippte Mamas Nummer ein. Sie meldete sich nach dem zweiten Klingeln, ihre Stimme klang besorgt und natürlich nahm sie an, irgendetwas Schlimmes sei Farid oder mir passiert.

»Nein, nein, keine Sorge. Mit uns ist alles okay«, beruhigte ich sie rasch. »Wir sind an der Wiese im Wald, du weißt schon, welche ich meine. Der Herr Weitzel hat hier seine Schafe und es sieht so aus, als hätten Hunde fast die halbe Herde gerissen. Kannst du bitte den Weitzel anrufen? Ich hab seine Telefonnummer nicht.«

»Ja, natürlich, das mache ich sofort.« Mama reagierte wie immer in solchen Situationen sachlich und besonnen und stellte keine überflüssigen Fragen. »Wie lange ist das her? Sind die Schafe wirklich tot oder nur ohnmächtig? Du weißt, dass das manchmal passiert, wenn sie gejagt werden.«

»Warte kurz.« Ich drückte Farid Hildas Zügel in die

Hand, stieg über den niedrigen Elektrozaun und ging innerlich zitternd zu dem Schaf hin, das am nächsten lag. Ich hockte mich hin und drehte es zur Seite. Seine Kehle war zerfetzt, es war mausetot. Genauso das zweite und das dritte. Die Körper unter der dicken Wolle waren allerdings noch warm. »Ich glaub, sie sind alle tot. Aber sie sind noch warm. Es kann also nicht sehr lange her sein.«

Ein dunkler Schatten war über den schönen, sonnigen Tag gefallen. Und ich befürchtete zu wissen, wer dieses Massaker angerichtet hatte. Mein erster Gedanke war der, Lajos anzurufen, aber nachdem, was er zu mir gesagt hatte, tat ich es nicht. Stattdessen rief ich in der Tierklinik an und sprach auf den Anrufbeantworter. Der Tierarzt, der am Wochenende Notdienst hatte, wurde dann angepiepst und würde sich umgehend melden.

Ich kehrte zu Farid zurück, der mit den Pferden am Zügel am Waldrand wartete.

»Das ist ja voll übel«, sagte er betroffen. »Das sind mindestens zwanzig tote Schafe!«

»Und die meisten waren wahrscheinlich trächtig«, entgegnete ich düster. Die überlebenden Tiere hatten sich ängstlich in einer Ecke der Weide zusammengedrängt. Ganz allmählich beruhigten sie sich und die ersten von ihnen begannen zaghaft, wieder nach Grashalmen unter dem Schnee zu scharren. Schafe waren recht vergesslich; bald würden sie wieder in aller Ruhe fressen, als ob nichts passiert wäre.

»Es ist gruselig hier. Lass uns abhauen.« Farid stand das Unbehagen deutlich ins Gesicht geschrieben. »Wir können doch eh nichts tun, oder?«

»Ich würde lieber so lange warten, bis der Weitzel da

ist«, erwiderte ich. »Falls der Wolf zurückkommt, können wir ihn verjagen.«

»Oh. Okay. Und wie … vertreibt man Wölfe, die Schafe töten wollen?« Farid blickte sich verstohlen um, als rechne er damit, dass jederzeit ein blutrünstiges Rudel Werwölfe aus dem Unterholz hervorbrechen und sich auf uns stürzen würde.

»Ich denke, es reicht schon, dass wir hier sind.« Ich nutzte die Gelegenheit, Melike eine WhatsApp zu schicken, und sie rief sofort zurück. Sie hatte sich von ihren Eltern dazu überreden lassen, mit zu Verwandten zu fahren, und ärgerte sich nun schwarz, dass ihr dieses Drama entging. Ich dachte plötzlich an Junior und all die Fohlen, die in den nächsten Wochen zur Welt kommen und schon bald mit ihren Müttern auf die Koppel gehen sollten. In meinem Kopf entstanden wahre Horrorszenarien und ich sah vor meinem inneren Auge, wie sich der Wolf geduckt durch das hohe Gras an ein Fohlen, das sich zum Schlafen hingelegt hatte, heranschlich. Drei Mal hatte ich das Untier aus nächster Nähe gesehen, es hatte vor meinen Augen ein Reh gerissen! Ich konnte nicht länger so tun, als ob ich nichts wüsste. Nicht einmal Lajos zuliebe.

»Wir *müssen* die Polizei informieren!«, sagte ich zu meiner Freundin. »Egal, ob Lajos auf uns sauer ist oder nicht.«

»Ich fürchte, du hast recht«, pflichtete sie mir bei. »Rehe, Hunde, Schafe. Und irgendwann fällt er einen Menschen an.«

»Okay«, schloss ich. »Ich sage es dem Weitzel, wenn er kommt. Ich ruf dich später noch mal an, gerade kommt ein Anruf rein.«

Es war ausgerechnet Dr. Brinker – *Felix*! –, der am Wochenende Dienst hatte und mich nun anrief. Ich erklärte ihm in knappen Worten, was geschehen war, und er versprach, sofort loszufahren.

»Was müsst ihr der Polizei sagen?«, wollte Farid wissen, als ich das Gespräch beendet hatte. Ich hatte ihm natürlich schon von dem Wolf erzählt, aber noch nicht im Detail. Das holte ich jetzt nach.

»Melike und ich glauben, dass das Vieh, das die Rehe reißt und in Hettenbach Hunde anfällt, dieser neuen Einstellerin gehört«, erklärte ich schließlich. »Im Übrigen ist es gar kein richtiger Hund, sondern ein Wolfshybride.«

»Uh. Klingt irgendwie unheimlich«, fand Farid.

Hoch über uns zog ein Raubvogel seine Kreise am wolkenlosen Himmel. Hilda und Gray Jac senkten ihre Köpfe, scharrten und schnoberten im Schnee herum auf der Suche nach etwas Fressbarem.

Eine Viertelstunde später tauchte Rudi Weitzel mit seinem dreckverspritzten Geländewagen auf, fast gleichzeitig trafen Doc Stinker, Förster Nieselwetter und ein Streifenwagen ein. Der Bauer war ein großer, hagerer Mann mit einem kantigen Gesicht, in das Sonne und Kälte tiefe Falten gegraben hatten. Er trug verblichene blaue Arbeitsklamotten, eine Baseballkappe mit dem Emblem eines Landmaschinen-Herstellers, aber weder eine Jacke noch Handschuhe. Gegen die Kälte schien er immun zu sein. Vor einigen Jahren hatte er eine ganze Reihe von Äckern und Wiesen an eine Investorengruppe verkauft, die darauf ein großes Einkaufszentrum errichtet hatte, und in Steinau und Umgebung munkelte man, er sei seitdem weitaus reicher als es Friedrich Gottschalk je gewesen sei. Niemand konnte ihn wirklich leiden, aber Rudi Weitzel legte seinerseits auch keinen Wert auf die Gesellschaft oder die Meinung anderer Leute. Er ging nun an den Zaun, starrte einen Moment lang stumm auf das Schlachtfeld. Dr. Brinker war schon dabei, die Schafe zu untersuchen.

»Drecksvieh, verdammtes! Wenn ich dich erwisch', dreh' ich dir den Hals rum«, murmelte der Bauer, spuckte in den Schnee und wandte sich zu uns um. Er musterte erst Farid, dann mich aus seinen blassblauen Augen. »Danke fürs Bescheidsagen. Hast du deinen kleinen Kläffer dabei?«

»Äh, nein«, antwortete ich erstaunt. »Der ist zu Hause. Wieso?«

Statt zu antworten, stapfte der Bauer zu seinem Auto und öffnete die Kofferraumklappe. Zwei große, hellbraune Hunde sprangen geschmeidig von der Ladefläche, und ich begriff, weshalb Weitzel mich nach Twix gefragt hatte. Mit den beiden Hirtenhunden war nicht zu spaßen, das wusste jeder. Es waren Kangals, ausgebildete Herdenschutzhunde, die er als Welpen bei einem Züchter in der Türkei gekauft hatte. Sie waren fast so groß wie Doggen, völlig furchtlos und nahmen es spielend mit jedem anderen Hund auf, wahrscheinlich sogar mit Bären, wenn es hier welche geben würde.

»Warum waren die Hunde nicht bei der Herde?«, wollte einer der Polizisten wissen. »Und wo war Ihr Schäfer?«

»Die Hunde sind gestern geimpft worden«, knurrte Weitzel. »Und der Schorsch hat Urlaub. Muss ja auch mal sein. Verdammt, die Hunde waren nur ein paar Stunden nicht hier draußen und dann passiert so was!«

»Wollen Sie Anzeige gegen unbekannt erstatten?«, fragte der andere Polizeibeamte. »Viel mehr können wir nicht machen.«

»Vielleicht doch«, erwiderte Bauer Weitzel und kratzte sich unter seiner Baseballkappe. »Erst neulich sind mir drei Schafe gestohlen worden, deshalb hab ich an der Scheune so kleine Kameras installieren lassen. Ich weiß nicht, wie das funktioniert, aber der Junge, der das gemacht hat, kann auf 'nem Computer die Filme angucken.«

»Webcams, aha«, bemerkte der jüngere der beiden Polizisten. »Das ist schon mal gut.«

Sein Blick fiel auf Farid, und ich bemerkte, wie er die Augenbrauen hochzog. Hatte er Farid etwa erkannt? Was, wenn durch so einen blöden Zufall herauskam, dass Farid gegen die Auflagen in seinem Vertrag verstieß?

»Ich glaube, ich weiß, welcher Hund das war«, platzte ich deshalb rasch heraus.

»Ach ja?«, sagten Weitzel, Herr Nieselwetter und der ältere Polizist wie aus einem Munde und starrten mich an.

»Erinnern Sie sich an die Sache mit dem Reh?«, fragte ich den Förster und der nickte. »Ich glaube, es war dasselbe … äh … Tier. Ich habe es bei uns auf dem Hof gesehen und neulich in Hettenbach. Da hat es im Wald einen Hund angefallen. Dr. Brinker hat ihn in der Tierklinik operiert. Und ich habe gehört, dass in den letzten Wochen immer wieder Hunde von einem anderen Hund gebissen worden sind. Und alle Hundebesitzer haben ihn gleich beschrieben: Grauschwarz mit spitzen Ohren und hellen Augen.«

Die drei Männer blickten mich skeptisch an.

Der Tierarzt stieg über den Schafzaun und kam zu uns.

»Den Schafen wurde die Kehlen durchgebissen.« Er setzte seine Brille ab und rieb die Gläser mit dem Ende seines Schals sauber. »Das war pure Mordlust.«

»Es war kein Hund, sondern ein Wolfshybride«, sagte ich.

»Woher willst du das denn wissen?« Nieselwetter sah mich scharf an. »Bist du Hellseherin?«

»Das nicht.« Ich hatte den Förster noch nie sonderlich gut leiden können, jetzt erinnerte ich mich an meinen Traum von neulich, und daran wie er Twix behandelt hatte, und mochte ihn gleich noch weniger. »Aber ich hab das Tier wie gesagt gesehen. Und ich weiß, dass eine Einstellerin vom Amselhof ein solches … Biest besitzt.«

Dr. Brinker bestätigte, dass es in der Vergangenheit in der näheren Umgebung von Hettenbach immer wieder zu Vorfällen gekommen war, bei denen ein frei laufender Hund andere Hunde angefallen und zum Teil schwer verletzt hatte.

»Etwa vor einem Jahr häuften sich die Vorfälle, dann hörte es auf«, berichtete er. »Ein paar Monate lang passierte nichts, dann ging es im Sommer wieder los, ungefähr für vier Wochen.«

Der Förster runzelte die Stirn.

»Hm, das sind ungefähr dieselben Zeiträume, in denen wir auch ziemlich viele tote Rehe mit Bisswunden festgestellt haben«, gab er auf einmal zu.

Die Polizisten wollten von mir den Namen der Schnepfe wissen und ich nannte ihn. Dann nahmen die Beamten ein Protokoll auf, und Dr. Brinker – Felix – rief den Abdecker an. Er musste ein wenig herumtelefonieren, um jemanden zu finden, der die toten Tiere noch heute, an einem Sonntag, abholen würde. Siebzehn Schafe waren tot, eines so schwer verletzt, dass es eingeschläfert werden musste. Zwei Mutterschafe hatten vor Schreck gelammt, aber die

Lämmer waren zwei Monate zu früh zur Welt gekommen und nicht überlebensfähig. Dr. Brinker machte sich daran, die getöteten Tiere genauer zu untersuchen. Er fotografierte jedes einzelne Schaf und die Pfotenabdrücke im Schnee, nahm Gewebe- und Speichelproben. Ich bot ihm meine Hilfe an, aber er lehnte ab.

»Das ist nett von dir, aber ich komme schon zurecht«, sagte er und lächelte. Er wies mit dem Kopf in Richtung Waldrand. »Da kommen die ersten Reporter. Wenn ihr nicht heute Abend im Fernsehen zu sehen sein wollt, dann solltet ihr jetzt besser nach Hause reiten.«

Tatsächlich kam ein Auto von einem privaten Fernsehsender den vereisten Feldweg hochgeschlittert, und Farid und ich machten uns eilig auf den Heimweg. Wir ritten schweigend die verschneiten Wege entlang; Farid war tief erschüttert vom Anblick des Gemetzels auf der Waldwiese.

»Das kommt mir alles irgendwie komplett unwirklich vor«, sagte Farid, als der Amselhof unten im Tal in Sichtweite war. »Wie in einem Film oder so.«

»Wie in *Das Schweigen der Lämmer?*«, versuchte ich zu witzeln, aber Farid war der Sinn für Humor abhandengekommen.

»Wahnsinnig komisch«, entgegnete er ohne die Spur eines Lächelns.

»Entschuldigung. Ich wollte dich nur ein bisschen aufheitern«, sagte ich beschämt.

»Macht dir so etwas eigentlich überhaupt nichts aus?« Farid blickte mich an. »Du gehst da auf diese Wiese, fasst die toten Schafe an und drehst sie um, hast dabei das Handy in einer Hand und plauderst mit deiner Mom … Boah, ich glaube, ich hätte gekotzt!«

»Ich hab doch nicht mit meiner Mom *geplaudert!*«, erwiderte ich entrüstet. »Ich hab ihr die Situation geschildert.«

Farid reagierte nicht auf meinen Einwand.

»Ich weiß nicht, ob ich jemals so sein könnte.«

»Wie meinst du das?«, wollte ich wissen. »*Wie* solltest du sein?«

»So … na ja … ich weiß nicht.« Farid suchte nach dem passenden Ausdruck. »So … roh und herzlos.«

Für ein paar Sekunden starrte ich meinen Freund sprachlos an.

»Du hältst mich für *roh* und *herzlos*?«, fragte ich ungläubig. »Ich hoffe, das hast du nicht ernst gemeint!«

»Du guckst dir das alles an, ohne auch nur mit der Wimper zu zucken, und dann reißt du sogar noch Witze!« Farid blickte mich mit einem eigentümlichen Ausdruck in den Augen an. »Alle Mädchen, die ich kenne, hätten beim Anblick von zerfetzten Schäfchen angefangen zu heulen oder hysterisch zu kreischen und wären weggerannt.«

Plötzlich fühlte ich mich wieder haargenau so wie damals, als Ariane in unserem Schulchat die Gruppe *Rettet Tim vor Elena, dem Bauerntrampel* gepostet hatte: hässlich, tölpelhaft und langweilig.

Da wallte heißer Zorn in mir auf. Ich parierte Hilda durch.

»Das liegt vielleicht daran, dass du sonst nur Tussis kennst, die sich von morgens bis abends so aufregende Sachen wie Schminktipps auf irgendwelchen YouTube-Channels reinziehen und losheulen, wenn ihnen beim Backen von veganen Cupcakes ein Scheiß-Fingernagel abbricht«, entgegnete ich heftig. »Wenn man auf dem Land und mit Tieren lebt, dann passiert es eben auch mal, dass ein

Tier stirbt. Und zwar nicht beim Tierarzt in der Praxis, wo schon eine Packung Papiertaschentücher bereitliegt, sondern live und unter Umständen direkt vor deinen Augen! Mit Blut und Eingeweiden und gebrochenen Knochen!«

»Ist ja gut!« Farid hob beschwichtigend die Hand, aber zu spät – jetzt war ich in Fahrt und ließ ihn nicht mehr zu Wort kommen.

»Und wenn ich dir zu *roh* oder zu *herzlos* bin, dann solltest du dir besser eine hysterische, verweichlichte Schminktusse suchen, die in Ohnmacht fällt, sobald sie einen Tropfen Blut oder eine Spinne sieht.«

»Leni, bitte!«, wandte Farid ein. »So hab ich's doch gar nicht gemeint!«

»Aber so hast du es gesagt!«, erwiderte ich scharf. »Ich war zehn, als Fritzi von einem Auto angefahren wurde. Er war schwer verletzt und ließ sich von niemandem außer mir mehr anfassen. Mein Vater wollte ihn auf der Stelle erschießen lassen, aber ich habe ihn angebettelt, es nicht zu tun. Ich habe Fritzi gesund gepflegt, die schrecklichen Wunden behandelt und verbunden. Mit *zehn* Jahren! Ein Jahr später habe ich Twix auf einem Waldparkplatz gefunden. Irgendjemand hatte ihn ausgesetzt und dort angebunden, er war halb verhungert, verletzt, misshandelt und hatte panische Angst vor Menschen. Es hat Monate gedauert, bis er anfing, mir zu vertrauen. Wenn Hunde, Katzen oder Pferde alt werden, sterben sie und manchmal müssen sie eingeschläfert werden und …«

»Elena, es reicht! Bitte!«, sagte Farid, und erst jetzt bemerkte ich, dass er schmunzelte. »Ich hab kapiert, was du mir sagen willst! Es ist okay!«

»Echt?«, fragte ich misstrauisch.

»Ja! Echt! Es tut mir leid, wenn ich dich verletzt hab. Das wollte ich nicht.«

»Du hältst mich also nicht für roh und herzlos?«, vergewisserte ich mich.

»Na ja … Du bist schon krass drauf.« Farids Grinsen wurde breiter, seine Schokoladenaugen funkelten amüsiert. »Würde man dir nicht zutrauen, wenn man dich so sieht. Ich hab mich blöd ausgedrückt, denn ich hab voll den Respekt vor Menschen, die in so einer Situation total cool bleiben und die Nerven behalten. Genauso wie Sanitäter und Ärzte oder Feuerwehrleute.«

Wir hatten den Amselhof erreicht und blieben vor der Tür der Putzhalle stehen. Ich starrte ihn an.

»Und das mit dem Film, das war voll witzig.«

Wir saßen von unseren Pferden ab.

»Ich wollte dich einfach nur zum Lachen bringen«, gestand ich. »Lachen hilft in solchen Momenten immer. Es sollte auf keinen Fall *roh* rüberkommen.«

»Es kam auch nur *herzlos* rüber«, erwiderte Farid und grinste. Seinen Schock hatte er offensichtlich überwunden.

»Hey, nicht frech werden!« Ich versetzte ihm einen leichten Boxhieb gegen die Brust. Da ergriff er meinen Arm, zog mich ganz fest an sich und küsste mich, bis ich keine Luft mehr bekam, meine Knie butterweich wurden und jeder Gedanke an Schafe, Schnepfen und Wölfe aus meinem Kopf verschwunden war.

»Gibt's wirklich vegane Cupcakes?«, erkundigte Farid sich, als wir wenig später in der Putzhalle den Pferden die Sättel abnahmen.

»*Hallo?*« Ich grinste. »Klar! Wo lebst du denn?«

»Und wer isst so was?«

»Mindestens die Hälfte der Mädchen aus meiner Stufe. Die stehen voll auf vegan und so ’n Kram.«

»Schmeckt das denn?«

»Na ja … Soll ich ehrlich sein?«

»Bitte.« Farid wurde plötzlich ganz ernst und zog mich an sich. Sein Gesicht war meinem ganz nah. »Bitte, Leni. Sei immer ehrlich.«

»Das bin ich.« Ich merkte voller Erleichterung, dass sich irgendetwas in mir gelöst hatte, ein Knoten, der schon lange in meinem Innern gewesen war. Mit Farid und mir würde es niemals so enden wie mit Tim, das begriff ich nun. Wir *redeten* miteinander, ließen es einfach gar nicht erst zu, dass sich Ungesagtes wie eine undurchdringliche Nebelwand zwischen uns drängte und zu diesen bescheuerten Missverständnissen führte, die eine Beziehung zerstören konnten.

19. Kapitel

Die Sache mit den gerissenen Schafen und dem wildernden Hund – die Webcam an der Scheune hatte gezeigt, dass es tatsächlich nur ein einzelner Hund gewesen war, der das Gemetzel angerichtet hatte – schlug hohe Wellen. Einige Journalisten und sogar Filmteams vom Hessischen Rundfunk, von RTL Hessen und SAT1 Hessen waren auf die Waldwiese gekommen, hatten mit Rudi Weitzel, Förster Kiesewetter und Felix Brinker gesprochen. In unserer Gegend war noch nie zuvor etwas Vergleichbares passiert. Irgendein Reporter hatte das Wort »Halbwolf« erwähnt und nun drehten alle komplett durch. Bei Facebook hatte einer der Berichte in kürzester Zeit mehr als fünfhundert Kommentare. Man hatte Ausschnitte von den Filmen der Überwachungs-Webcam an der Scheune in den Beitrag reingeschnitten und diese zeigten schonungslos, wie ein großer, dunkler Hund über den Elektrozaun sprang und in weniger als zwei Minuten die Schafe killte. Einige zart besaitete Leute beschwerten sich über diese »Horror-Bilder«.

Wir standen in der Putzhalle und sahen uns einen der Beiträge auf Arianes Tablet an.

»Voll krass!«, fand Melike. »Gut, dass sie das mal zeigen!«

»Ich find's einfach nur widerlich!« Lisa-Sophie Kaiser rümpfte die Nase. »So genau will ich so was gar nicht sehen.«

»Bäh! Ich kotz gleich!« Laura Baumgarten schüttelte sich.

»Die Leute, die ihre Köter frei rumlaufen lassen und sie nicht unter Kontrolle haben, müssten alle richtig fette Strafen bezahlen«, meinte Ariane. »Erst vor ein paar Tagen ist wieder so ein unerzogenes Vieh hinter mir hergerannt und wollte Conni in die Beine beißen.«

Es konnte richtig gefährlich werden, wenn ein Pferd sich von einem Hund angegriffen fühlte und durchging.

»Finde ich ja auch, aber deswegen müssen die doch nicht *solche* Bilder zeigen!«, regte sich Lisa-Sophie auf. »Das gucken sich Kinder an!«

»Kinder gucken sich noch ganz andere Sachen an«, erwiderte Ariane. »Das hier sollte sich mal deine Mutter reinziehen.«

»Wieso denn das, bitte schön?«, fragte Lisa-Sophie pikiert.

»Weil euer Hund auch null hört.« Ariane schnaubte. »Letzte Woche hab ich wieder gesehen, wie deine Ma hinter dem Vieh hergerannt ist. Es ist übrigens voll eklig, dass sie den Hund immer direkt hinter dem Friedhof aus dem Auto lässt, damit er in die Felder kackt.«

»Wo soll er denn sonst hinmachen?«, erwiderte Lisa-Sophie.

»Dahin, wo deine Ma die Kacke aufsammeln kann«, sagte Ariane. »Wenn man bedenkt, dass auf diesen Feldern Weizen und Roggen wächst, aus denen unser Brot gemacht wird …«

»Die Bauern kippen ja auch Gülle auf ihre Felder!«, entgegnete Lisa-Sophie angriffslustig. »Ist Schweinekacke etwa was anderes als Hundekacke?«

»Allerdings.« Ariane hob die Augenbrauen und rollte die Augen. »Gülle kommt von Tieren, die sich pflanzlich ernähren. Deshalb sind da nicht die Keime und Parasiten drin wie in Hundekacke.«

»Und das weißt du natürlich genau, Frau Superschlau«, zickte Lisa-Sophie, die früher einmal Arianes Busenfreundin gewesen war. Zwischen den dreien entspann sich eine heftige Debatte um die Anleinpflicht von Hunden und das Aufsammeln von Hundehaufen. Melike wandte sich ab und fuhr damit fort, Smiley zu putzen. Ich ging in den Turnierstall und holte Fritzi aus seiner Box. Gestern Abend war die Polizei bei uns gewesen und die Beamten hatten mich über den Wolf, den ich gesehen hatte, ausgefragt. Ich hatte ihnen die Geschichte mit Bonnie erzählt und ihnen die Fotos gezeigt, die ich im Steinauer Moor gemacht hatte; außerdem hatte ich von meiner Begegnung mit dem Wolf hinter unserer Scheune berichtet. Mama hatte später erzählt, Bauer Weitzel habe Anzeige gegen unbekannt erstattet, genau wie die Hundebesitzer aus Hettenbach, deren Hunde angefallen worden waren. Sollte sich herausstellen, dass es sich bei dem Wolf tatsächlich um den Wolfshybriden der blöden Schnepfe handelte, dann würde sie mächtig Ärger bekommen. Obendrein würde sie wohl dem Bauern die Schafe ersetzen und die Tierarztrechnungen der Hundebesitzer aus Hettenbach bezahlen müssen.

Ich band Fritzi in der Waschbox an und nahm ihm die Stalldecke ab. Papa hatte ihn heute Morgen schon geritten, deshalb hatte ich jetzt Zeit, meinen Hengst ausgiebig zu putzen.

Fritzis dunkelbraunes Fell schimmerte und war weich wie Seide. Ich drehte den Schlauch auf und begann, seine Hufe zu waschen. Da der Hengst vier weiße Fesseln hatte, waren auch seine Hufe hell und bedurften einer besonders sorgfältigen Pflege. Am nächsten Wochenende fand der erste wichtige Sichtungslehrgang im Bundesleistungszentrum in Warendorf statt. In der Hoffnung, sich für die Longlist der Europameisterschaften im Mai zu qualifizieren, würden Junioren-Reiter aus ganz Deutschland kommen. Mit fünfzehn würde ich eine der Jüngsten und Unerfahrensten sein und rechnete mir keine großen Chancen aus. Dazu war Fritzi noch sehr »grün«, denn in diesem Jahr würde er zum ersten Mal S-Springen gehen. Lenzi war zwei Jahre älter und erfahrener, aber viele S-Springen war auch er noch nicht gegangen. Während ich mit der Wurzelbürste an Fritzis Hufen herumschrubbte, schweiften meine Gedanken ab. Vorgestern hatte Brenda Murray mit Papa telefoniert und ihm von ihren Plänen erzählt. Sie wollte in ein paar Wochen in Begleitung ihrer Eltern und ihres Exmannes Chad, dem Vater von Joanna und Luke, nach Deutschland kommen, um nach einer passenden Unterkunft für ihre Pferde zu schauen. Am liebsten wollte sie ihre Pferde auf den Amselhof stellen, und meine Eltern hatten gestern Abend schon überlegt, wo sie vier oder sogar mehr Pferde unterbringen konnten. Das Radio dudelte vor sich hin, und ich war so in Gedanken versunken, dass ich die Schritte, die sich näherten, gar nicht hörte. Erst als jemand meinen Namen sagte, fuhr ich erschrocken herum.

»Hallo, Elena.« Es war Lajos.

Seitdem er Melike und mich neulich nach der Beerdigung

von Friedrich Gottschalk quasi rausgeworfen hatte, hatte ich nicht mehr mit ihm gesprochen.

»Hast du einen Moment Zeit?«, fragte er mich. Ich ahnte, was jetzt kommen würde, und hätte am liebsten Nein gesagt, aber das wäre ziemlich unhöflich gewesen.

»Ja, klar«, antwortete ich deshalb, drehte den Wasserschlauch zu und warf Fritzi die Stalldecke über den Rücken.

»Die Polizei war gestern mit Leuten vom Tierheim bei Miriam«, begann Lajos. Anders als sonst lag nicht die Spur eines Lächelns in seinen Augen, er war sehr ernst, beinahe traurig. »Sie haben Mogli abgeholt.«

Mogli! Fast hätte ich nach Luft geschnappt. Welch ein täuschend harmloser Name für eine blutrünstige Bestie, die Rehe und Schafe riss und über andere Hunde herfiel!

»Gott sei Dank«, sagte ich aus tiefstem Herzen.

»Er ist jetzt im Tierheim in Königshofen. Man wird mit ihm einen Wesenstest machen.«

»Den er hundertprozentig nicht bestehen wird«, sagte ich. »Ich bin echt froh, dass er nicht länger frei herumläuft und andere Tiere tötet.«

»Und was, wenn es gar nicht Mogli war, der Bonnie, die anderen Hunde und die Schafe angefallen hat?«, fragte Lajos.

»Natürlich war er das! Wer denn sonst?«, entgegnete ich. »Ein Doppelgänger, der zufällig genauso aussieht? Ich habe mit eigenen Augen gesehen, wie er Bonnie verfolgt und gerissen hat! Er war keine fünf Meter von mir weg! Wäre ich nicht dazwischengegangen, dann hätte er sie getötet! Und am selben Abend ist er hier auf dem Hof herumgeschlichen.«

In Lajos dunklen Augen lag ein seltsamer Ausdruck.

»Miriam ist fest davon überzeugt, dass eine Verwechslung vorliegt und Mogli nie außerhalb seines Zwingers war. Er kann das Grundstück gar nicht verlassen.«

»Ach ja? Und wie kommt es dann, dass er neulich abends an der Scheune vor mir stand?« Ich wehrte Fritzi ab, der seine Nase an meiner Schulter reiben wollte. »Wer weiß, was er gemacht hätte, wenn Robbie nicht bei mir gewesen wäre und ihn verjagt hätte!«

»Das ist nur ein einziges Mal passiert«, räumte Lajos ein. »Miriam hatte ihn und Can gerade ausgeladen und wollte ihn anleinen, als ihn irgendetwas erschreckt hat. Er ist sehr scheu.«

»Er ist ein mordlustiger Halbwolf.« Ich war nicht bereit, Mitleid zu empfinden. So viele Albträume hatte mir dieses Vieh in den letzten Nächten beschert! Die Vorstellung, dass die Fohlen mit ihren Müttern den ganzen Sommer im Stall verbringen mussten, weil diese Bestie durch die Wälder und Felder rings um den Amselhof streifte, verursachte mir Bauchschmerzen.

»Wer weiß, wie oft das schon passiert ist.« Ich vermied es, Lajos anzusehen und schnallte Fritzis Decke zu. »Die Schnepfe arbeitet doch den ganzen Tag! Woher will sie denn überhaupt wissen, was ihre Viecher in der Zeit so treiben? Ich habe diesen … diesen … *Mogli* aus dem Wald kommen und in den Ort laufen sehen. Er ist keine zwanzig Meter von mir entfernt vorbeigetrottet.«

Es widerstrebte mir, diesen süßen Namen mit dem schrecklichen Tier in Verbindung zu bringen.

»Bist du dir ganz sicher, dass es Mogli war?«, wollte Lajos wissen. »Wann genau war das? Und wo?«

»An dem Tag, als Friedrich Gottschalk gestorben ist«,

antwortete ich und angelte unter Fritzis Bauch nach den Deckengurten. »Er kam über die Felder angetrabt und ist durch die Straßen gelaufen, als ob er sich dort ziemlich gut auskennen würde. In dem kleinen Park, in dem die Kirche steht, habe ich ihn dann aus den Augen verloren.«

»Dann wäre er aber sehr weit von seinem Zuhause weg gewesen«, sagte Lajos hinter mir. »Miriam wohnt in Braunshart, das ist von Hettenbach ungefähr zwölf Kilometer entfernt.«

»Ich weiß, wo Braunshart ist«, erwiderte ich ein bisschen ruppiger als beabsichtigt. Hatte Mama nicht gesagt, die Schnepfe würde in Hettenbach wohnen? Oder war es Melike gewesen? In dem Einstellervertrag in Mamas Büro stand nur eine Adresse in Darmstadt.

»Warum erzählst du mir das eigentlich alles?« Ich drehte mich um. Lajos hatte die Arme vor der Brust verschränkt und lehnte an Cotopaxis Box.

»Weil ich es für möglich halte, dass es zwei verschiedene Tiere gibt. Und du bist die Einzige, die sie beide gesehen hat. Du könntest dir Mogli noch einmal anschauen und dann beurteilen, ob es wirklich das Tier ist, das Bonnie angegriffen hat.«

»Er war es«, beharrte ich. »Es war ein und derselbe Wolf!«

»Melike und du, ihr habt erzählt, dass ihr dem Wolf bis zum Steinernen Kreuz gefolgt seid. Dort ist er dann durch die Tannenschonung verschwunden. Wieso soll er ein paar Stunden später ausgerechnet auf dem Amselhof auftauchen? Versuch doch bitte, dich daran zu erinnern, was genau an diesem Tag passiert ist, Elena.«

Ich starrte Lajos an. Mogli – oder besser gesagt seine Besitzerin – schien ihm ja wirklich sehr am Herzen zu liegen! Meine Gedanken rotierten, und ich bemühte mich, die Ereignisse in eine chronologische Reihenfolge zu bringen. Der Wolf war, nachdem Hilda und ich ihn vertrieben hatten, zielstrebig durchs Moor in Richtung Hettenbach gelaufen, also genau in die entgegengesetzte Richtung als die, in der der Amselhof lag. Ich hatte eine Hundepfeife gehört, und das bedeutete, jemand hatte nach dem Wolf gesucht.

»Ich weiß, Miriam und du, ihr hattet einen unglücklichen Anfang«, sagte Lajos nun. »Aber ich kenne dich schon so lange, und ich kann mir nicht vorstellen, dass du – nur um ihr zu schaden – bewusst eine falsche Anschuldigung äußerst, unter der ein Tier zu leiden hat. So bist du nicht.«

»Moment mal!«, begehrte ich auf. »Ich habe von Anfang an gar nichts gegen die Schne… äh … *Miriam* gehabt! *Sie* war es, die mich total arrogant behandelt und mich danach nicht einmal mehr angesehen hat, wenn sie mir auf dem Hof über den Weg gelaufen ist! *Sie* ist diejenige, die mich nicht leiden kann, und ich hab keine Ahnung warum! Ich hab ihr nie etwas getan!«

»Miriam hat nichts gegen dich«, behauptete Lajos.

»Phhh! Und warum kann sie dann nicht mal Hallo sagen, wenn sie mich sieht?« Allmählich wurde ich echt sauer. Es war total unfair von Lajos, mir zu unterstellen, ich hätte der Polizei absichtlich etwas Falsches erzählt, nur um der Schnepfe eins auszuwischen. »Und überhaupt: Wenn sie sagt, dass es nicht ihr Hund war, dann kann sie es doch ganz einfach beweisen! Schließlich gibt es das Video der Überwachungskamera vom Weitzel, und die Hundebesitzer aus Hettenbach, die den Wolf ja auch alle gesehen haben.«

Lajos stieß sich von der Boxentür ab und seufzte.

»Die Qualität des Videos ist leider ziemlich schlecht«, gab er zu. »Und die Besitzer der angegriffenen Hunde, die von der Polizei befragt wurden, glauben alle, dass sie Mogli erkannt haben wollen, nachdem sie ein Foto von ihm gesehen haben.«

»Na also, das ist doch wohl Beweis genug«, fand ich und band Fritzi los. »Sie können sich ja nicht alle irren.«

»Die Leute sind extrem aufgebracht und suchen natürlich einen Schuldigen, was ich sogar verstehen kann«, gab Lajos zu bedenken. »Solange es keinen Beweis dafür gibt, dass ein anderer, sehr ähnlich aussehender Hund existiert, hat Mogli wohl keine Chance.«

»Du glaubst doch nicht, dass die Leute auf mich hören würden«, erwiderte ich. »Ich bin fünfzehn.«

»Einen Versuch wäre es trotzdem wert.« Endlich lächelte Lajos, wenn auch nur ein ganz winziges bisschen. »Überleg es dir, Elena. Stell dir doch vor, es ginge hier um deinen Twix. Dann wärst du auch sehr froh, wenn sich jemand bemühen würde, seine Unschuld zu beweisen.«

20. Kapitel

Das Gespräch mit Lajos ging mir für den Rest des Nachmittags durch den Kopf. Ich war mir absolut sicher gewesen, als ich mit den Polizisten gesprochen hatte, aber seine Worte hatten Zweifel in mir geweckt, und die Bemerkung über Twix hatte die ganze Angelegenheit für mich ganz plötzlich persönlich werden lassen. Wenn die Schnepfe tatsächlich in Braunshart wohnte, wieso sollte Mogli dann ausgerechnet in Hettenbach andere Hunde anfallen? Rings um Braunshart gab es auch Wälder und Felder, in denen Leute mit ihren Hunden spazieren gingen! Was, wenn Lajos recht hatte, und Mogli wegen meiner Behauptung nun zu Unrecht im Tierheim saß? Aber wie konnte man herausfinden, ob es womöglich einen Doppelgänger-Wolf gab?

Als wir nach dem Reiten in der Sattelkammer Zaumzeug putzten, erinnerte Melike mich an ihre ursprüngliche Idee, über die Stadtverwaltung und mithilfe der Hundesteuer etwas herauszubekommen, doch das schien nicht so einfach zu sein. Mama hatte mir erklärt, man werde als Hundebesitzer bei der Anmeldung eines Hundes zwar nach der Rasse gefragt, aber sie bezweifelte, dass das weiterhelfen würde. Was, wenn der Wolf lediglich als »Mischling«

geführt wurde? Oder wenn sein Besitzer ihn überhaupt nicht angemeldet hatte, um die Hundesteuer zu sparen? Das größte Problem sei jedoch der Datenschutz, meinte Mama. Wenn die Polizei keine offizielle Anfrage stellte, dann würde man weder mir noch Lajos oder der Schnepfe Auskunft erteilen. Wir überlegten hin und her, bis Melike wegmusste, weil sie noch ein Referat zu schreiben hatte. Ich lief hinüber in den Eichenstall, um Bittersweet für die abendliche Laufbandstunde zu holen. Als ich die Stute auf dem Laufband, das in einer Ecke der Putzhalle stand, festgebunden und das Gerät eingeschaltet hatte, setzte ich mich auf einen Strohballen und rief Farid an. Und er hatte eine echt geniale Idee, die so simpel war, dass ich mich wunderte, wieso keiner von uns darauf gekommen war.

»Warum postet die Schnepfe nicht einfach einen Aufruf bei Facebook?«, sagte Farid nämlich. »Ich könnte mir denken, dass sich da total viele Leute melden werden, immerhin kursiert ja dieses Schaf-Video im Internet. Irgendjemand wird das Vieh schon mal in Hettenbach gesehen haben.«

»Glaubst du, dass es zwei von dieser Sorte gibt?«

»Keine Ahnung«, erwiderte Farid. »Sieht ja beinahe so aus. Ich meine, die Schnepfe würde nicht so ein Fass aufmachen, wenn sie nicht davon überzeugt wäre, dass ihr Wolf unschuldig ist. Wie heißt er noch gleich?«

»Mogli.«

»Man könnte außerdem überall in Hettenbach Flyer an Laternenmasten und so aufhängen«, fuhr Farid fort. »Das machen die Leute doch ständig, wenn irgendwo 'ne Katze entlaufen ist.«

»Stimmt.« Es hatte mich mehr gekränkt, als ich mir eingestehen wollte, dass Lajos mich für fähig hielt, der

Polizei absichtlich eine Lügengeschichte aufgetischt zu haben, nur um die Schnepfe zu ärgern. Farid und ich redeten noch eine Weile, dann musste er Schluss machen, weil er noch lernen wollte. In knapp vier Wochen begann das schriftliche Abi mit der Mathe-Prüfung, und Farid hatte beschlossen, die Prüfungen mitzuschreiben. Er paukte jeden Abend für seine Fächer, denn falls er das Abi bestehen sollte, konnte er sich danach ganz auf seine Fußballkarriere konzentrieren. Twix kam angelaufen und sprang auf meinen Schoß, Bittersweet stampfte brav auf dem Laufband vor sich hin. Ab und zu schnaubte sie und schüttelte den Kopf. Sobald sie rossig wurde, sollte sie von Fritzi gedeckt werden. Ihren Beinbruch vom vergangenen Sommer hatte die hübsche Fuchsstute glücklicherweise sehr gut auskuriert, was zum großen Teil daran lag, dass sie ein so sanftes Gemüt hatte. Nicht auszudenken, wie Fritzi sich gebärden würde, dürfte er über Monate hinweg nur Schritt gehen! Mein Handy klingelte.

Tim ruft an, stand auf dem Touchscreen. Unwillkürlich machte mein Herz einen Satz. Früher hatte er mich oft angerufen, aber seit seinem letzten Anruf waren Monate vergangen. Was konnte er von mir wollen? Hatte er sich vielleicht nur verwählt? War es Farid gegenüber fair, wenn ich mit meinem Exfreund telefonierte? Schließlich gab ich mir einen Ruck und nahm das Gespräch an.

»Hey, Tim«, sagte ich und richtete mich auf.

»Hi, Elena«, erwiderte Tim. »Entschuldige bitte, wenn ich dich störe. Bist du zu Hause?«

»Äh, ja. Nicht direkt. Ich bin in der Putzhalle.«

»Oh gut. Hm. Äh, weißt du zufällig, ob meine Schwester im Stall ist?«

»Gina? Ich glaub nicht. Ich bin schon den ganzen Nachmittag im Stall, aber ich hab sie nicht gesehen. Wieso fragst du?«

»Sie ist wohl nach der Schule nicht nach Hause gekommen«, sagte Tim. »Meine Mutter ist irgendwohin gefahren, keine Ahnung, wohin. Ich kann sie nicht erreichen. Und meiner Oma ist wohl erst jetzt aufgefallen, dass Gina nicht nach Hause gekommen ist. Sie will die Polizei anrufen. Aber ich dachte, Gina ist vielleicht zu Flöckchen gefahren. Meinst du, du könntest mal nachsehen und mir dann Bescheid geben?«

»Ja, klar. Kann ich machen.«

Ich warf einen Blick auf die Uhr, die über dem Durchgang zum Turnierstall hing. Bittersweet war jetzt eine Dreiviertelstunde gelaufen, das reichte für heute.

»Ich schaue nach und melde mich.«

»Alles klar. Danke.«

»Bis … bis später dann.«

»Okay. Bis später.«

Ich stoppte das Laufband, band Bittersweet los und führte die Stute durch den langen Stall nach draußen. Hier wurden einige Schulpferde für die Abendreitstunde gesattelt, aber Opa war noch nicht in der Sattelkammer, die ihm auch als Stallbüro diente. In Lajos' Stall war es dunkel, auch im Turnierstall brannte bereits die Nachtbeleuchtung. Nachdem ich Bittersweet versorgt hatte, lief ich mit Twix zur Scheune. Schon vor ein paar Wochen hatte Papa Schneeflocke, Ginas Schimmelpony, zurück auf den Amselhof geholt, denn auf dem Sonnenhof hatte es keine Gesellschaft. Seitdem stand Flöckchen zusammen mit meinem Pony Sirius und Susi, unserem uralten

Shetty, in einer der großen Laufboxen in der Scheune bei den Zuchtstuten. Die drei verbrachten die Tage gemeinsam auf einem Allwetter-Paddock und hingen aneinander wie die Kletten. Ich ging an den Boxen der Zuchtstuten vorbei. Papa rechnete tagtäglich damit, dass Barbarella und Ma Baker ihre Fohlen bekamen, beide trugen schon seit ein paar Tagen den Geburtenwarner-Gurt, aber sie kauten friedlich an ihrem Heu und schienen noch keine Wehen zu haben. Junior lag ausgestreckt im Stroh und schlief tief und fest. Er träumte sogar, dabei zuckten seine Beine, als ob er im Schlaf galoppieren würde. Ich ging zwischen den Boxen von Glory Day und Ellie durch zu den Laufboxen. Anders als die anderen Boxen bestanden sie nur aus dicken Rohren, die bis zum Boden reichten. Die Pferde konnten so ihre Köpfe hindurchstecken und das Heu fressen, das in einem Futtergang davor lag.

»Gina?«, rief ich leise. Die drei Ponys hoben die Köpfe und spitzten die Ohren; Sirius brummelte, als er mich sah. Twix schlüpfte durch die Gitterstangen und hopste zielsicher zu einem Berg Stroh, der in einer Ecke der großen Box lag. Sein Schwänzchen wackelte und er bellte fröhlich.

»Geh weg, Twix«, hörte ich Gina flüstern. Aber der Jack Russell Terrier dachte nicht daran. Stattdessen wühlte er sich durch das Stroh, aus dem Ginas Kopf zum Vorschein kam. Es gelang ihr kaum, ihn abzuwehren, denn er wollte unbedingt ihr Gesicht lecken. Früher hatte Twix das Mädchen kaum beachtet, aber neuerdings schien er einen Narren an ihr gefressen zu haben. Mein Hund hatte ein sehr feines Gespür dafür, wenn es jemandem schlecht ging, und Gina ging es ganz offensichtlich sehr schlecht. Sie hatte geweint, das konnte ich sehen, obwohl es ziemlich düster war.

»Hey«, sagte ich zu ihr. »Ich wusste ja gar nicht, dass du hier bist.«

»Dann tu doch einfach so, als hättest du mich nicht gesehen«, erwiderte Gina, ohne zu mir aufzublicken.

»Tim hat mich angerufen. Er macht sich Sorgen um dich.«

»Phhh!« Gina zog die Nase hoch. »Keiner macht sich Sorgen um mich. Das sagen sie nur alle. Aber eigentlich bin ich denen doch egal.«

Ich schob mich durch die Gitterstäbe und hockte mich neben sie ins Stroh.

»Na, Twix bist du schon mal nicht egal«, sagte ich. Mein Hund hatte es geschafft, ihr auf den Schoß zu klettern, und sie musste widerwillig lächeln, als er begeistert ihre Hände abschleckte. Gina hatte sich sehr verändert. Früher war sie überheblich und oft richtig gemein gewesen, und ich hatte sie nicht leiden können, aber seitdem sie aus dem Krankenhaus zurück war, war sie schweigsam und in sich gekehrt. Sie tat mir richtig leid, so wie sie da kauerte – ein verweintes Häufchen Elend.

»Was hast du denn?«, fragte ich. »Ist irgendwas passiert?«

»Weiß nicht.« Gina zuckte mit den Schultern und streichelte Twix.

»Ich hab Tim versprochen, dass ich mich melde, wenn ich dich gefunden habe.«

»Bitte nicht.« Endlich sah Gina mich an. Und wieder erschrak ich, als ich die blutrote Brandnarbe bemerkte, die sich über ihre linke Gesichtshälfte bis zum Hals zog. »Ich will hierbleiben. Bei Flöckchen und Susi und Sirius. Die … die stören sich wenigstens nicht dran, wie ich aussehe.«

»Ich störe mich auch nicht dran«, antwortete ich.

»Ich wollte, ihr hättet mich nicht gefunden«, sagte das Mädchen bitter. »Dann wäre ich jetzt tot und müsste nicht …«

»Rede doch nicht so einen Müll!«, fiel ich ihr ins Wort.

»Das ist kein Müll!«, begehrte sie auf. »Weißt du, wie ätzend das ist, wenn dich alle anglotzen und hinter deinem Rücken über dich reden?«

»Wer tut denn das?«

»Alle! Jeder in meiner Schule!«, brach es plötzlich aus Gina hervor und die Tränen strömten ihr über das entstellte Gesicht. »Egal, wo ich hingehe, alle starren mich an und flüstern und kichern blöd! Heute … heute hatten wir Schwimmen in der Schule. Ich … ich schwimme total gerne und ich wollte unbedingt mitmachen, weil … weil ich doch das goldene Abzeichen machen will, aber … aber als ich mir den Badeanzug angezogen habe, da haben alle voll angeekelt geguckt und dann … dann hat unsere Lehrerin zu mir gesagt, ich sollte mich besser wieder anziehen! Und die Milena, die Raja und die Özgür – das waren eigentlich meine besten Freundinnen, wir haben zusammen getanzt und musical.ly und so gemacht, und wir waren immer, immer, immer zusammen – die haben voll fies gegrinst und ich hab genau gehört, wie die Raja gesagt hat: *Die Gina sieht aus wie ein Monster. Da müssen wir uns wohl nach einer anderen für die Rockstar-AG umgucken, mit der geht das auf keinen Fall mehr!* Und dann hat die Angelina, so eine blöde, fette Kuh, noch gesagt, es geschähe mir ganz recht, dass ich jetzt so hässlich wäre! Ich will nicht mehr in die Schule gehen! Aber ich will auch nicht bei Oma wohnen!«

Der Kummer überwältigte sie, sie vergrub das Gesicht in den Händen und weinte Rotz und Wasser. Ich glaubte ihr jedes Wort. Solche Mädchen kannte ich auch. Und ich selbst war oft genug Zielscheibe von Arianes Gemeinheiten gewesen. Immer wieder hatte sie mich vor der ganzen Klasse lächerlich gemacht und auf grausame Art und Weise meinen wunden Punkt getroffen.

Ich rutschte näher an Gina heran, legte meine Arme um sie und plötzlich klammerte sie sich an mich und weinte und weinte, wie ich noch nie jemanden hatte weinen sehen.

»Wieso mag mich keiner mehr?«, schluchzte sie. »Was hab ich denn falsch gemacht? Warum ist alles so anders geworden? Warum? Mein Papa kann mich nicht mehr leiden, und jetzt ist auch noch mein Opa tot und wir haben kein Geld mehr und Mama will sich scheiden lassen, und wenn der Sonnenhof verkauft wird, hab ich gar kein Zuhause mehr!«

»Aber deine Mutter hat dich doch lieb«, begann ich ohne rechte Überzeugung.

»Ach ja?« Gina schnaubte verächtlich. »Sie ist doch nur weg! Wenn sie mich im Krankenhaus besucht hat, dann hat sie nur dagesessen und geheult oder telefoniert und mit irgendwelchen Leuten geschrieben! Mit mir hat sie kaum geredet. Dann war sie drei Tage überhaupt nicht da und ich wusste nicht warum, und als ich nach Hause gekommen bin, hat Tim mir gesagt, dass der Opa ganz plötzlich gestorben ist! Und Papa hat mich nicht mal *angerufen*, obwohl er nicht mehr im Gefängnis ist. Wahrscheinlich ekelt er sich auch vor mir, weil ich so hässlich aussehe und meine Haare ab sind und überhaupt …«

Ginas abgrundtiefe Verzweiflung berührte mich sehr und fast hätte ich mitgeweint, als ich begriff, wie sie sich fühlen musste. Tims kleine verwöhnte Zicken-Schwester, das absolute Lieblingskind ihres grässlichen Vaters, war mir immer total unsympathisch gewesen. Als sie mir letztes Jahr ins Gesicht geschrien hatte, wie sehr sie mich und meine Familie hassen würde, weil sie glaubte, dass wir schuld an der Misere der Familie Jungblut waren, da war es ganz aus gewesen. Und dann hatte sie mit einer hinterhältigen Lüge noch fast dafür gesorgt, dass um ein Haar unser treuer, alter Robbie eingeschläfert worden wäre. Nein, ich hatte sie nicht leiden können, aber jetzt empfand ich tiefes Mitleid. Mama hatte schon recht: Gina war erst elf Jahre alt, niemand hatte ihr je die Wahrheit über ihren vergötterten Vater gesagt, und dann brach von einem Tag auf den anderen ihre ganze Welt zusammen. Was hätte ich getan, wenn Papa mich so behandelt und ich mein Zuhause, ja, einfach alles verloren hätte?

Ich strich Gina über das Haar und murmelte beruhigende Worte, und irgendwann schluchzte sie nur noch trocken. In der Tasche meiner Weste fand ich eine angebrochene Packung Papiertaschentücher und reichte sie ihr.

Gina putzte sich die Nase.

»Warum bist du so nett zu mir?«, flüsterte sie. »Ich hab mich doch immer voll arschig benommen.«

»Stimmt«, bestätigte ich. »Du warst das ätzendste Kind, das ich jemals erlebt habe.«

»Echt?« Sie wandte den Kopf und sah mich überrascht an.

»Ja, echt. Ich war voll sauer auf dich, weil dein Vater dich lieber mochte als Tim.«

»Und ich war eifersüchtig auf dich, weil Tim dich mehr gemocht hat als mich.«

»Musst du ja jetzt nicht mehr sein«, sagte ich.

Wir sahen uns an. Ich streichelte Gina über die Wange, berührte sanft die Brandnarbe. Sofort kribbelte es in meiner Hand.

»Tut das eigentlich sehr weh?«, wollte ich wissen.

»Ja, aber nicht mehr so schlimm wie am Anfang.« Sie zog die Nase hoch und lehnte sich an mich. »Manchmal fühlt es sich so an, als wäre mir meine Haut zu klein. Ich muss die Stellen mit so einem Spezialzeug eincremen. Die haben im Krankenhaus Haut von meinem Bein auf meinen Arm und den Rücken genäht.« Wieder quollen Tränen aus ihren Augen. »Glaubst du, dass mein Papa mich *deswegen* nicht mehr sehen will?«

»Quatsch!« Ich erinnerte mich an meine Begegnung mit Richard Jungblut auf dem Turnier in Elz. »Ich glaube, es tut ihm total leid, dass er an dem Abend so blöd zu dir war.«

»Ich weiß nicht.« Gina seufzte. »Ich kann mich an gar nichts mehr erinnern. Nur dass ich mit Flöckchen durch den Wald geritten bin. Und plötzlich war überall Feuer.«

Ich erzählte ihr, was sich an dem Abend nach der Weihnachtsfeier in der Pferdetränke abgespielt hatte.

»Dein Vater war wütend, weil er nach Hause kam und dort niemand mehr war. Er hatte gar nicht gewusst, dass ihr nach Steinau gezogen seid, deshalb war er sauer und hat so ungehalten reagiert, als du mit ihm auf den Sonnenhof fahren wolltest.«

Ich hielt inne. Wie kam ich eigentlich dazu, Tims schrecklichen Vater zu verteidigen? Er ganz allein war schließlich daran schuld, dass Gina jetzt so aussah und so todunglücklich war!

Mein Handy summte. Ich kramte es aus meiner Jackentasche.

»Das ist Tim«, stellte ich fest. »Willst du mit ihm reden?«

»Nee.« Gina schüttelte den Kopf. »Bitte verrat ihm nicht, dass ich hier bin.«

»Das muss ich aber. Sonst ruft deine Oma die Polizei.«

»Ich will aber nicht mehr in Omas Haus wohnen! Meine Oma mag mich nicht. Ich hab neulich gehört, wie sie am Telefon zu irgendwem gesagt hat, sie würde jedes Mal eine Gänsehaut kriegen, wenn ich sie angucke, weil ich genauso schreckliche Augen wie mein Vater hätte.« Wieder fing Gina an zu schluchzen, und ich konnte es kaum fassen. Tatsächlich hatte Gina dieselben hellblauen Augen wie ihr Vater und wie Tim, und ich erinnerte mich an Situationen, in denen sie ihrem Vater sehr ähnlich gesehen hatte. »Und ich geh auch nicht mehr in die Schule. Niemals wieder in meinem Leben.«

Was sollte ich dazu sagen?

»Dann bleibst du eben bei uns«, schlug ich ihr vor, als das Telefon aufgehört hatte zu klingeln. »Vielleicht kannst du hier nach Steinau auf die Schule wechseln. Ist ja nur noch bis zu den Sommerferien. Dann musst du nicht mehr jeden Tag nach Hettenbach gefahren werden und siehst diese ganzen blöden Kühe nicht mehr.«

»Meinst du, das würde gehen?« Ein Hoffnungsfunke erschien in Ginas blauen Augen. »Das wäre so super! Kannst du das nicht meiner Mutter sagen? Oh, bitte, Elena!«

Ich hatte keine Ahnung, ob es möglich war, mitten im Schuljahr in der vierten Klasse die Schule zu wechseln. Und noch viel weniger wusste ich, was meine Eltern davon hielten, wenn Gina bei uns wohnte. Ihre Mutter war zwar eine alte Freundin von Mama, aber Richard Jungblut würde wohl nie mehr ein Freund meiner Eltern werden.

»Mehr als Nein kann sie ja nicht sagen«, erwiderte ich, dann rief ich Tim zurück und sagte ihm, dass ich Gina gefunden hatte.

21. Kapitel

»Nein, das ist kein Problem«, sagte Mama gerade am Telefon zu Linda Jungblut. »Wir sollten Gina erst mal zur Ruhe kommen lassen und dann können wir weitersehen ... Gut, dann rufst du morgen früh in ihrer Schule an und entschuldigst sie ... Nein, das kriegen wir schon hin ... Okay ... Ja, ich melde mich morgen bei dir ... Ja ... Nein, das ist in Ordnung. Also, dann ... Mach's gut.«

Ich hatte schon meinen Schlafanzug angezogen und saß auf meinem Lieblings-Lauschplatz auf halber Treppe. Meine Eltern waren in der Küche und da die Tür offen stand, konnte ich jedes Wort, das sie sprachen, problemlos hören. Zu meiner Überraschung hatten sie nichts dagegen einzuwenden gehabt, dass Gina bei uns blieb, Papa war sogar zu Frau Gottschalk gefahren, um frische Klamotten und die Medikamente für Gina zu holen.

»Und?«, fragte Papa, als Mama das Telefonat beendet hatte.

»Ich frage mich manchmal wirklich, was in Lindas Kopf vorgeht«, erwiderte meine Mutter. »Sie begreift offenbar gar nicht, was mit dem Mädchen los ist.«

»Wo ist sie denn überhaupt?«, wollte Papa wissen.

»Bei einem *Freund* in Köln.« Mamas Stimme klang missbilligend. »Stell dir vor, sie hat diesen Mann erst vor ein paar Wochen übers Internet kennengelernt und jetzt ist sie schon seit drei Tagen dort, ohne sich darum zu kümmern, was mit ihren Kindern ist! Sie behauptet doch glatt, der Mann würde ihr guttun, und nach allem, was passiert sei, bräuchte sie einfach mal eine Auszeit! Wenn ich so was schon höre! Tim steht kurz vor dem Abitur und Gina würde ihre Mutter gerade jetzt ganz besonders brauchen, aber Linda denkt wieder mal nur an sich!«

»Du kennst sie doch«, sagte Papa. »Linda war noch nie in der Lage, auf eigenen Beinen zu stehen. Sie hat sich immer an irgendjemanden gehängt, der alle Probleme dieser Welt für sie lösen sollte. Deshalb ist sie damals Richard auf den Leim gegangen und hat sich dann wieder an ihren Vater gehängt.«

Und zwischendurch hatte sie geglaubt, sie könnte sich Lajos angeln, dachte ich. Aber der hatte ihr mal schön die Rote Karte gezeigt! Im Gegensatz zu Linda hatte er nämlich nicht vergessen, wie sie ihn damals, nach dem Unfall, bei dem Mamas Schwester Viola gestorben war, im Stich gelassen und Richard Jungblut geheiratet hatte, während Lajos unschuldig im Gefängnis sitzen musste.

»Das Mädchen tut mir wirklich leid«, sagte Mama jetzt. »Gina ist doch erst elf Jahre alt und begreift gar nicht, was passiert ist. Trotzdem dürfen wir jetzt keinen Fehler machen.«

»Wie meinst du das?«

»Wenn Linda wirklich die Scheidung einreicht, dann wird es ums Sorgerecht gehen und du glaubst ja wohl nicht, dass das Jugendamt einem vorbestraften Vater, der ohne Einkommen und nur auf Bewährung auf freiem Fuß ist, das Sorgerecht für ein elfjähriges Mädchen gibt! Außerdem, wie soll Richard sich wohl um das Kind kümmern? Tim ist bald achtzehn, er kriegt das schon auf die Reihe, aber Gina? Das, was sie jetzt braucht, ist ein stabiles, liebevolles Umfeld, das ihr Sicherheit gibt.«

»Wenn es für dich okay ist, kann sie aber doch erst mal hier bei uns bleiben, Platz genug haben wir ja«, entgegnete Papa.

»Und was dann?«

»Kommt Zeit, kommt Rat. Im Übrigen finde ich Elenas Idee gar nicht so übel. Wenn Gina hier im Ort auf die Grundschule geht, kann sie einen ganz neuen Anfang schaffen.«

»Ich rede morgen mal mit Babsi. Wie ich Linda kenne, wird sie gar nichts tun.« Mama stieß einen Seufzer aus. »Damit, dass eines Tages die Tochter von Richard und Linda bei uns wohnt, hätte ich niemals gerechnet.«

Leider konnte ich Papas Antwort darauf nicht mehr hören, denn in dem Moment ging die Haustür auf und Christian kam herein. Er hatte sich mit Kumpels getroffen, angeblich um zu lernen, aber ich war mir sicher, dass sie eher fünf Stunden lang *World of Warcraft* oder irgendein anderes schwachsinniges Baller-Game gezockt hatten. Bevor mich jemand beim Lauschen erwischte, huschte ich lautlos die Treppe hinauf und verschwand in meinem Zimmer. Babsi – die eigentlich Dr. Barbara Fröhlich hieß – war seit vielen Jahren Einstellerin auf dem Amselhof und gleichzeitig die Direktorin der Steinauer Grundschule. Sie war sehr nett und ich zweifelte nicht daran, dass sie Gina auch mitten im Schuljahr aufnehmen würde. Weil ich zu faul war, über all das, was heute Abend geschehen war, zu schreiben, nahm ich Sprachnachrichten auf und schickte sie an Farid und an Melike. Farid antwortete umgehend mit drei Daumen-hoch- und drei Kuss-Emojis, Melike rief an.

»Wie krass ist das denn?«, sagte sie zur Begrüßung. »Linda Jungblut hat echt einen Schatten.« Dann ereiferte sie sich mindestens eine Minute lang über Tims und Ginas Mutter, bis sie irgendwann Luft holen musste. »Scheint auf jeden Fall so, als ob du die Jungbluts nie so richtig loswerden würdest.«

»Dir hätte Gina heute auch leidgetan.«

»Klar. Mir tut sie schon die ganze Zeit leid. Sie ist echt 'ne arme Sau. Und ich finde es super, wenn sie bei euch wohnen kann.«

»Solange kann dann wenigstens Ariane nicht im Gästezimmer übernachten«, erwiderte ich und kicherte. Wir quatschten noch eine Weile, aber gerade als wir Schluss machen wollten, fiel Melike noch etwas ein.

»Apropos Jungbluts«, sagte sie. »Vielleicht sollten wir mal einen von denen fragen, ob die wissen, wer so einen wolfsartigen Hund hat. Die kennen in Hettenbach doch sicherlich eine Menge Leute.«

»Gute Idee«, pflichtete ich meiner Freundin bei. »Ich werde allerdings weder Tim und erst recht nicht seinen Alten fragen. Das kann Lajos selbst tun.«

Meine Zimmertür ging auf und Christian polterte herein, wie immer ohne vorher zu klopfen.

»Wieso pennt denn das Jungblut-Kind bei uns?«, wollte er wissen.

»Ich telefoniere gerade, wie du siehst«, sagte ich.

»Kannst ja gleich weiterquaken.« Mein Bruder ließ sich auf meinen Schreibtischstuhl fallen. »Ich bin neugierig.«

Da ich Melike sowieso morgen früh im Bus sehen würde, sagte ich ihr Tschüss und erzählte ein weiteres Mal die Geschichte mit Gina. Es war kurz vor elf, als ich endlich im Bett lag und das Licht ausmachte. Fast in derselben Sekunde war ich schon eingeschlafen. Mitten in der Nacht wachte ich auf, weil Twix, der sich in meinen Kniekehlen zusammengerollt hatte, leise knurrte.

Ich öffnete die Augen und erkannte eine Gestalt, die neben meinem Bett stand.

»Gina? Was ist denn los?«

»Ich hatte so einen schlimmen Traum«, flüsterte Gina. »Kann ich bei dir schlafen?«

»Klar. Komm her.« Ich rückte ein Stück zur Seite. Gina schlüpfte unter die Bettdecke und kuschelte sich an mich.

»Ist Twix auch da?«, flüsterte sie.

»Ja.«

»Schläft er immer bei dir?«

»Hm.«

»Dann passt er jetzt auch auf mich auf, oder?«

»Logo«, murmelte ich.

»Das ist gut. Dann fühl ich mich sicher.« Gina seufzte tief und war wenig später eingeschlafen. Ich spürte die Wärme ihres Körpers an meinem und lauschte auf ihre gleichmäßigen Atemzüge. Während ich noch darüber nachdachte, was für ein schreckliches Gefühl es sein musste, wenn es keinen Menschen auf der Welt gab, der einen lieb hatte, und man sich nirgendwo zu Hause fühlen konnte, schlief auch ich wieder ein. Ich träumte von Wölfen und von Feuer und wieder einmal davon, dass Twix im Tierheim in einem Käfig saß, weil er angeblich irgendetwas Schlimmes getan hatte. Als ich am nächsten Morgen um sechs Uhr vom Klingeln meines Weckers aus dem Tiefschlaf gerissen wurde, wusste ich, dass ich irgendetwas wegen Mogli unternehmen musste.

Gina schlief noch tief und fest. Twix, der sich in der Nacht zwischen uns gezwängt hatte, hob den Kopf und blickte mich an, als ob er mir sagen wollte: *Ich kann leider nicht mit dir aufstehen, ich muss auf Gina aufpassen.*

»Schon okay«, flüsterte ich und gab ihm einen Kuss auf die Nase, woraufhin er wieder die Augen schloss und sich mit einem zufriedenen Seufzer an Gina schmiegte. Als ich auf dem Weg zum Badezimmer gähnend den Flur entlangtaumelte, kam mir Mama entgegen.

»Gina liegt nicht in ihrem Bett«, sagte sie besorgt. »Ich muss …«

»Sie hat bei mir geschlafen«, beruhigte ich meine Mutter. »Sie hatte wohl einen Albtraum.«

»Oje!« Mama seufzte. »Die arme Kleine. Konntest du denn überhaupt schlafen?«

»Ja, ja. Wie ein Stein. Du weißt doch, ich kann immer und überall schlafen.«

»Ach, Elena! Ist das denn wirklich in Ordnung für dich? Ich weiß ja, wie schlimm das alles letztes Jahr für dich gewesen ist.«

»Das hat sich alles geändert, Mama. Mach dir deswegen keine Sorgen«, erwiderte ich. »Gina braucht uns. Sie hat wirklich überhaupt niemanden mehr. Ich denke öfter mal darüber nach, was wohl passiert wäre, wenn Papa und du euch damals getrennt hättet. Dann wär es mir vielleicht so gegangen wie Gina.«

Da nahm Mama mich zu meiner Überraschung in die Arme, drückte mich und gab mir einen Kuss auf die Stirn.

»Mein großes Mädchen«, murmelte sie leise. »Ich bin stolz auf dich.«

»Äh ja, schon okay. Ich muss ins Bad, bevor Christian sich da drin breitmacht.« Ich befreite mich vorsichtig aus Mamas Umarmung. Mir war ein bisschen unbehaglich zumute, als ich bemerkte, dass meine Mutter Tränen in den Augen hatte, und das um kurz nach sechs Uhr morgens. Eigentlich war sie nicht sonderlich gefühlsduselig und gerade in den vergangenen Monaten war unser Verhältnis eher … nun ja … schwierig gewesen.

»Ja, klar.« Mama lächelte und küsste mich unheimlicherweise noch mal auf die Wange. »Wir sehen uns gleich unten.«

22. Kapitel

Was zunächst als eine Notlösung für ein paar Tage gedacht war, wurde zu einem Dauerzustand. Wir hatten einen Familienrat abgehalten, an dem auch Opa und Oma teilgenommen hatten, und dabei einstimmig entschieden, dass Gina bei uns bleiben würde. Ihre Mutter hatte Mama am Telefon die Ohren vollgejammert, bis meiner Mutter der Geduldsfaden gerissen war. Sie hatte ihrer alten Freundin gehörig die Meinung gesagt und daraufhin war Linda Jungblut wenigstens hergekommen, um alles Notwendige zu regeln. Ginas Oma war heilfroh, die Verantwortung für ihre Enkeltochter los zu sein, was wiederum für meine Großeltern, die seit sechzig Jahren mit Friedrich und Annemarie Gottschalk befreundet waren, absolut unverständlich war. Christian freute sich, weil er nun endlich unters Dach ziehen konnte, wie er sich das seit Jahren wünschte. Gina würde dann Christians Zimmer bekommen, das meinem gegenüberlag. Mama hatte mit der Direktorin der Steinauer Grundschule gesprochen und klargemacht, dass Gina zukünftig hier zur Schule gehen konnte.

Von alledem bekam Gina nichts mit. Ihr ging es von Tag zu Tag besser und sie war überglücklich, dass sie auf dem Amselhof bleiben durfte.

Melike und ich waren gerade dabei, Lenzi zu satteln, als eine dunkelhaarige Frau den Turnierstall betrat.

»Hallo, Elena, hallo, Melike«, sagte sie zu uns. »Habt ihr vielleicht mal ein paar Minuten Zeit?«

Ich brauchte ein paar Sekunden, um zu begreifen, dass es sich bei der Frau um die Schnepfe handelte. Bis auf das Foto im Internet hatte ich sie nie ohne Mütze gesehen und deshalb erst nicht erkannt.

»Äh, ja. Sicher«, antwortete ich und schnallte den Sattelgurt fest. Lenzi stand wie ein altes Schulpferd da und ließ die Unterlippe hängen. Es störte ihn nicht, dass ich den Gurt gleich etwas fester zog. Melike befestigte gerade die Gamaschen an Lenzis Vorderbeinen, denn ich sollte in spätestens zehn Minuten drüben in der Reithalle sein. Herr Nötzli war nämlich da und wollte zusehen, wie ich Lenzi ritt.

»Elena, wir beide hatten wirklich einen blöden Start. Es tut mir sehr leid, dass ich dich so überheblich behandelt habe.« Die Schnepfe lächelte ein wenig zerknirscht. »Ich bin übrigens Miriam.«

»Hi«, sagte ich zurückhaltend, Melike nickte ihr nur zu.

»Lajos hat mir erzählt, dass er schon mit euch über Mogli gesprochen hat.«

»Ja.« Ich nickte, verriet aber nicht, dass ich seit Wochen wegen diesem Tier jede Nacht denselben grässlichen Traum hatte, in dem Twix eingeschläfert werden sollte und ich deswegen voller Verzweiflung durch endlose Flure rannte, aber nie rechtzeitig ankam.

»Ich kenne Mogli jetzt seit zwei Jahren«, fuhr die Schnepfe fort. »Er ist sehr sensibel und scheu, aber kein bisschen aggressiv. Die Leute, die ihn als Welpen in Amerika gekauft haben, kamen nicht mit ihm klar, weil sie nicht begriffen haben, dass er sich nicht wie ein Hund erziehen lässt. Sie hatten ihn irgendwann in einen Zwinger gesperrt und da ist er richtig verkümmert. Ich habe ein Faible für tierische Notfälle. Mein Pferd, zum Beispiel. Esco musste in Andalusien bei vierzig Grad Hitze Touristen durch die Gegend schleppen, obwohl er ein Sommerekzem hatte und schlimm gelitten hat. Außerdem habe ich zwei Waschbären, mehrere Katzen, zwei Zobel …«

»Was ist denn ein Zobel?«, unterbrach Melike sie.

Der Aknefrosch, der gerade mit Cornado am Halfter vorbeiging, schnaubte spöttisch.

»Die ungebildete Jugend von heute«, murmelte er. Melike streckte ihm die Zunge heraus und er feixte grinsend.

»Zobel gehören zur Gattung der Marder«, erklärte Miriam Böhl-Schempp. »Ursprünglich stammen sie aus dem asiatischen Raum und ihr Fell ist sehr begehrt und wertvoll. Bis heute werden diese Tiere auf Farmen gehalten, nur wegen ihres Fells. Als vor einer Weile eine illegale Zobel- und Nerzfarm in der Nähe von Mannheim von der Polizei geräumt wurde, habe ich zwei Jungtiere zu mir genommen. Aber leider ist mein Garten nicht besonders groß und die Nachbarn meckern allmählich.«

»Wollen Sie deshalb das Forsthaus kaufen?«, erkundigte sich Melike neugierig.

»Genau«, bestätigte die Schnepfe. »Ich könnte dort mitten im Wald große und ausbruchsichere Gehege für Mogli, die Waschbären und die Zobel bauen. Das wäre mein Traum.«

»Ich habe mich über Wolfshybriden im Internet schlaugemacht«, gab Melike nun zu. »Sie brauchen für Mogli eine spezielle Haltungsgenehmigung, nicht wahr?«

»Ja, das stimmt. Ich habe zurzeit nur eine befristete Genehmigung, die natürlich nicht verlängert wird, solange die Behörden davon überzeugt sind, dass Mogli wildert und Hunde anfällt.« Miriam Böhl-Schempp seufzte. »Ich weiß, dass Mogli so etwas niemals tun würde. Er macht normalerweise einen Bogen um andere Hunde. Und er kann auch gar nicht aus meinem Garten entwischen, dafür habe ich natürlich gesorgt, denn das war eine wichtige Auflage, um überhaupt eine vorläufige Genehmigung zu bekommen.«

»Hat die Polizei das denn nicht überprüft?«, wollte Melike wissen.

»Doch, natürlich«, antwortete die Schnepfe und warf mir einen raschen Blick zu. »Elenas und deine Aussagen wiegen aber schwerer, zumal der Hund, der auf dem Film der Webcam zu sehen ist, Mogli tatsächlich ziemlich ähnlich sieht. Aber solange man diesen anderen Hund nicht findet, habe ich keine Chance, Mogli von den Vorwürfen, die gegen ihn erhoben werden, zu entlasten.«

»Warum versuchen Sie nicht, über Facebook den Hund ausfindig zu machen?« Ich erinnerte mich an Farids Vorschlag. »Und Sie könnten überall in Hettenbach Flyer aufhängen.«

»Das ist eine gute Idee. Allerdings bin ich nicht bei Facebook.« Miriam Böhl-Schempp lächelte verlegen. »Und zum ersten Mal bedaure ich das.«

»Das ist doch gar kein Problem«, meinte Melike hilfsbereit. »Innerhalb von drei Minuten sind Sie angemeldet, wir können Ihnen dabei helfen.«

»Nun ja, ich habe zu Hause keinen Computer. Und auch kein Smartphone.«

»*Wie bitte?*« Melike starrte sie entsetzt an, fast so, als wären der Frau plötzlich Hörner und vier Arme gewachsen. »Wie können Sie bloß so leben? Das ist ja richtig ... steinzeitlich!«

»Es hat durchaus auch Vorteile.« Miriam Böhl-Schempp lächelte, dann wurde sie ernst. »Mogli und ich brauchen eure Hilfe. Vielleicht könnt ihr später mal mit mir rüber ins Tierheim fahren und ihn einmal kennenlernen.«

Melike und ich wechselten einen Blick. Meine Freundin zuckte die Schultern. In dem Moment wurde die Stalltür aufgeschoben und Gina kam herein. Sie war ganz atemlos, ihre blassen Wangen waren gerötet.

»Dein Vater hat gesagt, du sollst rüber in die Halle kommen«, sagte sie zu mir.

»Alles klar.« Ich setzte meine Reitkappe auf, warf Lenzi die Abschwitzdecke über die Kruppe und wandte mich noch einmal an die Schnepfe: »Natürlich können wir mitfahren. Aber wahrscheinlich hat das alles keinen Sinn, solange wir nicht beweisen können, dass in Hettenbach ein Hund herumläuft, der Mogli ähnlich sieht.«

»Ich fürchte, du hast recht«, sagte Miriam Böhl-Schempp und seufzte. »Trotzdem vielen Dank.«

»Was für ein Hund?«, erkundigte Gina sich auf dem Weg zur Reithalle. Ich erzählte ihr in knappen Worten die Geschichte von dem wildernden Hund, den Melike und ich im Wald gesehen hatten und der mir später noch einmal in Hettenbach begegnet war.

»In Hettenbach werden immer wieder Hunde von dem Wolf gebissen«, schloss ich. »Keiner der Hundebesitzer weiß, wem er gehört, er ist wie ein Geist. Aber als ich neulich von der Tierklinik zum Sonnenhof gelaufen bin, habe ich ihn gesehen und versucht, ihm zu folgen. In dem Park an der Kirche habe ich dann seine Spur verloren.«

»Du meinst so einen großen, dunkelgrauen Hund mit spitzen Ohren?«, erwiderte Gina.

»Ja, genau.« Ich blieb stehen. »Sag bloß, du kennst ihn?«

»Das nicht. Aber ich weiß, wo der wohnt«, sagte Tims Schwester.

»Echt jetzt?« Ich starrte sie verblüfft an.

»Ja. Ich hab ihn ab und zu auf dem Schulweg und im Park gesehen. Er läuft immer frei rum, ohne dass jemand in der Nähe ist. Alle Kinder in der Schule haben Angst vor ihm.«

Mein Herzschlag beschleunigte sich.

»Könntest du uns das Haus zeigen?«, fragte ich aufgeregt.

»Klar.«

»Ach, Gina, das wäre ja super!« Mir fiel ein Stein vom Herzen, denn insgeheim hatte ich an der Existenz dieses Hundes gezweifelt. Zwar war es unwahrscheinlich, dass Mogli von Braunshart nach Hettenbach lief, aber noch unwahrscheinlicher schien es, dass es einen zweiten Hund gab, der ihm so ähnlich sah. »Das müssen wir der blö… äh … Frau Böhl-Schempp gleich sagen! Kannst du Lenzi schon mal in die Halle führen? Ich komme dann sofort!«

»Klar.« Gina strahlte mich an und ergriff Lenzis Zügel. Ich rannte zurück in den Turnierstall. Die Schnepfe war nicht mehr da und Melike kabbelte sich wieder mal mit dem Aknefrosch.

»Nur weil ich nicht weiß, was ein Zobel ist, bin ich nicht *per se* ungebildet!«, sagte meine Freundin gerade.

»*Per se!*«, spottete der Aknefrosch grinsend. »Du kannst deine Halbbildung nicht verbergen, indem du mit Fremdwörtern um dich wirfst.«

»Wo ist die Schnepfe hin?«, fragte ich, bevor Melike etwas darauf erwidern konnte.

»Wer?«, fragte der Aknefrosch neugierig.

»Lauter Tiere hier unterwegs«, bemerkte Melike süffisant. »Pferde, Hunde, Wölfe, Schnepfen, Aknefrösche …«

»Falls du glaubst, dass du mich damit ärgern kannst, bist du schief gewickelt.« Der Aknefrosch blieb cool. Er legte Cornado den Sattel auf den Rücken und zog die Satteldecke gerade. »Geh nur mit dem dummen Kind spielen, *Zobeline*, und lass die Erwachsenen in Ruhe arbeiten.«

»*Wie* hast du mich genannt?« Melike stemmte wütend die Hände in die Seiten.

Ich ergriff sie am Arm und zog sie mit. »Komm, lass ihn! Der will dich doch nur ärgern!«, sagte ich. »Gina weiß, wo der Wolf in Hettenbach wohnt! Das müssen wir der Schnepfe sagen!«

»Oh, Zobelinchen!«, sang der Aknefrosch hinter uns. »Dein Haar glänzt in der Morgensonne wie ein Zo–ooo-obelpelz!«

»Warte nur!« Melike drohte ihm mit dem Zeigefinger, dann hörte sie mir endlich zu.

»Das ist ja spitze!«, rief sie und ihre Augen leuchteten, als sie kapiert hatte, was ich sagte. »Ich geh sie gleich suchen und erzähl ihr das.«

»Alles klar. Ich muss rüber in die Halle.«

Ich spurtete zurück in die große Halle, in der ein kompletter Trainingsparcours aufgebaut war. Gina führte Lenzi herum, Papa ritt am langen Zügel auf dem schwarzbraunen Wallach herum, den der Aknefrosch nur »Lolli« nannte, weil er den komplizierten französischen Namen nicht aussprechen konnte. Lolli war neun Jahre alt und hatte schon große Preise in der Schweiz und Frankreich gewonnen, aber dann war er an eine ehrgeizige junge Amateurspringreiterin verkauft worden, die zwar viel Geld, aber wenig Talent hatte, und die hatte ihn verdorben. Irgendwann hatte der Wallach nur noch verweigert, und eines Tages war er nicht mal mehr davon zu überzeugen gewesen, einen Parcours zu betreten. Er war gestiegen und hatte schon beim Anblick eines Hindernisses die blanke Panik bekommen. Alle möglichen Leute hatten mit fragwürdigen Mitteln versucht, den armen Kerl wieder ins Laufen zu bringen – vergeblich. Herr Nötzli hatte das Pferd schließlich in Zahlung genommen und Papa hingestellt. Meinem Vater war es mit viel Zeit und Geduld gelungen, Lolli das Vertrauen zurückzugeben. Er hatte ein Händchen für schwierige Pferde und schon manch ein verdorbenes oder verängstigtes Pferd wieder hinbekommen. Mittlerweile sprang Lolli wieder mit Freude, beim Late-Entry-Turnier in Elz hatte er einen schönen dritten Platz in einem M-Springen belegt, allerdings würde er wohl nie ein Pferd für einen Amateur sein, dazu war er zu vorsichtig und zu sensibel.

»Nein, Elena hat wirklich genug zu tun mit ihren Pferden und der Schule«, sagte Papa gerade zu Herrn Nötzli. »Ich habe aber eine andere Idee.«

»Da bin ich neugierig.« Der Schweizer Pferdehändler lächelte mir freundlich zu. Letztes Jahr hatte er mir ein Wahnsinns-Kaufangebot für Fritzi gemacht, aber natürlich kam es für mich nicht infrage, meinen Hengst zu verkaufen. Ich erwartete eigentlich auch heute wieder, dass Herr Nötzli mich daran erinnerte, aber das tat er nicht. Hatte er vielleicht einen Interessenten für Lenzi? Manchmal verdrängte ich die Tatsache, dass der braune Wallach nicht uns gehörte und Herr Nötzli mich dafür bezahlte, damit ich Lenzi auf Turnieren vorstellte und seinen Wert steigerte. Der kleine Vollblüter konnte fantastisch springen und hatte ein nahezu unbegrenztes Springvermögen, dazu war er hochsensibel. Allein schon durch seine geringe Größe war er kein Pferd für jedermann – zum Glück, denn ich liebte ihn sehr und fürchtete den Tag, an dem ich ihm Lebewohl sagen musste.

Ich gurtete noch einmal nach und schwang mich auf Lenzis Rücken. Der Aknefrosch kam in die Bahn und nahm Papa Lolli ab, dann tauchte Melike auf der Tribüne auf und winkte mir. Ich ritt zu ihr hin.

»Die Schnepfe ist weg«, verkündete sie mir. »Lajos kann ich auch nicht erreichen. Aber Niklas fährt uns gleich nach Hettenbach, dann kann Gina uns das Haus zeigen, in dem der Wolf wohnt.«

»Super!« Ich nickte. »Das machen wir.«

23. Kapitel

»Da vorne, das Haus mit dem grünen Törchen«, rief Gina. »Da habe ich den Wolf schon ein paarmal gesehen.«

»Eichenweg Nummer 21.« Niklas hielt auf der gegenüberliegenden Straßenseite an. »Was habt ihr jetzt vor?«, »Wir schauen nur mal nach«, antwortete Melike vage und öffnete die Autotür.

»Ihr könnt doch nicht einfach das Grundstück betreten.« Niklas hielt sie zurück. »Das ist Hausfriedensbruch.«

»Wollen wir ja auch nicht.« Melike grinste. »Wir gucken nur, wie die Leute heißen.«

»Stopp!«, sagte Niklas, als Gina und ich auch aussteigen wollten. Er machte den Motor aus und löste seinen Gurt. »Ihr beiden bleibt hier, ich gehe mit Melike. Bevor du Unsinn machst.«

»Hach, du bist immer so vernünftig!«, stöhnte Melike. »Aber meinetwegen, dann komm halt mit.«

Die beiden stiegen aus und überquerten die Straße, Gina und ich blieben auf der Rückbank sitzen und beobachteten gespannt, wie Niklas und Melike nach einer kurzen Diskussion auf das grün gestrichene Törchen zugingen. Meine Freundin zückte ihr Handy und fotografierte offenbar das Klingelschild, Niklas drückte danach die Klingel.

»Wie sollte der Wolf hier rauskommen?«, fragte ich. »Der Zaun ist ganz schön hoch und dazu ist die Hecke total dicht.«

»Unten nicht«, erwiderte Gina.

»Wie – unten?«, fragte ich.

»Der Garten ist ziemlich groß und geht bis zur anderen Straße. Und da ist der Zaun ganz löchrig.«

»Aha.«

Die Haustür ging auf, ich sah eine ältere Dame mit weißen Haaren. Melike und Niklas sprachen mit ihr, dann verschwanden sie im Innern des Hauses.

»Komm, Gina «, sagte ich. »Lass uns mal gucken gehen.«

»Oh ja!« Gina war begeistert. Wir stiegen aus und liefen bis zur nächsten Querstraße. Ein paar Minuten später hatten wir das untere Ende des Gartens erreicht. Tatsächlich war der Maschendrahtzaun hier rostig und an manchen Stellen kaputt. Die hohe Taxushecke sah auch nur auf den ersten Blick undurchdringlich aus, man konnte aber ziemlich gut in den großen verwilderten Garten gucken. Gina ging auf alle viere und betrachtete den Zaun aus der Nähe.

»Elena! Komm mal!«, zischte sie plötzlich aufgeregt. Ich lief zu ihr und ging neben ihr in die Hocke. »Siehst du das?«

Im schwindenden Tageslicht erkannte ich das Loch im Zaun und ein paar Haare, die sich im rostigen Draht verfangen hatten. Auf der anderen Seite befand sich unten in der Hecke eine Lücke und an den Zweigen der Eibe hingen ebenfalls graue Haare.

»Hier zwängt er sich also durch!«, stellte ich fest. »Genial, Gina! Das ist der Beweis!«

Ich zückte mein Smartphone und machte ein paar Fotos, dann fummelte ich ein Büschel Haare ab und steckte es in eine verknautschte Packung Papiertaschentücher, die ich in meiner Jackentasche gefunden hatte.

»Was macht ihr denn da?« Plötzlich stand ein Mann hinter uns und musterte Gina und mich böse. Er war schon ziemlich alt, hatte eine Glatze und einen weißen Bart, wie ein Nikolaus. Aber leider sah er nicht so nett aus. »Ihr wollt wohl hier einbrechen, was?«

Ich ergriff Ginas Hand und wollte weglaufen, doch der Opa breitete die Arme aus und verstellte uns den Weg.

»Hiergeblieben!«, sagte er zu uns, dann wandte er den Kopf zur Seite. »Erna, ruf die Polizei an! Die Kinder spähen das Grundstück aus! Sie haben Fotos gemacht! Wahrscheinlich sind sie zum Spionieren vorgeschickt worden!«

Erst jetzt bemerkte ich die dürre alte Frau, die im Vorgarten des Hauses auf der anderen Straßenseite stand. Der Opa nutzte den Moment meiner Unachtsamkeit und pflückte mir mein Handy aus der Hand.

»He, was fällt Ihnen ein? Geben Sie mir mein Handy wieder!«, rief ich erbost. »Das ist ein Missverständnis! Wir wollen hier nicht einbrechen!«

»Würde ich an deiner Stelle auch sagen, du freches Ding.« Der Opa war aufgebracht. Er hielt mein Handy hoch. »Das kriegst du erst wieder, wenn die Polizei da ist.«

In diesem Moment begann mein Handy zu klingeln und der Opa guckte dreist auf das Display.

»Ein *Melike* ruft an«, las er laut. »Aha, der Komplize meldet sich schon!«

»Ich lenke ihn ab, du rennst los und holst Niklas und Melike«, flüsterte ich Gina zu. Sie nickte.

»Die Polizei ist unterwegs, Karl-Heinz!«, rief Erna von der Haustür aus. »Und die Gisela kommt auch her.«

Die Haustür des Nachbarhauses ging auf und ein Mann guckte heraus, eine Frau lugte ihm über die Schulter.

»Brauchste Hilfe, Karl-Heinz?«, rief der Mann.

»Die Polizei kommt!«, rief Erna mit schriller Stimme. »Das sind die Einbrecher, die hier die Gegend unsicher machen.«

»Sind wir nicht!«, schrie ich wütend und machte einen Schritt auf den Opa zu. »Geben Sie mein Handy her!«

Gina schlüpfte an ihm vorbei und rannte davon. Der Alte packte mich grob am Arm.

»Du entwischst mir nicht, Fräulein!«, keuchte er drohend.

»Lassen Sie mich *sofort* los!« Ich versuchte, mich zu befreien, aber er umklammerte meinen Arm wie ein Schraubstock. »Aua! Sie tun mir weh!«

Das Herz klopfte mir bis zum Hals. Wo zum Teufel blieben Niklas und Melike? In der Ferne hörte ich das Heulen einer Polizeisirene, das sich rasch näherte. Wie sollte ich Papa und Mama erklären, was wir hier getan hatten, wenn die Polizei auftauchte? Hinter dem Tor in der Taxushecke erschien das Gesicht der weißhaarigen Frau, die vorhin Niklas und Melike geöffnet hatte.

»Halt sie fest, Karl-Heinz!«, rief sie dem Opa zu. »Das ist eine ganze Bande! Mich haben eben zwei Ausländer an der Haustür in ein Gespräch verwickelt!«

In dem Moment bog Niklas' Auto um die eine Straßenecke, aus der anderen Richtung rauschte ein Streifenwagen mit blinkendem Blaulicht heran. Immer mehr Nachbarn kamen neugierig aus ihren Häusern. Bevor Niklas' Auto ganz zum Stehen gekommen war, sprang Melike schon heraus und stürzte auf uns zu.

»Lassen Sie sofort meine Freundin los, Sie Wüstling!«, schrie sie den weißbärtigen Opa zornig an. »Das ist Freiheitsberaubung und Körperverletzung!«

Erna kam aus dem Vorgarten getrabt und warf sich Melike in den Weg. Ihre Augen glänzten – endlich passierte mal was in der langweiligen Straße! Niklas konnte Melike gerade noch davon abhalten, handgreiflich zu werden. Vom Gartenzaun aus plärrte die Wolfsbesitzerin dazwischen, die Nachbarn rotteten sich gegen Niklas zusammen. Da kamen die beiden Polizisten dazu.

»Beruhigen Sie sich!«, rief der eine Beamte laut. »Was ist hier los?«

»Die Kinder wollten mich überfallen!«, rief die Wolfsfrau aufgeregt und rüttelte an dem Tor, bis es sich endlich mit einem lauten Quietschen öffnete. »Zwei von denen haben mich an der Haustür abgelenkt …«

»… und die anderen beiden wollten gerade über den Zaun klettern«, ergänzte der Opa, der mich noch immer festhielt.

»Lassen Sie das Mädchen los«, befahl ihm der Polizist. Der Opa gehorchte nur widerwillig.

»Er hat mir mein Handy geklaut«, sagte ich und rieb meinen Arm.

Ein zweiter Streifenwagen kam an und hielt hinter dem ersten. Ein Polizist und eine Polizistin stiegen aus und kamen näher.

»Elena, Melike – seid ihr das?«

Ich drehte mich um und erkannte die Polizistin. Vor Erleichterung wurde mir ganz flau im Magen. Berit Teves hatte seit vielen Jahren ihre Dressurpferde auf dem Amselhof stehen.

»Berit!«, rief ich glücklich. »Das ist alles ein Missverständnis!«

Nun erkannte mich auch der Polizist, der als Erster vor Ort gewesen war.

»Ach, klar, ich kenne dich auch«, sagte er und grinste. »Wir haben dich doch damals nachts auf dem Bauernhof abgeholt, als die Pferdediebe eure Pferde gestohlen hatten.«

»Kennen Sie diese Bande etwa?«, fragte der Opa, offensichtlich enttäuscht.

»Wir sind keine Bande!«, entgegnete ich. »So ein Quatsch!«

»Aber das sind doch Ausländer!«, ereiferte sich die Wolfsfrau und wies auf Niklas' Auto. Tatsächlich hatte es ein Schweizer Kennzeichen, denn es gehörte eigentlich seiner Mutter. »Wahrscheinlich Zigeuner, die bei mir einbrechen wollten.«

»Wenn überhaupt, dann Sinti und Roma! Man sagt heute nicht mehr ›Zigeuner‹!« Melike schnappte vor Zorn nach Luft, und Niklas legte beschwichtigend seinen Arm um ihre Schultern.

»Na also!«, triumphierte der Opa. »Sinti und Roma! Sie haben es ja selbst gehört.«

»Ruhe jetzt!«, sagte Berit scharf. »Ich kenne die jungen Leute. Sie kommen aus Steinau. Und ganz sicher gehören sie zu keiner Einbrecherbande. Elena, erzähle uns bitte, warum ihr hier seid.«

Das tat ich. Natürlich wussten Berit und ihre Kollegen über die Sache mit dem Wolf und den gewilderten Schafen von Bauer Weitzel Bescheid.

»Na ja, und als wir gehört haben, dass dieser Hund hier zu Hause ist, wollten wir einfach mal nachsehen«, schloss ich. »Wir können ja Mogli nicht einfach im Tierheim lassen, falls er unschuldig ist.«

»Aha.« Berit nickte, dann wandte sie sich der Wolfsfrau zu, die auf einmal ganz still geworden war. »Besitzen Sie einen solchen Hund, Frau …?«

»Lensing«, sagte die Frau. »Gisela Lensing. Nein, ich besitze keinen Hund. Das können meine Nachbarn bestätigen.«

Mir entging nicht der rasche Blick, den sie mit Opa Weißbart und seiner Erna wechselte.

»Ja, das stimmt.« Tatsächlich nickten die beiden heftig, alle anderen Nachbarn waren bereits auf dem Rückzug. »Die Gisela hat keinen Hund.«

Es war unfassbar, wie unverfroren diese Leute logen!

»Aber …«, begann Gina, die neben Melike und Niklas stand, doch ich machte ihr ein Zeichen, dass sie die Klappe halten sollte. Meine Hand schloss sich fester um das Taschentuchpäckchen, in das ich die Hundehaare gestopft hatte. Diese Haare waren ein untrüglicher Beweis!

»Damit ist wohl alles geklärt, oder?« Berit blickte in die Runde.

»Ich will mein Handy zurückhaben«, sagte ich und streckte fordernd die Hand aus. Der Opa warf es mir absichtlich mit so viel Schwung zu, dass es mich an der Brust traf und auf den Boden fiel. Ich hob es auf und wischte es an meinem Ärmel ab.

»Jetzt reicht's aber!«, mischte sich Niklas, der bis dahin geschwiegen hatte, ein. »Ich verlange, dass die Personalien von diesem Herrn festgestellt werden. Elena sollte ihn wegen Körperverletzung, Freiheitsberaubung und Sachbeschädigung anzeigen.«

»Was bildest du dir ein, Bürschchen?«, fuhr der Opa auf.

Frau Lensing hatte sich bereits still und leise verdrückt, auch die anderen Nachbarn waren in ihren Häusern verschwunden.

»Er hat vollkommen recht«, sagte Berit kalt und zückte ihr Notizbuch. »Ihr Name, bitte.«

»Ich sage gar nichts!« Der Opa verschränkte die Arme vor der Brust. »Hier wird immer wieder eingebrochen! Ich wollte nur …«

»Ihren Personalausweis, bitte. Sonst dürfen Sie uns gleich auf die Polizeiwache begleiten.«

»Das hat man also davon, wenn man als aufmerksamer Nachbar helfen will«, schnaubte der Opa zornig.

Ich zog meine Jacke aus, krempelte den Pullover hoch und präsentierte Berit die Stelle, an der der Opa mich so unsanft festgehalten hatte: Sie war ganz blau angelaufen.

»Alles klar. Niklas, fahr die Mädchen bitte nach Hause«, sagte Berit nun zu uns. »Ich kümmere mich um alles.«

24. Kapitel

Statt direkt zum Amselhof zu fahren, hielten wir jedoch zuerst bei der Tierklinik von Frau Dr. Waldow. Vom Auto aus rief ich Lajos an und erzählte ihm, was wir herausgefunden hatten. Er war ohnehin gerade unterwegs und versprach, sofort nach Hettenbach zu kommen.

Melike war außer sich vor Zorn, als ich ihr die Hundehaare gezeigt hatte, die Gina am Zaun bemerkt hatte.

»Erwachsene dürfen wie gedruckt lügen, und nichts passiert!«, empörte sie sich. »Das ist doch echt das Allerletzte!«

»Reg dich nicht auf«, sagte Niklas. »Wenn sie gelogen haben, finden wir das raus. Und dann haben sie ein Problem.«

Wenig später standen wir im Büro von Frau Dr. Waldow. Wir warteten noch auf Lajos, der ein paar Minuten nach uns eintraf. »Bei der Polizei hat sich gestern noch eine Frau gemeldet, die angeblich vor vierzehn Tagen von Mogli angefallen wurde«, erzählte Lajos bekümmert. »Sie hat Anzeige erstattet, genau wie alle Hundebesitzer und Bauer Weitzel. Wenn wir nicht bald einen Beweis finden, der Mogli entlastet, dann wird er wohl eingeschläfert werden.«

»Das darf auf keinen Fall passieren«, sagte Melike entschlossen. »Nicht, wenn er unschuldig ist!«

Frau Dr. Waldow, Lajos und Dr. Felix Brinker hörten aufmerksam zu, als Melike und ich abwechselnd unsere Theorie von der Existenz eines zweiten Wolfs erläuterten, der in der Umgebung von Hettenbach sein Unwesen trieb.

»Das wäre ja ein Ding!«, sagte die Tierärztin.

»Gina hat sich daran erinnert, dass sie diesen Hund schon ein paarmal gesehen hat«, sagte ich.

»Ja, das stimmt«, bestätigte Tims Schwester. »Manchmal läuft er frei herum und alle bei uns in der Schule haben Angst vor ihm.«

»Weil Gina wusste, wo dieser Hund zu Hause ist, sind wir heute dorthin gefahren.«

»Aber diese Frau Lensing, diese alte verlogene Kuh, hat glatt abgestritten, dass sie einen Hund hat«, sagte Melike. »Und die Nachbarn haben noch mitgelogen, als die Polizei kam.«

»Ich schaue mal nach, ob wir eine Gisela Lensing in unserer Kartei haben.« Frau Dr. Waldow setzte sich an den Computer und tippte den Namen in die Suchmaske ein.

»Wieso kam die Polizei?«, fragte Lajos stirnrunzelnd.

»Die dachten, wir wollten bei der Lensing einbrechen«, sagte ich, erst dann fielen mir die Hundehaare ein. Vorsichtig nestelte ich die Taschentuchpackung aus meiner Jackentasche und übergab sie an Felix.

»Kann man etwas mit den Haaren anfangen, die wir am Drahtzaun von Frau Lensings Garten gefunden haben?«, fragte ich.

»Man kann die DNA feststellen lassen und sie mit der vergleichen, die ich aus dem Speichel an den Bissspuren bei den toten Schafen genommen habe«, antwortete Felix und grinste plötzlich zufrieden. »Dann wäre meine Arbeit dort nicht umsonst gewesen.«

»Und damit könnte man Mogli entlasten?«, wollte ich wissen.

»Auf jeden Fall könnte damit bewiesen werden, dass ein anderer Hund die Schafe getötet hat«, bestätigte Lajos und wirkte sichtlich erleichtert. »Das habt ihr sehr gut gemacht!«

Ich klopfte Gina auf die Schulter und sie strahlte stolz.

»Leider haben wir keinen Patientenbesitzer mit dem Namen Lensing in unserem System«, bedauerte Frau Dr. Waldow. »Aber einen so großen Hund kann man nicht einfach verstecken.«

»Da ist doch was faul!«, sagte Melike. »Hast du gesehen, wie die sich verstohlen angeguckt haben, diese Rentnerbande?«

»Ja, allerdings.« Ich nickte. »Sie haben irgendetwas zu verbergen. Wahrscheinlich wissen sie, dass der Hund immer ausbüxt.«

»Aber vielleicht hat Frau Lensing gar nicht gelogen und der Hund gehört tatsächlich nicht ihr«, warf Niklas ein und alle guckten ihn verblüfft an.

»Ich kann nicht fassen, dass du zu dieser gemeinen, alten Lügnerin hältst!«, stieß Melike ungläubig hervor.

»Das tue ich ja gar nicht«, verteidigte Niklas sich. »Aber es könnte doch sein, dass sie nur gelegentlich auf den Hund aufpasst.«

Felix Brinker überlegte kurz, dann nickte er anerkennend.

»Das wäre auf jeden Fall eine Erklärung dafür, weshalb manchmal wochen- oder sogar monatelang nichts passiert«, sagte er. »Ich schicke die Haarprobe und meine Proben zur

Vergleichsanalyse ins Labor. Das wird zwar ein paar Tage dauern, aber dann wissen wir mehr.«

»Falls festgestellt wird, dass die Haarprobe mit der identisch ist, die du an den Schafen gefunden hast, könnte Mogli aus dem Tierheim raus, oder?«, fragte ich. »Das wäre doch ein Beweis für seine Unschuld.«

»Zunächst wäre es lediglich ein Beweis dafür, dass er nichts mit dem Angriff auf die Schafe zu tun hatte«, erwiderte Felix. »Aber solange der andere Hund nicht gefunden wird, wird man Mogli wohl kaum aus dem Tierheim rauslassen.«

»Zumal er sich der Kommission, die den Wesenstest durchführen sollte, nicht gerade optimal präsentiert hat«, räumte Lajos ein und seufzte resigniert. »Ich fürchte deshalb, dass Felix recht hat. Man müsste schon den anderen Hund finden.«

»Am besten sollten wir gleich auch eine Probe von Moglis Haaren mit ans Labor schicken«, sagte Felix. »Carla, könntest du vielleicht beim Tierheim anrufen, damit wir noch heute Abend eine Haarprobe von Mogli nehmen können?«

»Ja, natürlich.« Frau Dr. Waldow nickte.

»Kommt, Mädels.« Niklas klimperte mit dem Autoschlüssel. »Es ist gleich sieben Uhr.«

»Oh, schon so spät!«, rief ich erschrocken. »Farid will um halb acht auf dem Amselhof sein!«

»Dann nichts wie los!«

Wir verabschiedeten uns, aber bevor wir zur Tür hinausgingen, hielt Lajos mich zurück.

»Danke, Elena«, sagte er leise. »Es ist wirklich sehr anständig von dir, dass du versuchst, Miriam zu helfen.«

»Schon gut. Das mache ich für Mogli«, wehrte ich ab.

»Ich hasse Ungerechtigkeit. Und ich muss die ganze Zeit daran denken, was wäre, wenn Twix unschuldig im Tierheim säße.«

Eine Stunde später saßen wir in der Pferdetränke um den runden Tisch herum und schilderten Farid, Christian und Ariane die Ereignisse des Nachmittags. Oma hatte uns ein Blech mit Pizza gemacht und sogar Gina, die sonst aß wie ein Vögelchen, haute richtig rein. Ihre Wangen glühten und ihre Augen glänzten, sie war völlig verändert.

Wir diskutierten, wie man herausfinden konnte, ob Niklas' Vermutung richtig war.

»Das ist alles so aufregend!«, flüsterte Gina mir zu. »Zu Hause hab ich nur immer rumgesessen, YouTube geguckt oder Mandalas ausgemalt. Bei euch ist richtig was los!«

»Allerdings!« Ich legte den Arm um sie und sie kuschelte sich an mich. Ihr Vertrauen und ihre Zuneigung berührten mich sehr. Es fühlte sich ein bisschen so an, als ob ich ausgerechnet mit Gina Jungblut die kleine Schwester bekommen hätte, die ich mir früher so sehnlich gewünscht hatte.

»Morgen habe ich meine erste Westernreitstunde bei Gloria«, sagte sie und gähnte. »Ach, hier ist es viel schöner als daheim.«

Mama kam an den Tisch.

»Komm, Gina«, sagte sie. »Zeit für's Bettchen. Und vorher geht's noch mal in die Badewanne.«

Widerspruchslos stand Gina auf. Bevor sie mit Mama hinüber ins Haus lief, umarmte sie mich und gab mir einen Kuss auf die Wange.

»Na, hast du jetzt eine neue beste Freundin?«, bemerkte Ariane spöttisch, als Gina außer Hörweite war.

»Du gehst mir echt auf den Keks mit deinen blöden Sprüchen«, erwiderte ich scharf. »Ich mag Gina. Hör auf, schlecht von ihr zu reden.«

»*Du* hast sie doch nie leiden können!«

»Stimmt. Aber sie hat sich verändert seit der Sache im Steinbruch. Und jetzt mag ich sie.«

»Ich finde es toll, dass ihr sie bei euch aufgenommen habt«, sagte Farid und rückte auf den nun freien Stuhl neben mich. Er lächelte mich an und drückte meine Hand.

»Ich auch«, pflichtete Niklas ihm bei.

»Und ich erst.« Christian grinste. »Endlich krieg ich meine Bude unterm Dach.«

»Okay, okay, sorry! Ich sag ja nichts mehr!«, brummte Ariane, als sie feststellte, dass niemand von uns ihrer Meinung war. »Ihr werdet schon sehen, dass sie nicht hinten wie vorne ist.«

»Was ist denn mit deinem Kumpel, dem Hacker?«, wandte Christian sich nun an Farid. »Kann der nicht irgendwas machen?«

»Abgesehen davon, dass es total illegal ist, sich in fremde Computer zu hacken – was soll er herausfinden?«, fragte Farid und biss in ein Stück Pizza. Fast alle Tische waren besetzt, und am Tresen saßen die üblichen Verdächtigen, die fast jeden Abend hier ihr Bierchen tranken. Die Tür ging auf, der Aknefrosch kam herein.

»Vielleicht gehört der Wolf ihrer Tochter oder ihrem Sohn«, sagte Melike eifrig und legte ihr Smartphone vor sich auf den Tisch. »Man müsste also herausfinden, ob sie Kinder hat, die Lügen-Oma.«

»Guck nicht so grimmig, Zobeline. Das gibt Falten«, neckte der Aknefrosch Melike im Vorbeigehen. Sie beachtete ihn nicht und er setzte sich an den Nachbartisch, an dem Gloria mit einigen ihrer Reitschüler saß, und begann ein Gespräch mit Farid, natürlich über Fußball.

»Google doch mal ›Lensing‹ und ›Hund‹«, riet ich meiner Freundin.

»Das ist doch viel zu allgemein«, erwiderte Melike skeptisch, tat es aber. Sekunden später staunte sie. »Guck doch mal, wie viele Treffer es dazu gibt!«

Ich rutschte dichter an sie heran und blickte auf ihr Smartphone.

»Geh mal auf ›Bilder‹«, sagte ich.

Und da war der Wolf! Ich konnte kaum fassen, dass es so einfach war.

»Das ist er!«, rief ich aufgeregt und zeigte auf eines der Fotos. »Das ist der Wolf, den ich gesehen habe! Wir müssen das Bild Gina zeigen, komm!«

Melike und ich sprangen auf und schoben unsere Stühle zurück.

»Was ist denn jetzt los?«, fragte Christian irritiert.

»Wir sind gleich wieder da«, sagte ich zu Farid.

»He, räum mal deine dürren Froschschenkel aus dem Weg und lass uns durch«, hörte ich Melike zum Aknefrosch sagen.

»Wie heißt das Zauberwort, Zobeline?«, entgegnete der.

»Quak«, erwiderte Melike und der Aknefrosch zog tatsächlich seine Beine ein.

Gina hatte gerade fertig gebadet und ihren Schlafanzug angezogen, als wir ins Badezimmer stürzten.

Als Melike ihr die Fotogalerie zeigte, deutete sie ohne zu zögern auf das Bild, das mir eben auch aufgefallen war.

»Das ist der Hund!«, sagte sie. »Ganz sicher!«

»Cool!« Melike grinste breit und ich umarmte Gina.

»Was macht ihr denn hier?« Mama tauchte in der Badezimmertür auf.

»Ach, wir mussten Gina nur schnell was fragen«, erwiderte ich. »Gute Nacht, Gina!«

»Spätestens um halb zehn kommst du rüber, Elena!«, rief Mama mir nach.

Wieder in der Pferdetränke, tippte Melike auf das Foto des Wolfes und landete bei einem Artikel über den Schriftsteller und Literaturkritiker Kostja Lensing.

»*Erholung abseits des Schreibtischs findet Lensing (46) bei langen Spaziergängen und Fahrradtouren mit seinem Hund im Spreewald. Rüde Fenris (2), ein Grönlandhund, den Lensing als Welpen von einer Recherchereise aus den Berner Alpen mitgebracht hat, ist ein ausdauernder Begleiter*«, las Melike aufgeregt vor. Der Aknefrosch hatte sich an den Tresen verkrümelt, Farid, Niklas, Christian und Ariane waren wieder ganz bei der Sache.

»Bingo!«, rief ich. »Das muss er sein!«

»Aber dieser Lensing lebt in Berlin, nicht hier in der Gegend«, gab Farid zu bedenken. »Der wird seinen Hund wohl kaum mal in Hettenbach vorbeibringen.«

»Check doch mal, ob es bei Wikipedia was über ihn gibt«, schlug Ariane vor. Das tat Melike.

»Uuuh!« Ich schauderte, als ich das Foto sah, das einen grimmig dreinschauenden Mann mit einer eckigen Brille und einem spießigen Haarschnitt zeigte. »Was für ein gruseliger Typ.«

»Der sieht aus wie ein psychopathischer Serienkiller«, fand Ariane. »Dieser stechende Blick – puh! Dem möchte ich ja nicht nachts alleine über den Weg laufen!«

»Kostja Lensing ist 1971 in Frankfurt am Main geboren«, verkündete Melike. »Ha! Jetzt kommt's, Leute: Aufgewachsen ist er in der Nähe von Frankfurt, ging zum Studium nach Berlin, wo er bis heute lebt.«

»Super. Und was jetzt?«, fragte mein Bruder.

»Damit gehen wir zur Polizei«, sagte Melike entschlossen. »Die können dann ja überprüfen, ob der Hund aus Berlin unser Wolf ist.«

»Gute Idee.« Niklas lächelte erleichtert. »Ich hab schon befürchtet, ihr wolltet jetzt selbst nach Berlin fahren.«

»Ich bin am Samstag sowieso dort«, warf Farid ein. »Wir spielen abends gegen Hertha. Wenn wir bis dahin die Adresse von dem Typ rausfinden, kann ich ja mal dort vorbeifahren.«

Melike und ich blickten uns an.

»Wir kommen mit!«, sagten wir beide wie aus einem Mund.

»Ich dann aber auch«, meinte Niklas.

»Ein Ausflug in die Hauptstadt?« Christian sah Ariane an. »Da sind wir dabei, oder?«

25. Kapitel

Meine Eltern waren über unseren Plan, zu fünft mit Niklas nach Berlin zu fahren, um Farid beim Auswärtsspiel live die Daumen zu drücken, nicht besonders glücklich. Erst als Farids Mutter erklärte, sie werde auch mitfahren und ein Auge auf uns haben, stimmten sie zu. Farid flog schon am Freitagnachmittag mit der ganzen Mannschaft nach Berlin, wir stiegen am Samstagmorgen am Frankfurter Hauptbahnhof in den Zug. In weiser Voraussicht hatte Frau Belhedi ein Abteil in der 1. Klasse für uns reserviert, denn der Zug war voller Eintracht-Fans, die schon am frühen Morgen Bier in sich hineinschütteten und Fangesänge grölten. Christian und Niklas waren bereits auf Klassenfahrt in Berlin gewesen, Melike und Ariane kannten die Stadt von einigen Besuchen, nur ich würde zum ersten Mal in der Hauptstadt sein. In der Nacht vorher hatte ich vor Aufregung kaum ein Auge zugetan. Was, wenn wir uns geirrt hatten und dieser Hund nicht der Wolf war? Würden wir Kostja Lensing überhaupt antreffen? Vielleicht war er ja übers Wochenende verreist und dann waren wir völlig umsonst nach Berlin gefahren! Niklas war dafür gewesen, die Polizei über unsere Erkenntnisse zu informieren, aber Melike und ich waren dagegen. Wir hatten erlebt, wie die Nachbarn von Lensings Mutter gelogen hatten, als es um den Wolf gegangen war. Ganz sicher hatte die alte Frau ihren Sohn längst über die Geschehnisse informiert, und wenn die Polizei bei ihm auftauchte, würde er eine Ausrede oder Lüge parat haben. Uns erschien der Überraschungseffekt am besten. Die Polizei konnten wir immer noch einschalten. Da wir im Internet nicht herausgefunden hatten, wo Kostja Lensing wohnte, hatte Farid seinen Computer-Kumpel um Hilfe gebeten. Und tatsächlich hatte der uns nicht nur die Adresse besorgt, sondern darüber hinaus auch die Information, dass Lensing den Januar im Auftrag einer Zeitschrift, für die er hin und wieder Artikel schrieb, in Indien verbracht hatte. Außerdem wussten wir nun mit Bestimmtheit, dass die alte Frau Lensing aus Hettenbach tatsächlich seine Mutter war. Unser einziges Problem war Farids Mom, die keine Ahnung hatte, warum wir so unbedingt nach Berlin fahren wollten. Auf der Zugfahrt diskutierten Christian, Niklas, Ariane, Melike und ich in unserer WhatsApp-Chatgruppe darüber, ob wir sie einweihen sollten oder besser nicht. Wir erwogen die Vor- und Nachteile.

»Sagt mal, was seid ihr denn eigentlich die ganze Zeit am Tippen?«, erkundigte sich Frau Belhedi nach einer Weile. »Ich dachte, ihr würdet schnattern wie die Weltmeister und jetzt ist es hier drin stiller als in einer Kirche.«

»Äh, wir sind gleich fertig«, grinste ich verlegen. Gerade eben hatte sich Farid in unsere Diskussion eingeschaltet.

Ihr könnt meine Mom auf jeden Fall einweihen, schrieb er. *Sie ist voll cool. Außerdem kennt sie sich in B. supergut aus und kann ein Auto mieten, um euch rumzufahren.*

Das gab für mich den Ausschlag, denn ich fragte mich schon die ganze Zeit, wie wir von unserem Hotel in der Nähe des Olympiastadions wohl nach Prenzlauer Berg, wo Kostja Lensing wohnte, kommen sollten. Es war eine weite Strecke, die mitten durch Berlin führte, und selbst wenn wir die U-Bahn nahmen, würden wir es kaum bis zum Anpfiff des Spiels um 18:30 Uhr zurückschaffen. Das schrieb ich auch in den Chat und schließlich waren wir alle dafür, Farids Mutter über unsere Pläne zu informieren. Sie blickte erstaunt von einem zum anderen, als wir alle gleichzeitig unsere Smartphones sinken ließen.

»Also«, begann ich und räusperte mich. »Wir haben gerade beschlossen, dass wir Ihnen sagen, warum wir eigentlich nach Berlin fahren.«

»Natürlich abgesehen davon, dass wir Farid spielen sehen wollen«, sagte Niklas schnell.

»Wir brauchen nämlich Ihre Hilfe«, ergänzte Melike.

»Das klingt ja spannend.« Frau Belhedi guckte erwartungsvoll in die Runde. »Ihr wollt aber nicht heute Abend auf das Konzert von Justin Bieber, oder?«

»Um Gottes willen – nein!«, rief Christian. »Aus dem Alter sind wir raus.«

»Es geht um den Wolf«, sagte ich, und dann erzählte ich ihr die komplette Geschichte, angefangen bei Bonnie bis zu dem Ergebnis unserer Recherche über Kostja Lensing. Frau Belhedi lauschte mir aufmerksam und unterbrach mich nicht ein einziges Mal.

»Den Namen Kostja Lensing habe ich schon gehört«, sagte sie dann. »Wenn ich es richtig verstehe, dann wollt ihr zu ihm fahren, bei ihm klingeln und feststellen, ob er tatsächlich diesen Hund hat, von dem ihr glaubt, dass er die Rehe und Schafe im Wald bei Hettenbach gerissen hat.«

»So etwa haben wir es uns vorgestellt.« Ich nickte.

»Es geht um Leben und Tod!«, sagte Melike dramatisch. »Wenn wir nicht beweisen können, dass es diesen Hund gibt, dann muss Mogli sterben, obwohl er höchstwahrscheinlich unschuldig ist.«

»Schon klar. Und wie wollt ihr den Mann in Berlin finden?«

»Wir wissen, wo er wohnt«, erwiderte Melike. »Wir haben seine Adresse, seine Telefonnummer und zufällig haben wir sogar erfahren, was für ein Auto er fährt. Das Kennzeichen kennen wir auch.«

»Aha.« Frau Belhedi hob kurz die Augenbrauen. »Ich werde euch nicht fragen, wie ihr an diese Informationen gelangt seid. Es ist eindeutig besser, wenn ich das nicht weiß.«

»Helfen Sie uns?«, fragte Ariane. »Wenn wir mit der U-Bahn durch Berlin fahren müssen, schaffen wir es nicht rechtzeitig zum Spiel heute Abend.«

»Wo wohnt der Mann?«, wollte Farids Mutter wissen.

»In der Pasteurstraße.«

»Die liegt in Prenzlauer Berg«, sagte Frau Belhedi und bewies damit, dass sie sich tatsächlich so gut in Berlin auskannte, wie Farid behauptet hatte. »Das ist vom Hauptbahnhof aus gar nicht so weit. Zum Olympiastadion müssen wir ganz in den Westen, da müssen wir dann quer durch die ganze Stadt.«

»Farid meinte, Sie könnten vielleicht ein Auto mieten«, bemerkte Niklas vorsichtig. »Der Zug kommt um halb eins in Berlin an, dann haben wir knapp fünf Stunden Zeit.«

»Ein Auto zu mieten ist wohl das Vernünftigste, da hast

du recht.« Frau Belhedi seufzte, dann grinste sie. »Ihr seid mir schon ein paar Früchtchen. Aber die Geschichte klingt spannend. Da kann ich als Journalistin nicht widerstehen. Und dem armen Wolf im Tierheim muss unbedingt geholfen werden.«

Wir jubelten und ich fiel Farids Mutter vor Erleichterung um den Hals. Sie machte sich dann auch gleich an die Organisation und buchte per Handy einen Mietwagen, in dem sechs Personen Platz hatten. Für den Rest der Fahrt überlegten wir, wie wir vorgehen wollten, und beschlossen schließlich, dass Melike und ich mit Frau Belhedi bei dem Mann klingeln und unter einem Vorwand nach dem Hund fragen würden.

Wir kamen pünktlich in Berlin an und gingen zum Schalter der Autovermietung. Eine Dreiviertelstunde später saßen wir in einem VW-Bus und überquerten die Spree.

»Ich fahre einen kleinen Umweg, damit ihr wenigstens etwas von unserer Hauptstadt seht«, sagte Frau Belhedi und wies uns auf die Sehenswürdigkeiten hin, an denen wir vorbeikamen. Bundeskanzleramt, Reichstag, Brandenburger Tor, Potsdamer Platz, dann fuhren wir über die Museumsinsel, vorbei am Roten Rathaus und dem Alexanderplatz mit dem Fernsehturm.

»Da spielte ein Teil von dem Film *Das Bourne-Ultimatum* mit Matt Damon«, sagte Christian.

»Das war *Die Bourne-Verschwörung*«, entgegnete Niklas.

Während die beiden sich darüber stritten, und Frau Belhedi von den vielen Filmen erzählte, für die Berlin schon als Kulisse und Drehort gedient hatte, fühlte ich mich selbst wie in einem Film. Ich war schon oft in Frankfurt gewesen, aber das war kein Vergleich zu dieser riesigen Stadt!

Farids Mutter brauchte nicht einmal ein Navigationssystem, sondern fand problemlos den Weg, was für mich unfassbar war.

Melike und Ariane waren begeistert, auch die Jungs fanden Berlin cool, mich hingegen beängstigten die Menschenmassen, die sich auf der Friedrichstraße, auf dem Alexanderplatz und der Museumsinsel drängten. Dazu der Verkehr, die Straßenbahnen und die vielen Taxis, Motorräder und Fahrräder! Niemals im Leben würde ich mich in einer solchen Stadt wohlfühlen! Wie konnte man hier bloß leben wollen?

Je näher das Ziel unserer Reise rückte, desto mulmiger wurde mir zumute. Was, wenn Kostja Lensing den Hund auf uns hetzte? Ich schauderte, als mir einfiel, was Ariane gesagt hatte: *Er sieht aus wie ein psychopathischer Serienkiller*. Plötzlich war ich heilfroh, dass Farids Mutter bei uns war.

»Das alles gehörte früher zur DDR«, erklärte sie uns. »Als ich in Berlin studiert habe, war hier alles alt und heruntergekommen. Die Häuser waren ganz grau und es roch nach Kohleheizung. Die Arbeitslosigkeit hat die alten Bewohner damals vertrieben und die alternative Szene machte sich hier breit. Eine ganze Zeit lang war es ziemlich cool, im Prenzelberg zu wohnen. Mittlerweile ist das ganze Viertel gentrifiziert. Die Häuser sind top saniert oder neu gebaut und die Mieten sind hier extrem viel höher als im Rest von Berlin.«

Hinter den Fensterscheiben ragten mehrgeschossige Häuser in den Himmel, den man nur noch sah, wenn man den Kopf in den Nacken legte. Im Sommer, wenn die Bäume grün waren, mochte es hier etwas freundlicher aussehen, aber jetzt war es einfach nur trist und viel zu eng. Frau Belhedi fand einen Parkplatz.

Wir stiegen aus und blickten uns um. Die Häuser waren so hoch, dass kein Sonnenstrahl den Boden traf.

»Da ist das Haus!« Melike wies auf eines der Gebäude, die für mich alle irgendwie gleich aussahen. Leute spazierten oder radelten vorbei, manche führten ihre Hunde aus. Eine Gruppe von jungen Müttern mit Kinderwagen kam gemächlich die Straße herunter. »Los, bringen wir es hinter uns! Chris und Ariane, ihr schaut euch mit Niklas nach dem Auto um. Ein silberner Toyota Avensis. B-K 111.«

Wir überquerten die Straße und gingen zur Eingangstür des Hauses. Während Melike und ich noch die Klingelschildchen studierten, öffnete sich die Haustür. Eine schwangere Frau mit einem knallrot gefärbten Haarschopf und ein bärtiger Mann kamen heraus. Die Frau musterte uns misstrauisch, dann zog sie vor unserer Nase schnell die Tür zu.

»Danke, sehr freundlich von Ihnen«, sagte Frau Belhedi ironisch.

»Ich kenn Sie nicht«, erwiderte die Frau spitz. »Da kann ich Sie nicht ins Haus lassen. Läuft sowieso schon genug Gesocks hier herum. Neulich hat irgendwer einen Bettler reingelassen, und der hat dann ins Treppenhaus ge… Sie wissen schon.«

Der Mann räusperte sich, ihm schien das etwas peinlich zu sein.

»Sehen wir aus wie *Gesocks?*«, fragte Frau Belhedi kühl. »Oder als ob wir im Treppenhaus – *Sie wissen schon* – machen wollen?«

Melike kicherte.

»Äh, nein, natürlich nicht.« Jetzt war die Rothaarige verlegen und wurde sogar ein bisschen rot. »Zu wem wollen Sie denn?«

»Zu unserem Vater«, sagte Melike unverfroren. »Kostja Lensing.«

»Zu eurem ... *Vater?*« Die Augen der Rothaarigen wurden kugelrund, sie starrte Melike, mich und Frau Belhedi der Reihe nach an. Auch ihr Mann war verblüfft. »Äh ... ich ... wir wussten ja gar nicht, dass er ... äh ... zwei so große Töchter hat. Oder hat er dir das mal erzählt, Flori?«

»Nein. Bei mir macht er immer einen auf Junggeselle«, sagte der Mann.

»Ja, sein Vorleben verschweigt mein Ex zu gerne.« Frau Belhedi spielte mit.

»Hoffentlich hat Papa diesen schrecklichen Hund nicht mehr«, sagte Melike zu mir. »Letztes Mal, als wir bei Oma waren, bin ich vor Angst fast gestorben.«

»Und ich, weil es mich überall gejuckt hat«, ergänzte ich. »Wegen meiner Hundehaar-Allergie.« Ich hatte Mühe, ernst zu bleiben.

»Fenris!« Die Rothaarige verdrehte die Augen und streichelte ihren Bauch. »Natürlich hat er dieses Viech noch. Ich mache mir echt schon Sorgen, was passiert, wenn das Baby da ist und ich ihm im Treppenhaus begegne!«

»Hätte ich mir ja denken können! Der Hund ist ihm wichtiger als wir«, motzte Melike.

»Kommt, Kinder«, sagte Frau Belhedi. »Klingelt endlich bei ihm. Ich hab nicht den ganzen Tag Zeit.«

»Ich glaub nicht, dass er da ist«, sagte der Mann nun. »Ich habe ihn gestern Abend wegfahren sehen.«

»Übers Wochenende ist er doch immer draußen am Müggelsee, in seiner Datsche«, fügte die Rothaarige hinzu.

»Och nee jetzt!«, rief Melike in gespielter Verzweiflung. »Wir hätten ihn *echt* vorher anrufen sollen, Mama! Wir haben es dir doch *extra* gesagt!«

»Ja, stimmt. Sehr ärgerlich.« Frau Belhedi zuckte mit den Schultern und lächelte das Pärchen Verständnis heischend an: »Ich habe befürchtet, er würde sich irgendeine Ausrede einfallen lassen, wenn ich die Mädchen ankündige.«

»Typisch Kostja! Er ist ein richtiger … äh … Eigenbrötler«, plapperte die Rothaarige und wahrscheinlich hätte sie noch ein paar weniger nette Dinge über ihn gesagt, wenn nicht seine vermeintlichen Töchter vor ihr gestanden hätten. »Wir haben ihn damals zu unserer Einweihungsparty eingeladen und da hat er sich einfach verdrückt, statt abzusagen.«

»Ja, ja, das kenne ich.« Frau Belhedi warf einen Blick auf ihre Uhr, dann holte sie ihr Smartphone hervor und tat so, als ob sie telefonieren wollte. »Ich war nur einmal da draußen, das finde ich nie mehr.«

»Ist Ihre Tasche von Bottega Veneta?«, fragte Melike die Rothaarige plötzlich schleimig. »Die ist ja voll schön!«

»Äh, ja, das stimmt.« Die Frau lächelte geschmeichelt und strich stolz über ihre alberne Tasche. »Du hast aber ein gutes Auge.«

»Ich stehe auf Markensachen.« Melike lächelte bescheiden. »Aber so etwas werde ich mir wohl nie leisten können. Mit so einem geizigen Vater …«

Frau Belhedi funkelte meine Freundin an.

»War mir klar. Er hat sein Handy ausgeschaltet«, sagte sie und seufzte. »So ein Ärger.«

»Flori, du kennst doch die Adresse.« Die Rothaarige stieß ihren Mann an.

»Ich kann mich nur an Straße 54 in der Siedlung Schönhorst bei Rahnsdorf erinnern«, verriet der Bärtige uns. »Das ist eine Sackgasse und das Haus war das letzte auf der linken Seite.«

Frau Belhedi bedankte sich vielmals.

»Sagen Sie ihm einen schönen Gruß: Ich bin extrem sauer, dass er mir nie etwas von seinen zwei hübschen Töchtern erzählt hat!«, sagte die Rothaarige. »Viel Spaß trotzdem!«

»Danke!«, riefen Melike und ich im Chor. »Ihnen ein schönes Wochenende!«

Die beiden zogen davon, und wir warteten, bis sie um die Straßenecke verschwunden waren. Dann lachten wir alle drei los.

»Melike, an dir ist echt eine Schauspielerin verloren gegangen«, sagte Frau Belhedi kopfschüttelnd.

»Sie waren aber auch nicht schlecht – Mama!«, erwiderte Melike und grinste zufrieden. »Eigentlich wissen wir jetzt ja alles. Er hat diesen Fenris noch immer.«

»Das reicht nicht als Beweis«, entgegnete ich. »Wir müssen dahin fahren und den Hund am besten fotografieren, damit die Polizei uns auch glaubt. Was ist eigentlich eine – Datsche?«

»Ein Wochenendhäuschen«, erklärte Frau Belhedi. »Kommt, lasst uns die anderen suchen. Bis nach Köpenick raus ist es eine ganz ordentliche Strecke. Und Farid wird enttäuscht sein, wenn wir nicht pünktlich beim Spiel sind.«

Unsere Befürchtung, das Pärchen könnte Lensing gewarnt haben, erwies sich als unbegründet. Als wir nach einer Stunde Fahrt den Müggelsee im Osten von Berlin erreicht hatten, fanden wir die angegebene Straße sofort.

»*Sie haben das Ziel erreicht*«, schnarrte die Stimme des Navigationssystems.

»Haltet die Augen auf, ob ihr das Auto seht«, sagte Frau Belhedi. Wir holperten eine sandige Straße entlang, vorbei an von morschen Holzzäunen und Eiben- oder Tannenhecken umgebenen Grundstücken. Rechts und links standen kleine, niedrige Häuschen mit Satellitenschüsseln auf den flachen Dächern. Hier und da steckten Fahnenmasten in den Gärten. Die meisten der Häuser schienen jetzt, im Winter, unbewohnt zu sein. Im Sommer mochte es recht hübsch sein, aber zu dieser Jahreszeit wirkte die Gegend heruntergekommen und irgendwie deprimierend.

»Sieht ja noch finsterer aus als die Schrebergartensiedlung in Königshofen«, bemerkte Ariane und schüttelte sich. »Hier wollte ich nicht tot überm Gartenzaun hängen.«

»Noch nicht mal Asphaltstraßen gibt's hier«, sagte Christian, als der VW-Bus durch einen Pfützensee pflügte.

»So war das überall in der damaligen DDR«, erklärte Frau Belhedi. »In den Dörfern waren nur die Häuser an der Hauptstraße hübsch zurechtgemacht und die Straße asphaltiert, aber dahinter war alles marode und schäbig. Potemkin'sche Dörfer.«

»Potem-was?«, fragte Melike.

»Der Ausdruck stammt aus Russland. Zur Zeit der Zarin Katharina der Großen lebte der Feldmarschall Potemkin, der Gouverneur des neu eroberten Neurusslands war. Angeblich soll er vor dem Besuch der Zarin entlang der

Wegstrecke Dörfer aus bemalten Kulissen errichtet haben lassen, um zu verbergen, wie heruntergekommen die ganze Gegend eigentlich war.«

»Da!«, rief Niklas, der vorne auf dem Beifahrersitz saß, plötzlich. »Dort ganz hinten vor dem hohen Zaun steht der Toyota!«

»Tatsächlich.« Frau Belhedi hielt an und machte den Motor aus. »Elena, Melike, ihr kommt mit mir. Ihr anderen wartet hier im Bus, verstanden?«

Wir nickten. Ich schnappte meinen Rucksack. Als ich Farids Mutter und meiner Freundin folgte, war das flaue Gefühl wieder da. Das niedrige Häuschen, das von ein paar mächtigen Fichten umgeben war, war das Letzte in der Straße. Durch die blattlosen Bäume eines kleinen Wäldchens schimmerte bleigrau der See. Das Haus sah düster und ungepflegt aus. Der gelbe Putz blätterte ab, an vielen Stellen war das Mauerwerk zu sehen. Die Rollläden hingen schief, das Dach war von einer dicken Schicht aus Moos und braunen Fichtennadeln bedeckt. Die Waschbetonplatten, die vom Tor bis zur Haustür führten, waren zerbrochen. Es war lange her, seit hier mal jemand einen Besen in die Hand genommen und gefegt hatte. Der hohe grüne Stahlgitterzaun, der das Grundstück umgab, war noch nicht sehr alt. Melike und ich wechselten einen Blick, als wir das mit Metallspitzen versehene Tor erreichten und das Schild sahen, das dort angebracht war: VORSICHT, BISSIGER HUND!

Am liebsten wäre ich wieder umgekehrt und ins sichere Auto geflüchtet, aber Frau Belhedi drückte schon beherzt auf die Klingel. Es dauerte eine Weile, bis endlich die schäbige Haustür geöffnet wurde. Ich schauderte unwillkürlich, denn der Kerl, dessen Foto wir im Internet gefunden hatten, sah tatsächlich aus wie ein Original-Serienkiller: bleiche Haut, fettiges Haar, dazu die unvorteilhafte altmodische Brille. Er trug ein beigefarbenes Hemd, das bis zum Hals zugeknöpft war, dazu eine braune Cordhose.

»Papi«, murmelte Melike neben mir, und ich spürte, wie ein hysterisches Kichern in mir hochkroch.

»Was wollen Sie?«, knurrte der Mann unfreundlich.

»Hallo, Herr Lensing.« Frau Belhedi lächelte. »Mein Name ist Belhedi. Ich bin Journalistin und wollte ...«

»Woher haben Sie meine Privatadresse?«, fiel der Kerl ihr unhöflich ins Wort.

»Wir sind extra aus Frankfurt gekommen.« Farids Mutter ließ sich nicht so schnell einschüchtern. »Es geht um ...«

Wieder ließ der Kotzbrocken sie nicht ausreden. »Verschwinden Sie!«, schnaubte er schlecht gelaunt. »Wenn Sie ein Interview wollen, wenden Sie sich an meinen Agenten. Das fehlt mir ja noch, dass Krethi und Plethi hier auftauchen!«

Den letzten Satz hatte er mehr zu sich selbst als zu uns gesagt.

»Wer sind Krethi und Plethi?«, fragte Melike mich.

»Keine Ahnung. Vielleicht seine Töchter«, antwortete ich leise.

In dem Augenblick bemerkte ich hinter ihm die Silhouette eines Hundes. Wenn der Typ die Haustür schloss, war unsere Chance vertan und wir hatten den ganzen Weg nach Berlin umsonst gemacht. Ich musste irgendetwas tun. Glücklicherweise fiel mir der Name des Hundes ein, den die Nachbarin vorhin noch einmal erwähnt hatte.

»Fenris!«, rief ich laut. »Fenris, komm her!«

Bevor der Mann es verhindern konnte, schlüpfte der Hund an ihm vorbei und war mit zwei Sätzen am Tor. Er sprang gegen das Gitter und fletschte die Zähne. Aus seiner Kehle drang ein furchterregendes Knurren. Frau Belhedi, Melike und ich machten unwillkürlich einen Schritt nach hinten, aber meine Freundin war geistesgegenwärtig genug, um ihr Smartphone zu zücken.

»Das ist er! Das ist der Wolf!«, stieß ich hervor. Ich konnte kaum fassen, dass wir ihn hier, fünfhundert Kilometer von Hettenbach entfernt, aufgespürt hatten! Zweifellos handelte es sich bei Fenris um denselben Hund, der Bonnie angefallen hatte: die spitzen Ohren, die lange Schnauze, schneeweiße Reißzähne, struppiges graues Fell, gelbliche Augen – alles passte!

»Fenris!«, zischte Lensing. »Komm zurück, sofort!«

Der Hund gehorchte ihm nicht. Knurrend sprang er wieder und wieder am Tor hoch, die Lefzen drohend hochgezogen.

»Verschwindet hier! Weg von meinem Grundstück!«, schrie der Mann uns aufgebracht an. »Haut ab! Sonst hetze ich euch den Hund auf den Hals!«

Da bemerkte er, dass Melike filmte. Mit ein paar Schritten war er am Tor. Hektische rote Flecken erschienen auf seinem bleichen Gesicht.

»He, was tust du da?«, rief er aufgebracht. »Hör auf zu filmen!«

»Lasst uns verschwinden«, sagte Farids Mutter zu uns. »Beeilt euch!«

Lensing packte den Hund am Halsband, aber Fenris war wie rasend und ließ sich nicht bändigen.

»Komm sofort zurück!«, schrie Lensing, seine Stimme

überschlug sich. »Lösch das Video! Sofort! Ich rufe die Polizei! Ich zeige euch an!«

»Lauft weiter!«, drängte Frau Belhedi uns. »Nicht umdrehen! Los, los, los! Ins Auto, schnell!«

Wir hatten den VW-Bus beinahe erreicht, als hinter uns das Tor aufging. Ich riskierte einen Blick über die Schulter, und mir gefror vor Schreck das Blut in den Adern. Der Hund rannte hinter uns her! Hatte Lensing ihn absichtlich losgelassen oder hatte Fenris sich befreit? Farids Mutter stolperte, Melike kreischte panisch und ließ ihr Handy fallen.

Die Zeit gefror. Ich drehte mich um und sah voller Entsetzen den Hund wie in Zeitlupe auf mich zukommen.

26. Kapitel

Überdeutlich nahm ich die gefletschten Zähne wahr, die gelben Wolfsaugen, in denen pure Mordlust stand, ich bemerkte sogar den Sand, der unter den großen Pfoten aufspritzte. Fenris hatte nur noch zwanzig oder dreißig Meter zurückzulegen, und wozu er fähig war, hatte ich ja schon mit eigenen Augen gesehen.

Wie aus weiter Ferne hörte ich Schreie. Jemand brüllte meinen Namen. Und da erkannte ich, dass der Hund nicht mich im Visier hatte, sondern Farids Mutter, die sich verzweifelt bemühte, wieder auf die Beine zu kommen.

»Nicht bewegen!«, rief ich ihr zu. »Bleiben Sie liegen!«

Ihr dürft niemals vor einem angreifenden Hund weglaufen, hatte mein Opa Christian und mir immer wieder eingebläut, als wir noch kleiner gewesen waren. *Ruhig stehen bleiben. Zur Seite drehen und wenig Angriffsfläche bieten.* Mit einem raschen Schritt nach rechts schnitt ich dem Wolf den Weg ab und war schon darauf gefasst, dass sein schwerer Körper mit voller Wucht gegen meinen prallen würde. Ich drehte mich zur Seite, wie Opa es uns geraten hatte, und ließ meinen Rucksack von der Schulter rutschen, fasste ihn mit beiden Händen an einem der Riemen. Mein Herz klopfte wie rasend, ein wilder Zorn flutete durch jede

Zelle meines Körpers, aber es gelang mir, äußerlich ruhig zu bleiben. Noch niemals in meinem Leben hatte ich einem Lebewesen absichtlich wehgetan, aber jetzt war ich dazu bereit. Vor meinem inneren Auge sah ich Bonnie vor mir, wie sie in Todesangst durchs Unterholz gerannt war, ich dachte an die siebzehn toten Schafe, die nicht hatten flüchten können, weil der Zaun sie davon abgehalten hatte. Dieser Hund hatte sie auf dem Gewissen und jetzt wollte er sich auf Farids Mutter stürzen und ihr womöglich die Kehle durchbeißen! Er schlug einen Haken, weil ich ihm im Weg stand. Ich holte aus und versetzte ihm mit dem Rucksack einen heftigen Schlag gegen die Flanke. Eher vor Schreck als vor Schmerz jaulte der Hund auf, er war aus dem Konzept gebracht, zögerte jedoch nur kurz, bevor er sich auf mich stürzte. Ich sah die scharfen, weißen Reißzähne und die rote Zunge genau vor mir, spürte den heißen Atem auf meinem Gesicht und warf mich gerade noch zur Seite. Die Kiefer des Hundes schnappten neben meinem Ohr ins Leere. Ich holte aus und traf den Hund mit meinem Fuß mitten im Sprung, er verlor das Gleichgewicht, schlug einen Salto und landete auf dem Rücken. Ohne nachzudenken warf ich mich auf ihn, bekam sein Halsband zu fassen und drückte ihn mit aller Kraft nach unten. Der Hund hörte auf zu knurren, aus seiner Kehle kam nur noch ein Röcheln. Reglos lag er unter mir. Sein Besitzer kam keuchend angerannt. Er hob Melikes Handy auf.

»Geh von meinem Hund weg!«, zeterte er. »Lass ihn sofort los!«

Ich reagierte nicht darauf, lockerte aber meinen Griff ein wenig.

In dem Moment tauchten Christian, Niklas und Ariane

hinter Herrn Lensing auf. Melike kam neben dem VW-Bus hervor, und Frau Belhedi rappelte sich gerade wieder auf. Sie war kreidebleich im Gesicht. Ihre Jeans war am Knie zerrissen, Blut färbte die Hose rot.

»Mein Handy!«, kreischte Melike entsetzt. »Nein, tun Sie das nicht! Bitte!«

Ich hörte ein knackendes Geräusch. Fenris rührte sich noch immer nicht. Ich spürte seinen Herzschlag. Schließlich ließ ich das Halsband los und stand auf. Fenris rollte sich auf die Seite. Er hob den Kopf und blickte sich verwirrt um. Lensing lief zu ihm hin. Der Hund schüttelte sich und machte ein paar steife Schritte, die Rute zwischen den Hinterbeinen eingeklemmt. Dann blickte er sich zu mir um. So etwas hatte er offenbar noch nicht erlebt – er stand unter Schock. Auch sein Besitzer wirkte fassungslos. Doch statt den Hund zu streicheln oder nachzusehen, ob er verletzt war, versetzte er ihm ein paar Tritte! Fenris jaulte auf.

»Komm her, du Dreckstöle!« Lensing packte seinen Hund grob am Halsband und schüttelte ihn wutentbrannt. Fenris duckte sich ängstlich und legte die Ohren an. Es war offenbar nicht das erste Mal, dass er Schläge bekam.

»Hören Sie auf damit!«, schrie ich den Mann an, aber der kümmerte sich nicht mehr um uns, sondern ging davon, seinen Hund hinter sich herzerrend.

Noch immer lief die Zeit langsamer als normalerweise. Ich blickte in die Gesichter von Melike und Frau Belhedi, die mich anstarrten, als ob ich mich vor ihren Augen plötzlich in einen Zombie verwandelt hätte.

»Du bist ja echt total irre«, sagte Melike mit zittriger Stimme.

»Oh Gott, Elena!«, stammelte Frau Belhedi. »Geht es dir gut? Bist du verletzt?«

»Nein, nein, alles okay«, erwiderte ich mechanisch und klopfte den Sand von meiner Hose. Dann hob ich meinen Rucksack auf. »Aber Sie bluten am Knie.«

»Das ist nicht so schlimm.«

Melike sammelte die Teile ihres Handys auf. Lensing hatte es mit dem Absatz zertreten und in eine Pfütze fallen lassen.

»Was war denn eigentlich los?«, wollte Christian wissen. »Wir haben nur plötzlich euer Geschrei gehört.«

»Wo seid ihr gewesen?«, fragte Frau Belhedi, statt ihm zu antworten. »Ich hatte euch doch gesagt, ihr sollt im Bus warten.«

»Wir wollten uns in den Garten schleichen, um Beweismaterial zu sammeln, aber der Zaun geht um das ganze Grundstück«, erwiderte Niklas.

»Dieser Psychopath hat seinen Hund auf uns gehetzt!«, sagte Melike, die sich von ihrem Schrecken erholt hatte. »Aber Elena hat das Vieh fertiggemacht, mit bloßen Händen!«

»Du hast – *was?*«, fragte mein Bruder ungläubig.

»Dieser Mistkerl hat mein Handy kaputtgemacht.« Melike hatte Zornestränen in den Augen. »Guckt euch das an! Total hinüber!«

»Steigt ein«, unterbrach Farids Mutter sie. »Ich will hier weg.«

In diesem Moment fingen meine verkrampften Muskeln an zu zittern. Meine Knie wurden butterweich, mir wurde übel und ich musste mich an den VW-Bus lehnen, sonst wäre ich zusammengeklappt. Mir war kalt, ich bekam kaum

Luft. Erst jetzt wurde mir bewusst, in welche Gefahr ich mich begeben hatte.

Frau Belhedi schob die Seitentür auf.

»Setz dich hin«, befahl sie mir und ich gehorchte. »Kopf nach unten. Tief ein- und ausatmen.«

»Soll ich fahren?«, erkundigte sich Niklas.

»Nein, geht schon. Das linke Knie ist nur ein wenig aufgeschürft und der Bus hat ja glücklicherweise Automatik«, antwortete Frau Belhedi.

Alle stiegen ein. Mein Bruder half mir, auf der Rückbank Platz zu nehmen und reichte mir fürsorglich eine Dose Energydrink, der zwar lauwarm war, mir aber guttat. Das Zittern hörte auf. Die Zeit lief wieder normal.

»Beweismaterial haben wir wohl genug«, stellte Ariane fest und zupfte ein paar Fenris-Haare mit spitzen Fingern von meiner Jacke. Melike erzählte den anderen, was sich abgespielt hatte.

»Das sollten unsere Eltern besser nicht erfahren«, sagte Christian, als Melike schilderte, wie ich dem Wolf entgegengetreten war und ihn besiegt hatte.

»Dieses Tier ist lebensgefährlich«, sagte Frau Belhedi mit bebender Stimme. Sie ließ den Motor an und wendete den VW-Bus. »Am besten gehen wir jetzt gleich zur Polizei.«

»Bitte erst nach dem Spiel«, bemerkte Niklas.

»Ach ja, das Spiel.« Farids Mutter lachte auf. »Das habe ich durch die ganze Aufregung völlig vergessen.«

»Jetzt kapiere ich auch, warum dieses Pärchen so blöd geguckt hat, als wir ihnen erzählt haben, wir wären die Töchter.« Melike hatte den Verlust ihres Handys einigermaßen überwunden und kicherte schon wieder. »Der Mann ist ein totaler Psycho.«

»Er ist voll gruselig«, fand Ariane. »Ihr hättet den Garten sehen sollen! Komplett verwahrlost und überwuchert von Brombeerbüschen! Vielleicht ist er ja echt ein Serienkiller und vergräbt dort seine Opfer.«

»Schluss damit«, sagte Frau Belhedi energisch. Wir hatten die Hauptstraße erreicht und fuhren durch ein Gewerbegebiet. »Wisst ihr was? Nach dem Schreck hab ich jetzt richtig Lust auf einen Cheeseburger, wie steht's mit euch?«

»Oh ja! Wir auch! Da drüben ist ein Meckes!«, riefen wir alle gleichzeitig. Und als wir später vor Bergen von Burgern und Pommes saßen, ging es mir gleich wieder besser. Es war Niklas, der den silbernen Toyota zur Tankstelle auf der anderen Straßenseite einbiegen sah.

»Er will sich aus dem Staub machen!«, rief er. »Wir müssen ihn verfolgen!«

»Packt den Rest Essen ein«, sagte Frau Belhedi. »Beeilt euch!«

Wir rafften alles zusammen, stopften es in die Papiertüten und stürzten an den verblüfften Gästen vorbei hinaus auf den Parkplatz. Keine Sekunde zu spät sprangen wir in den VW-Bus! Lensing kam gerade aus dem Verkaufsraum der Tankstelle und setzte sich in sein Auto. Er bog nach links ab, offenbar hatte er wirklich vor, abzuhauen. Hinten im Kombi saß Fenris.

»Soll ich die Polizei anrufen?«, fragte Niklas.

»Das können wir immer noch«, erwiderte Frau Belhedi, ohne den Blick von der Straße zu wenden. »Wir kennen seine Adressen und das Autokennzeichen. Aber zuerst schauen wir mal, wohin er fährt.«

Kostja Lensing fuhr allerdings nicht etwa zurück nach Berlin, wie wir vermutet hatten, sondern wandte sich in die entgegengesetzte Richtung, nämlich nach Osten. Wir folgten ihm auf die Autobahn A10 und noch zwanzig Kilometer weiter bis zum Dreieck Spreeau. Dort setzte er den Blinker und fuhr auf die A12 in Richtung Frankfurt/Oder.

»Was hat er wohl vor?«, fragte Christian.

»Vielleicht bringt er den Hund über die Grenze nach Polen«, überlegte Farids Mutter laut und fuhr rechts ran. »Im Zweifel weiß er von seiner Mutter, dass ihr bei ihr gewesen seid und nach dem Hund gesucht habt.«

»In zweieinhalb Stunden fängt das Spiel an«, erinnerte Niklas uns, aber niemand achtete darauf. Der Himmel war mittlerweile rabenschwarz geworden, erste zarte Schneeflocken rieselten aus den tief hängenden Wolken herab.

»Wenn er den Hund tatsächlich irgendwo in Polen versteckt, dann ist er weg«, sagte Melike und streichelte mit trauriger Miene ihr zerborstenes Smartphone. »Wir müssen diesen brutalen Handykiller unbedingt daran hindern!«

»Wie denn?«, fragte ich entmutigt. Plötzlich erschien mir alles, was wir hier taten, sinnlos. »Eigentlich ist es doch egal, was mit Fenris ist. Wir können Moglis Unschuld beweisen und wir wissen, dass es diesen zweiten Hund gegeben hat.«

»Im Prinzip hast du recht.« Frau Belhedi setzte entschlossen den Blinker und fädelte sich wieder in den Verkehr ein. »Wir fahren ihm aber trotzdem noch ein Stück nach.«

»Farid wird schön sauer sein, wenn wir nicht zum Spiel kommen«, motzte Niklas.

»Das glaub ich nicht«, widersprach ich. »Er weiß doch, wieso wir wirklich hierhergekommen sind. Ich schreib ihm eine WhatsApp.«

Nach ein paar Minuten entdeckte Niklas den silbernen Toyota und Frau Belhedi reihte sich ein paar Autos hinter ihm ein, damit Lensing uns im Rückspiegel nicht bemerkte und gewarnt war. Es dämmerte schon, als er auf eine Raststätte fuhr. Statt zu tanken, bog er jedoch in einen Wirtschaftsweg ein, der direkt in den Wald führte.

»Wo will er hin?«, fragte Farids Mutter sich und schaltete das Abblendlicht aus, damit Lensing uns nicht entdeckte. »Hier gibt es laut Navi weit und breit keine einzige Ortschaft.«

Mit jedem Meter gerieten wir tiefer und tiefer in einen Kiefernwald, der immer finsterer wurde. Eine dünne Schneeschicht war auf dem Boden liegen geblieben.

»Vielleicht hat er irgendwo noch eine Hütte«, vermutete Melike.

»Wo er die Leichen vergräbt«, kicherte Ariane.

Ich schaute auf mein Handy, um zu checken, ob Farid mir geantwortet hatte.

»Mist, mein Handy hat keinen Empfang«, murmelte ich.

»Meins auch nicht«, sagte Melike und tat so, als würde sie weinen: »Nie, nie wieder!«

»Das Navi weiß auch nicht mehr, wo wir sind.« An einem großen Stapel Baumstämme hielt Frau Belhedi an. »Und deshalb fahren wir jetzt zurück. Ich trage die Verantwortung für euch und mir wird das alles zu gefährlich.«

Niemand von uns widersprach ihr. Insgeheim waren wir alle erleichtert, dem unheimlichen Wald zu entkommen. Farids Mutter wendete den Bus auf dem schmalen Waldweg und wir fuhren zurück.

Immer wieder blickte ich auf mein Smartphone, aber weiterhin stand links oben im Display »Kein Netz«. Nach einer halben Ewigkeit tauchten vor uns die Lichter der Raststätte auf, und ich atmete auf. Frau Belhedi tankte den Bus, Melike, Ariane und ich gingen aufs Klo. Farid hatte nur knapp geantwortet: *Passt auf euch auf! Bis später!* Und Gina hatte mir geschrieben, dass sie ihre erste Westernreitstunde auf Gray Jac gehabt und es total toll gefunden hatte.

Wir warteten draußen neben dem Bus auf Frau Belhedi und die Jungs, die sich noch ein paar Süßigkeiten holten. Es hatte wieder aufgehört zu schneien, aber es war sehr kalt geworden.

»Guckt doch mal, wer da aus dem Wald kommt!«, zischte Melike und zerrte an meiner Jacke. Der silberne Toyota fuhr aus dem Waldweg und rollte langsam an uns vorbei. Lensing telefonierte und achtete nicht auf uns, aber wir konnten einen Blick in sein Auto erhaschen.

»Seht ihr das, was ich sehe?«, fragte Ariane. »Der Hund ist weg!«

»Tatsächlich!«, rief Melike überrascht. »Was hat er mit ihm gemacht?«

Ich erinnerte mich daran, wie Lensing den Hund vorhin getreten und ihn beschimpft hatte. In der kurzen Zeit konnte er Fenris nicht bei irgendjemandem abgegeben haben. Und plötzlich war mir klar, was geschehen war.

»Ich sag euch, was er mit ihm gemacht hat«, sagte ich langsam. »Er hat ihn irgendwo im Wald ausgesetzt!«

Frau Belhedi und die Jungs kamen zurück. Aufgeregt erzählte ich ihnen von meinem Verdacht.

»Wir können ihn nicht einfach im Wald sitzen und sterben lassen!«, rief ich. »Wir müssen ihn suchen!«

»Wie willst du denn einen Hund in dem Riesenwald finden?« Mein Bruder schüttelte den Kopf. »Und das auch noch im Dunkeln?«

»Sei doch froh, dass das Vieh nicht mehr da ist«, fügte Ariane – typisch kaltherzig – hinzu.

»Nein! Egal was er getan hat: Fenris ist ein Hund, und Hunde sind immer das, was ihre Besitzer aus ihnen gemacht haben!«, entgegnete ich heftig. »Mir tut er leid!«

»Du tickst ja nicht mehr ganz richtig«, sagte Ariane. »Wenn mich so ein Vieh angefallen hätte, dann wäre es mir scheißegal, was mit ihm ist.«

»Warum sollte er den Hund aussetzen?«, fragte Niklas.

»Weil er gemerkt hat, dass er wegen ihm Ärger kriegt«, antwortete ich.

»Und da er mein Handy kaputtgemacht hat, weiß er, dass wir keine Beweise haben«, fügte Melike hinzu. »Er wird alles abstreiten.«

»Zum Spiel schaffen wir es sowieso nicht mehr pünktlich«, mischte Frau Belhedi sich ein. »Ich informiere jetzt die Polizei, und dann fahren wir mit ihnen bis zu dem großen Holzstapel.«

»Bis die Polizei hier ist und wir erklärt haben, um was es geht, dauert es viel zu lange«, protestierte ich. »Wir können doch später zur Polizei fahren!«

»Der Hund ist total irre«, gab Ariane zu bedenken. »Was machen wir, wenn er uns anfällt?«

»Und wie wollen wir ihn überhaupt finden?«, fragte mein Bruder zweifelnd. »Der Wald ist sicher ein paar Quadratkilometer groß.«

»Die Reifenspuren!«, rief ich aufgeregt. »Auf dem Waldweg lag Schnee und vielleicht können wir einfach der Spur von Lensings Auto folgen.«

»Du bist ein cleveres Mädchen«, lächelte Frau Belhedi. »Kommt, steigt ein! Einen Versuch ist es wert.«

Wir fuhren also zurück in den Wald und tatsächlich konnte man im Licht der Scheinwerfer die Reifenspuren problemlos erkennen. Nach ein paar Minuten hatten wir die Stelle an dem Baumstammstapel erreicht, an der wir vorhin gewendet hatten.

»Tatsächlich! Man kann genau sehen, wo er entlanggefahren ist!«, stellte Niklas fest. Wir folgten den Spuren, die immer tiefer in den Wald führten. Im Auto herrschte angespannte Stille. Melike ergriff meine Hand und drückte sie.

»Hoffentlich finden wir ihn«, flüsterte ich. »Er tut mir so leid.«

»Tse!«, machte Ariane neben mir.

»Erfrieren wird er wohl kaum«, sagte Christian. »Grönlandhunde halten ganz andere Temperaturen aus.«

»Hier ist Lensing abgebogen.« Frau Belhedi bremste und folgte vorsichtig der Spur. Nach ungefähr fünfzig Metern ging es nicht mehr weiter, denn ein umgestürzter Baum versperrte den Weg. Wir stiegen aus, blickten uns fröstelnd um. Abseits des Weges im Unterholz war der Schnee nicht liegen geblieben, deshalb fanden wir keine Spuren.

»Ich glaube, ich warte lieber im Bus«, sagte Ariane. »Mir ist das zu unheimlich. Was, wenn das Vieh hier frei rumläuft und uns anfällt?«

»Niemals läuft er frei herum«, antwortete Melike. »Er wäre doch dem Auto von Herrchen Handykiller nachgelaufen.«

»Der Psycho hat ihn irgendwo angebunden«, glaubte auch Niklas. »Vielleicht hat er ihn sogar … getötet.«

An diese Möglichkeit hatte ich auch schon gedacht. Der Hund war für Lensing nicht nur wertlos, nachdem er sich von mir hatte Angst einjagen lassen, darüber hinaus war er zu einer Gefahr für ihn geworden, denn durch unser Auftauchen wusste er, dass wir Fenris auf die Schliche gekommen waren. Frau Belhedi kramte im Kofferraum des VW-Busses und zauberte aus der Erste-Hilfe-Tasche eine Taschenlampe hervor.

»Gehen wir!«, sagte sie. »Wenn du im Auto bleiben willst, dann mach es von innen zu, Ariane.«

»Äh, nee. Wenn sonst keiner dableibt, gehe ich lieber mit«, sagte Ariane schnell und griff nach Christians Hand. Im Gänsemarsch liefen wir hintereinanderher. Farids Mutter schwenkte die Taschenlampe hin und her und leuchtete rechts und links ins Unterholz.

»Mir ist kalt!«, jammerte Ariane.

»Das Spiel fängt gleich an«, sagte Niklas.

»Seid doch mal ruhig!«, mahnte ich die beiden. Dann bildete ich mit beiden Händen einen Trichter vor dem Mund und rief den Namen des Hundes.

»Fenris! *Feeeeenris*!«

Unheimlich hallte meine Stimme in dem winterlich stillen Wald. Wir blieben stehen und lauschten.

»Da! Ich hör was!«, rief Melike. Und wirklich – irgendwo rechts von uns vernahm auch ich ein leises Winseln. Wieder und wieder rief ich Fenris' Namen und schließlich fanden wir den Hund. Lensing hatte ihn an einem Baum angebunden und zwar so kurz, dass der Hund aufrecht sitzen musste und sich nicht einmal hinlegen konnte.

»So ein Schwein!«, stieß ich empört hervor.

»Er hat ihm sogar einen Maulkorb angelegt, damit er die Leine nicht durchbeißen kann«, sagte Frau Belhedi. »Das arme Tier!«

»Ich würde das ja als Beweis fotografieren, wenn ich könnte …«, sagte Melike.

»Schon kapiert.« Niklas zückte sein Handy und machte ein paar Fotos von Fenris. Das Blitzlicht erhellte den Wald und der Hund schien sich zu freuen, uns zu sehen. Er war aufgestanden und wedelte zaghaft mit dem Schwanz. Ich ging zu ihm hin und wollte die Leine aufknoten, aber ich schaffte es nicht. Lensing hatte das dünne Nylonseil sorgfältig verknotet und Fenris hatte die Knoten bei den Versuchen, sich zu befreien, immer fester zugezogen. Irgendwann hätte er sich erwürgt oder wäre verhungert. Ich öffnete meine Jacke und zog die Kordel aus meinem Kapuzen-Hoodie. Die legte ich Fenris um den Hals und schlang einen Doppelknoten hinein.

»Hast du dein Taschenmesser dabei?«, fragte ich meinen Bruder.

»Klar.« Christian zog es hervor und sägte mit einiger Mühe das Nylonseil durch. Fenris war frei. Doch statt davonzurennen, drückte sich der große graue Hund an mein Bein und versuchte, durch den Maulkorb meine Hand zu lecken.

»Schaut euch das an«, flüsterte ich und kämpfte mit den Tränen. »Er will Danke sagen!«

27. Kapitel

Auf der Rückfahrt nach Berlin saß Fenris zu meinen Füßen. Christian und Ariane hatten sich in die hintere Sitzreihe verdrückt, als ich dem Hund den Maulkorb abgenommen hatte. Ich fütterte ihn mit den Meckes-Resten und Fenris verschlang gierig die halb aufgegessenen Hamburger und die kalten Pommes, als ob er seit Tagen nichts mehr zu fressen bekommen hätte. Immer wieder leckte er mir die Hände und blickte mich aus seinen bernsteinfarbenen Augen dankbar an. Ich hatte ihn besiegt und das erkannte er an. Und vielleicht passierte es ihm zum ersten Mal in seinem Leben, dass jemand freundlich zu ihm war. Es war kaum zu glauben, dass dies derselbe Hund sein sollte, der mir vor ein paar Stunden noch an die Kehle gegangen, und Rehe, andere Hunde und Schafe angefallen hatte. Fenris legte seinen Kopf auf mein Bein und ich kraulte ihn hinter den Ohren.

Sobald wir das Funkloch im Wald hinter uns gelassen hatten, hatte das Handy von Frau Belhedi geklingelt. Es war der Professor gewesen, der sich Sorgen gemacht hatte, weil er seit dem späten Vormittag nichts mehr von seiner Frau gehört hatte. Er war nämlich – um Farid zu überraschen – nach Berlin geflogen und hatte sich gewundert, als niemand von uns im Stadion aufgetaucht war. Niklas hatte seine Kicker-App sofort gecheckt und wusste daher, dass Farid von Beginn an spielte. Leider lag seine Mannschaft nach der ersten Halbzeit 0:1 zurück. Nun waren wir auf dem Weg zum Fußballstadion, dort erwartete uns der Professor, der bereits herumtelefoniert hatte. Über einen befreundeten Professorenkollegen, der an der Charité, dem größten Krankenhaus Berlins, arbeitete, hatte er einen Kontakt zum Polizeipräsidenten von Berlin bekommen. Unsere Angelegenheit und damit auch Fenris' Schicksal waren nun Chefsache.

Erst weit nach Mitternacht waren wir in unserem Hotel. Ariane, Melike und ich teilten uns ein Drei-Bett-Zimmer, und nach dem langen und abenteuerlichen Tag war ich, kaum zehn Sekunden nachdem mein Kopf das Kopfkissen berührt hatte, eingeschlafen.

In der allerletzten Minute der Nachspielzeit hatte Farids Mannschaft das Spiel ausgleichen können, und das dank einer Flanke, die Farid auf Alex Meier geschossen hatte. Zum ersten Mal hatte er von Anfang an spielen dürfen und war nicht ausgewechselt worden. Der neue Trainer hatte ihn auf der anschließenden Pressekonferenz besonders gelobt, und Farid war überglücklich. Natürlich mussten wir ihm haarklein berichten, was wir erlebt hatten, und ich hatte Lajos eine lange WhatsApp geschrieben, auf die er mir noch in der Nacht geantwortet hatte.

Am nächsten Morgen beim Frühstück erfuhren wir, dass Fenris vorübergehend in ein Tierheim gebracht worden war. Die Polizei hatte Herrn Lensing in seinem gruseligen Haus besucht. Natürlich hatte er alle Vorwürfe abgestritten und behauptet, er habe uns nie gesehen und besäße überdies seit einer Weile keinen Hund mehr, denn der sei vergiftet worden. Außerdem hatte sich herausgestellt, dass er für Fenris nie einen Cent Hundesteuer bezahlt hatte, und das, obwohl in Zeitungsartikeln sein Hund erwähnt worden war! Lensing musste ziemlich dumm geguckt haben, als die Polizisten ihm erzählten, dass sein Hund im Wald gefunden worden war. Nun hatte er eine Anzeige wegen Tierquälerei am Hals, dazu eine wegen Steuerbetrug, Sachbeschädigung, weil er Melikes Handy demoliert hatte, und eine wegen gefährlicher Körperverletzung mittels eines Hundes, wie es im Amtsdeutsch hieß. Außerdem würde man ihn sicherlich auch noch für all das, was Fenris im Hettenbacher Wald angerichtet hatte, zur Verantwortung ziehen.

Farid musste mit seiner Mannschaft nach Frankfurt fliegen, wir fuhren mit dem Taxi zum Hauptbahnhof und bestiegen dort den Zug. Auf der Fahrt war Frau Belhedi sehr schweigsam. Sie machte sich Vorwürfe, weil sie uns in Gefahr gebracht hatte.

»Ich hätte gleich die Polizei einschalten müssen, anstatt auf eigene Faust loszuziehen«, sagte sie. »Wenn ich mir vorstelle, was alles hätte passieren können, dann wird mir ganz schlecht.«

»Aber es ist nichts passiert«, erwiderte ich. »Wir haben Mogli das Leben gerettet und Fenris auch.«

»Und der irre Psycho kriegt seine gerechte Strafe«, fügte Ariane hinzu.

»Was wird jetzt wohl aus ihm? Aus Fenris, meine ich natürlich«, fragte Melike. »Er ist erst zwei Jahre alt, der Arme. Und mit seiner Geschichte wird er wohl niemals einen neuen Besitzer finden.«

»Wir könnten ja …«, begann ich, aber da fiel mir mein Bruder ins Wort.

»Komm bloß nicht auf Idee, *du* müsstest ihn retten!«, warnte er mich. »Er wird die Einsteller und Robbie beißen, deinen Twixi-Bixi in null Komma nichts zerfetzen und dann ist das Geschrei groß!«

»Ist ja schon gut«, brummte ich und sagte nichts mehr. Ich las die Nachricht von Gina, dass heute Nacht gleich zwei Fohlen zur Welt gekommen waren. Danach die von Lajos, in der er sich auch im Namen von Miriam für unseren Einsatz bedankte. Er sei optimistisch, dass Mogli ganz bald das Tierheim verlassen dürfe.

Melike kramte ihr iPad aus ihrer Reisetasche. Ich musste die ganze Zeit an den großen grauen Hund denken, der mir so unerwartet sein Vertrauen geschenkt hatte und nun in einem kleinen Zwinger in einem überfüllten Tierheim sitzen musste, vielleicht für den Rest seines Lebens. Wir hatten ihn als Bestie, Vieh und Monster bezeichnet und zweifellos hatte er schlimme Dinge getan, aber er war dennoch nur ein Hund, der seinen Instinkten und seinem starken Jagdtrieb gefolgt war, weil er nicht ausgelastet gewesen war. Ein Grönländer war ein Schlittenhund, dazu gezüchtet, in extremen klimatischen Verhältnissen in einem Rudel zu leben und Hundeschlitten zu ziehen, und das am liebsten über Hunderte von Kilometern. Diese Hunderasse war nicht dazu gedacht, in einer engen Stadtwohnung zu leben oder in einem verwilderten Garten vor sich hinzuvegetieren. Sein Besitzer, der ihn nicht artgerecht gehalten hatte, war schuld an Fenris' Fehlverhalten!

Das Klingeln eines Handys riss mich aus meinen Gedanken.

»Hi, Mom!«, sagte Christian. »Ja, ja … alles okay. Wir sitzen schon im Zug … Ja, war echt super. Wir haben mit Frau Belhedi eine Tour durch Berlin gemacht, haben den Reichstag gesehen, das Brandenburger Tor und den Alexanderplatz … hm, ja.«

Farids Mutter seufzte und machte Christian ein Zeichen, ihr sein Handy zu geben. Mein Bruder reichte es ihr und sie stand auf.

»Hallo, Susanne, ich bin's, Kathrin«, hörten wir sie zu meiner Mutter sagen, bevor sie das Abteil verließ und auf den Gang hinausging.

»*Oh mein Gott!*«, kreischte Melike plötzlich neben mir und ich zuckte erschrocken zusammen. »Wie geil ist das denn? Alle Fotos und Videos sind auf meinem iPad! Ha!«

Triumphierend hielt sie ihr Tablet hoch. Sie wischte auf dem Touchscreen herum und öffnete das Video, das sie gestern aufgenommen hatte. Niklas, Christian, Ariane und ich blickten ihr über die Schulter und ich bekam eine Gänsehaut, als ich sah, wie Fenris aus der Haustür kam und auf uns zustürzte. Melike hatte alles gefilmt, bis ihr das Handy aus der Hand gefallen war. Danach war zwar nur noch der graue Himmel zu sehen, aber das Mikrofon hatte alles aufgezeichnet. Man hörte mich schreien, das wilde Knurren und Jaulen von Fenris, und dann noch Lensings eklige Stimme.

»Diesen Film«, meinte Christian, »sollten Papa und Mama besser niemals sehen.«

»Ich glaube auch«, stimmte ich meinem Bruder zu.

»Du bist so was von bekloppt, Elena«, fand Ariane. »Dir fehlt echt der natürliche Selbsterhaltungstrieb, den jeder normale Mensch besitzt.«

Frau Belhedi kehrte zurück und hielt mir Christians Handy hin.

»Deine Mutter will mit dir sprechen«, sagte sie zu mir. »Ich habe ihr alles erzählt.«

»Äh, okay.« Mit einem mulmigen Gefühl ging ich hinaus auf den Gang. »Hi, Mama! Wie geht's dir? Gina hat mir geschrieben, dass Barbie und Ma Baker heute Nacht gefohlt haben! Ist alles in Ordnung mit den Fohlen? War Papa dabei? Habt ihr schon …«

»Jetzt halt mal kurz die Luft an«, unterbrach Mama mich, aber zu meiner Erleichterung klang sie nicht sauer. »Ist alles in Ordnung bei dir?«

»Ja. Klar. Alles super.«

»Kathrin hat mir von eurem Abenteuer erzählt.«

»Du darfst nicht sauer auf sie sein!«, beeilte ich mich zu sagen. »Sie hat nicht gewusst, was wir vorhaben, und wir wollten das zuerst auch ohne sie durchziehen, aber Farid meinte, sie könnte uns helfen, weil sie sich voll gut in Berlin auskennt und …«

»Elena! Ich bin nicht sauer«, sagte Mama. »Ich frage mich nur manchmal, warum ihr solche Geheimniskrämer seid.«

»Wenn wir euch gesagt hätten, warum wir nach Berlin müssen, dann hättet ihr uns ganz sicher nicht fahren lassen.«

»Da hast du wohl recht.«

»Mama, dieser gruselige Typ hat seinen Hund einfach mitten im Wald angebunden! Kannst du dir das vorstellen? Wenn wir nicht gewesen wären, dann wäre Fenris irgendwann erstickt oder verhungert! Der ist so süß, wirklich! Es tut mir voll leid, dass er jetzt im Tierheim sitzt und vielleicht nie mehr rauskommt. Er kann doch nichts dafür, dass er …«

»Warte doch erst mal ab, Elena«, meinte Mama. »Und bitte versprich mir, dass ihr für den Rest der Reise keine abenteuerlichen Sachen mehr macht.«

»Natürlich nicht!«, versicherte ich ihr. »Bis später.«

Ich kehrte in das Abteil zurück. Frau Belhedi hatte Melikes iPad vor sich auf dem Klapptisch stehen und blickte auf, als ich hereinkam. Sie war ganz blass, in ihren Augen schimmerte es verdächtig. Was war passiert? Hatte sie eine schlechte Nachricht bekommen?

»Elena!«, sagte sie, stand auf und schloss mich so fest in die Arme, dass ich kaum noch Luft bekam. »Danke!«

»Ich krieg keine Luft mehr!«, japste ich und sie ließ mich los. »Wofür war das denn jetzt?«

»Du hast mich vor dem Hund gerettet!«, antwortete sie. »Es war mir gar nicht so bewusst, dass er es auf mich abgesehen hatte. Du hast gerufen: *Nicht bewegen! Bleiben Sie liegen!* Und dann bist du dem Untier genau in den Weg gesprungen.«

»Fenris ist kein Untier«, widersprach ich.

»Wie auch immer. Wenn du nicht gewesen wärst, dann hätte er mich ganz sicher gebissen. Das war unglaublich mutig!«

»Hätte ja wohl jeder getan.« Ich spürte, wie ich vor Verlegenheit rot wurde.

»Also, *ich* ganz sicher nicht«, sagte Ariane. »Ich wäre weggerannt, mindestens so schnell wie Melike.«

»Ey, ich bin gar nicht weggerannt!«, protestierte Melike.

»Klar bist du weggerannt!« Ariane schnaubte verächtlich.

»Weißt du, Ariane«, sagte Melike finster. »Gestern hab ich ganz kurz mal gedacht, ich könnte dich leiden.«

»Stell dir vor, das ging mir auch so«, entgegnete Ariane. »Aber nur für ein paar Sekunden.«

Die beiden starrten sich böse an.

»Kinder, Kinder, hört auf zu streiten!«, mischte sich Farids Mutter ein.

»Aber wir streiten doch gar nicht«, antwortete Melike erstaunt.

»Aha. Und wie nennt ihr beiden bitte schön das, was ihr gerade macht?«

»Ach das?« Melike und Ariane schauten sich verblüfft an und begannen dann zu grinsen. »Das ist eigentlich ganz normal bei uns.«

28. Kapitel

»Ich bin so froh, dass Osterferien sind! Jetzt kann ich den ganzen Tag bei den Fohlen sein!« Gina saß mit einem verklärten Lächeln auf dem Zaun, der die kleine Koppel neben der Scheune umgab, auf der sich die Stuten mit ihren Fohlen tummeln durften. Die Aprilsonne schien warm vom wolkenlosen Himmel, und die Fohlen genossen die frische Luft und den Platz, den sie zum Spielen hatten. Sie jagten sich, vollführten wilde Bocksprünge und ihre kleinen Hufe donnerten schon richtig, wenn sie galoppierten.

»Ich mag den Flummi am liebsten«, sagte Farid, der neben mir am Gatter lehnte. Flummi war der Sohn von Quinta und Fritzi, ein kleines Kraftpaket und eine perfekte Kopie von Fritzi. Nur statt eines Sterns hatte er eine schmale Blesse, wie sein Großvater Quidam de Revel. Vor einer Woche hatte Cascania als letzte der sieben Zuchtstuten ihr Fohlen bekommen – eine hübsche kleine Fuchsstute, die später einmal ein Schimmel werden würde, wie ihre Mutter und ihr Vater, der Holsteiner Calvador. Bei keiner Geburt hatte es Komplikationen gegeben, alle sieben Fohlen waren gesund und munter. Und das Schönste war, dass ich mir keine Sorgen um sie machen musste, wenn sie bald raus auf die Koppeln am Waldrand gehen durften. Die Bedrohung durch den Wolf existierte nicht mehr. Unser Abenteuer in Berlin lag mittlerweile schon ein paar Wochen zurück. Moglis Unschuld war auch durch die DNA-Proben bewiesen worden, und Miriam hatte ihn bereits vor eine Weile aus dem Tierheim abholen dürfen.

Kostja Lensing hatte einen Riesenärger am Hals, und es würde ihn sicherlich eine schöne Stange Geld kosten, für all die Schäden, die Fenris angerichtet hatte, aufzukommen. Er hatte sich einen Anwalt genommen, aber dank Melikes Video nützte es ihm nichts zu lügen. Auch seine Mutter hatte der Polizei schließlich unter Tränen die Wahrheit gesagt. Immer, wenn er auf Reisen gegangen war, hatte ihr Sohn Fenris bei ihr abgeladen, und sie war mit dem temperamentvollen Hund völlig überfordert gewesen.

Ich hatte oft an Fenris gedacht. Ob der schöne Rüde wohl überhaupt noch einmal das Tierheim verlassen würde?

»Ich darf den Westernlehrgang nächste Woche mitreiten«, erzählte Gina gerade. »Gloria meint, ich hätte Talent! Und es macht so einen Spaß! Dressurreiten ist langweilig und vor dem Springen hab ich immer ein bisschen Schiss, deswegen …« Sie plapperte vor sich hin, und als Fohlen Fanny angetrottet kam und an ihrem Schuh knabberte, jauchzte sie vor Vergnügen.

Farid legte einen Arm um mich und ich lehnte mich an ihn. Dieses Wochenende war das letzte für eine ganze Weile, das wir für uns hatten. Dank der Länderspielpause fanden momentan keine Bundesliga-Spiele statt, doch danach gab es sogenannte »englische Wochen«, in denen auch unter der Woche gespielt wurde. Im Mai wollte Farid die mündliche Abiturprüfung machen, nachdem die schriftlichen Prüfungen für ihn genauso gut gelaufen waren wie für Christian, danach hatte er ein paar Einsätze mit der U19-Nationalmannschaft. Ich würde nächste Woche an Ostern in Bischofsheim auf dem Turnier reiten, und dann begann schon die grüne Saison. Am Mittwoch nach Ostern wollten Brenda Murray, Chad Channing und Brendas Eltern nach Deutschland und zu uns auf den Amselhof kommen. Ich freute mich auf das Wiedersehen, aber noch mehr freute ich mich auf den Sommer, denn zusammen mit Niklas, Melike, Christian und Ariane wollten Farid und ich zehn herrliche Tage im Ferienhaus der Belhedis in Südfrankreich verbringen. Ich war in meinem ganzen Leben noch nie so richtig im Urlaub gewesen und war gespannt, wie das wohl sein würde: zehn Tage ohne Pferde!

Von Weitem drangen Stimmengewirr und Gelächter zu uns herüber, der appetitliche Duft von gebratenen Steaks wehte durch die Luft. Heute war Lajos' Geburtstag, und zum ersten Mal seit vielen Jahren feierte er diesen auch. Vor seinem Stalltrakt hatten Miriam und er Tische, Bänke, Sonnenschirme und einen Grill aufgestellt, und um vier Uhr sollte es losgehen. Farids Eltern wollten kommen, genauso wie die Eltern von Niklas und Ariane, Frau Dr. Waldow und mein neuer Freund Felix Brinker, der blöde Förster Nieselwetter und ein paar von Lajos' Kunden. Natürlich waren auch meine Eltern und Großeltern, Stani, Heinrich und Srdjan, der Aknefrosch, Gloria und meine Freunde eingeladen.

»Komm, Gina, wir gehen rüber«, sagte ich, und Tims Schwester rutschte vom Zaun.

»Ich hole noch schnell mein Geschenk!«, rief sie aufgeregt. »Hab ich dir eigentlich schon erzählt, was ich für Lajos gemacht habe?«

»Nur ungefähr zweitausenddreihundertfünfundsechzig Mal«, erwiderte ich grinsend.

Gina lachte, dann schlug sie ein Rad und hüpfte singend davon.

Hand in Hand schlenderten Farid und ich durch den Sonnenschein. Twix tauchte von irgendwoher auf und schloss sich uns an. Tagsüber war es jetzt warm genug, um die Boxenfenster zu öffnen. Die dicken Stalldecken waren nicht mehr nötig, die Pferde streckten die Köpfe heraus und freuten sich wahrscheinlich genauso wie wir Menschen darüber, dass der lange Winter endlich vorüber war.

»Letzte Woche hat Lajos Bonnie in die Fasanerie gebracht. Dort kann sie jetzt mit den anderen Rehen zusammenleben«, sagte ich zu Farid. »Sie ist wieder völlig gesund.«

»Das ist echt toll«, fand Farid und blieb unvermittelt stehen. Er war ganz ernst. »*Du* bist toll, Elena. Ich bin so froh, dass ich dich gefunden habe. Und ich habe eine kleine Überraschung für dich.«

Er nestelte ein Päckchen aus seiner Jackentasche. »Eigentlich wollte ich es dir erst nächste Woche zum Geburtstag schenken, aber ich dachte, weil wir uns jetzt so lange nicht sehen, brauchst du es, damit wir immer in Verbindung bleiben können.«

Er reichte mir das Päckchen, und lächelte erwartungsvoll, während ich es auspackte.

»Aber … das … das ist ein … ein *iPhone 7!*«, stammelte ich fassungslos. »Das ist … oh mein Gott … das ist doch viel zu teuer!«

»Na ja, als Profi verdiene ich ja jetzt mein eigenes Geld.« Farid grinste, seine Augen leuchteten fröhlich. »Gefällt es dir? Der Apple-Typ meinte, Mädels stehen auf das goldene iPhone.«

»Oh ja, absolut, das ist einfach – *wow!*« Ich warf meine Arme um Farids Hals und küsste ihn, und er hielt mich ganz fest und erwiderte meinen Kuss.

»Ich liebe dich, meine süße Leni«, flüsterte er.

»Und ich liebe dich, Farid Belhedi«, entgegnete ich. »Mehr als alles andere auf der Welt!«

Wir küssten uns noch einmal.

»He, ihr Turteltäubchen!«, ertönte Melikes Stimme hinter uns.

»Du störst«, sagte ich zu meiner Freundin und ließ mein neues iPhone rasch in meiner Tasche verschwinden.

»Aber immer gerne«, erwiderte Melike. »Los, kommt schon, Unmengen von gebratenem Fleisch und mindestens dreißig verschiedene Salate warten auf uns!«

Zusammen liefen wir hinüber zu Lajos' Stall. Die Erwachsenen standen schon herum und tranken Sekt, Farid und ich nahmen uns Orangensaft und gesellten uns zu Melike, Niklas, Christian und Ariane. Gina überreichte Lajos feierlich das Amselhof-Album, das sie für ihn gemalt hatte, und Lajos umarmte sie. Dann legte er seinen Arm um die Schnepfe, die ihn daraufhin ganz verliebt anlächelte.

»Ist es nicht irgendwie seltsam, Lajos mit einer Frau zu sehen?«, tuschelte Melike mir zu.

»Schon«, antwortete ich. »Aber ich freu mich voll für ihn.«

»Ich mich auch«, sagte Melike. »Und die Schne… äh … die Miriam ist eigentlich echt okay.«

In dem Moment bat Lajos um Gehör und die Gespräche verstummten.

»Es ist schön, dass ihr alle hier seid, um mit mir meinen Geburtstag zu feiern«, begann er. »Und ganz besonders freue ich mich, hier, auf dem Amselhof, feiern zu dürfen. Der Amselhof ist für mich ein Zuhause geworden und ich möchte euch, Susanne und Micha, Ludwig und Ilse, dafür danken, dass ihr meine Freunde seid. Danke, dass ich bei euch eine Familie gefunden habe, denn so fühle ich mich: als Teil eurer Familie.«

Alle applaudierten, der Aknefrosch sagte: »Hört, hört!«, und meine Eltern lächelten gerührt.

»Ich danke euch allen, dass ihr Miriam so freundlich aufgenommen habt«, fuhr Lajos fort. »Letzte Woche hat sie den Kaufvertrag für das Forsthaus unterschrieben, und wenn alles renoviert und modernisiert ist, werden wir beide dort zusammen mit Miriams Tieren leben.«

Erneut brandete Applaus auf. Melike und ich grinsten uns an. Uns hatten Lajos und Miriam bereits von ihren Plänen erzählt.

»Die Tiere werden am Forsthaus ein gutes Zuhause haben, vor allen Dingen Mogli, der in den vergangenen Wochen und Monaten ungewollt für große Aufregung gesorgt hat.« Lajos wandte sich uns zu. »Miriam und ich möchten uns besonders bei euch bedanken. Das, was ihr getan habt, ist außergewöhnlich. Obwohl es ziemlich eindeutig schien, dass Mogli für die Angriffe auf andere Tiere verantwortlich war und ihr zunächst auf einer falschen Fährte wart, habt ihr euch nicht beirren lassen, sondern versucht, die Wahrheit ans Licht zu bringen, und das mit Erfolg und Unterstützung von euren Freunden, von Kathrin Belhedi, Felix und Carla. Gina, Elena, Melike – wir danken euch für euren Mut und eure Courage. Ihr habt nicht nur Mogli das Leben gerettet, sondern übrigens auch Fenris.« Lajos lächelte verschmitzt. »Vorgestern hat euer Wolf nämlich eine große Reise angetreten. Mein Freund Chuck war zu Besuch in Deutschland und hat auf meine Bitte hin Fenris besucht. Und was soll ich sagen: Er hat sich auf Anhieb in Fenris verliebt. Chuck lebt in Alaska, sein Hobby sind Schlittenhunderennen. Und Fenris wird in Zukunft kaum mehr Zeit haben, Rehe und Schafe zu jagen, denn Chuck trainiert seine Hunde momentan für das Iditarod und den Yukon Quest, die härtesten Schlittenhunderennen der Welt.«

Mir fehlten für einen Augenblick die Worte. Diese wunderbare Wendung in Fenris' Schicksal hatte Lajos uns bisher verschwiegen und ich konnte zuerst kaum glauben, was ich hörte. Aber dann fielen Melike, Gina und ich uns jubelnd in die Arme.

»Das nennt man wohl ein Happy End!« Farids Mutter lächelte und hob ihr Sektglas. »Auf Fenris, und dass er ein glückliches, langes Schlittenhundeleben hat!«

»Auf Fenris!«, riefen alle und hoben ihre Gläser.

Danach durften wir uns endlich auf die Salate, die Steaks und Würstchen, die auf dem Grill brutzelten, stürzen. Alle aßen, tranken, lachten und redeten durcheinander; Melike und der Aknefrosch kabbelten sich wie üblich, und ich sah, wie Lajos Miriam einen Kuss gab. Joyce, der Golden Retriever von Belhedis, saß neben Robbie und Twix in der Nähe des Grills. Alle drei lauerten darauf, dass irgendetwas Leckeres für sie abfiel. Miriams Hunde waren in ihren Boxen im Auto, das mit geöffneter Kofferraumklappe am Turnierstall stand. Mogli mochte so viele Menschen nicht und fühlte sich im Auto wohler.

Als Heinrich und Stani später aufstanden, um die Stuten und Fohlen von der Koppel zu holen, begleiteten Farid, Gina und ich die beiden. Die kleinen Fohlen waren müde, nachdem sie ein paar Stunden herumgetobt hatten, und standen ganz dicht neben ihren Müttern. Cascanias Fohlen hatte sich sogar hingelegt und schlief. Stani weckte es, und es sprang auf und trottete eilig hinter seiner Mama her. Heinrich hatte Gretna am Halfter genommen, alle anderen Stuten liefen hinter ihr her zur Scheune.

Farid ließ Gina Huckepack auf seinem Rücken reiten und galoppierte mit ihr auf der Koppel herum.

»Whoa!«, rief sie und Farid stoppte, dann vollführte er einen Rollback und einen Spin und Gina lachte und jauchzte begeistert. Lächelnd sah ich zu. Ginas Haare waren schon wieder gewachsen und wehten wie eine blonde Mähne im Wind. Sie hatte keine Schmerzen mehr, weil Mama ihre Brandnarben jeden Morgen und jeden Abend sorgfältig eincremte, und sie war glücklich bei uns auf dem Amselhof. In diesem Augenblick fiel mein Blick auf eine einsame Gestalt, die am Hoftor stand und zu uns herüberschaute. Mich durchfuhr ein eisiger Schreck, als ich den Mann erkannte: Es war Richard Jungblut! Plötzlich war der sonnige Nachmittag nicht mehr schön, Angst ballte sich in meinem Magen wie eine Faust. War er etwa gekommen, um Gina zu holen? Oder hatte er von Lajos' Party erfahren und wollte Ärger machen? Ich erinnerte mich lebhaft an seinen letzten Auftritt kurz vor Weihnachten, als er sich völlig danebenbenommen und Gina so grob zurückgewiesen hatte, dass sie vor Verzweiflung und Kummer mit ihrem Pony durch den Wald zu ihrer geheimen Hütte geritten war.

Gina hatte ihren Vater nicht bemerkt, ihr fröhliches Gelächter schallte zu mir herüber. Was sollte ich jetzt tun? Papa und Mama Bescheid sagen, damit sie Richard Jungblut wegschickten? Tausend schlimme Erinnerungen jagten durch meinen Kopf: wie Richard Jungblut Tim vor meinen Augen auf dem Turnier in Heidelberg geohrfeigt hatte, wie er die Pferde von Teicherts bei uns abgeholt und mit allen Mitteln versucht hatte, den Amselhof und meine Eltern zu ruinieren. Dieser Mann hatte meiner Familie und Lajos viel Unheil gebracht und schließlich hatte er Fritzi gestohlen. Tim hatte schrecklich darunter gelitten, dass sein Vater ein Verbrecher war und im Gefängnis saß – und nun stand er da. Er sah Gina an und ich bemerkte ein wehmütiges Lächeln auf seinem Gesicht.

Da fiel sein Blick auf mich. Er nickte mir zu, und dann tat er etwas, was ich nicht erwartet hatte: Er wandte sich ab und ging davon! Und plötzlich begriff ich, dass ich für den Mann, vor dem ich mich immer gefürchtet hatte, Mitleid empfand. Er hatte alles verloren, was er einmal besessen hatte. Seine Familie war zerbrochen, er war vorbestraft, durfte nicht einmal mehr seine Tochter sehen, wenn niemand dabei war. Mir fiel ein, was er auf dem Turnier in Elz zu mir gesagt hatte. War er einfach nur hierhergekommen, um Gina aus der Ferne zu beobachten und sich zu vergewissern, dass es ihr gut ging? Konnte es sein, dass er sich geändert hatte?

Noch immer galoppierte Farid mit Gina auf dem Rücken auf der Koppel herum. Ich lief am Zaun entlang zum Tor. Mein Herz klopfte heftig.

»Herr Jungblut!«, rief ich. »Warten Sie!«

Ginas Vater hatte schon fast seinen grünen Jeep erreicht, den er ein Stück weit vom Hof entfernt am Straßenrand abgestellt hatte. Er drehte sich um, blieb stehen. Ich ging langsam auf ihn zu. War es richtig, was ich hier tat?

»Hallo, Elena«, sagte Tims Vater. »Ich wollte nicht stören. Ich … ich wollte eigentlich nur mal kurz … Gina sehen.« Er lächelte, aber es war ein sehr trauriges Lächeln.

»Kommen Sie doch rein«, hörte ich mich sagen. »Lajos hat heute Geburtstag. Und Gina wird sich sicherlich riesig darüber freuen, dass Sie da sind.«

Richard Jungblut seufzte.

»Das ist nett von dir«, erwiderte er. »Aber ich glaube, das ist keine gute Idee.«

Sein Blick glitt an mir vorbei. Ich drehte mich um. Im Hoftor stand Farid mit Gina an der Hand. Sie hatte sich hinter ihm versteckt und lachte nicht mehr. Richard Jungblut hob die Hand und winkte ihr zaghaft zu, ich sah, dass er Tränen in den Augen hatte.

»Richte Gina bitte schöne Grüße von mir aus«, sagte er mit belegter Stimme und zückte seinen Autoschlüssel. »Und … und dass ich sie sehr lieb habe. Ich … ich muss weg.«

»Papi!«, schrie Gina in diesem Moment. »Papi, warte!«

Sie ließ Farids Hand los und rannte auf uns zu wie ein Wirbelwind. Richard Jungblut glitt der Autoschlüssel aus den Fingern, er ging in die Hocke und breitete die Arme aus. Gina fiel ihm um den Hals, und er drückte sie an sich. Ich fand es immer irgendwie peinlich, wenn Erwachsene weinten, aber bei Richard Jungblut waren es Freudentränen.

»Geht es dir gut, meine Kleine?«, fragte er Gina leise.

»Ja, mir geht's gut«, antwortete Gina eifrig. »Alle sind total lieb zu mir und ich darf Westernreiten und mit den Fohlen spielen. Und Elena und Farid sind wie meine großen Geschwister.«

»Das ist gut«, flüsterte ihr Vater. »Das freut mich.«

»Ist Tim auch da?«, fragte Gina.

»Nein. Er verbringt die Osterferien bei Herrn Nötzli in der Schweiz.«

Farid war näher gekommen und legte den Arm um mich.

»Hallo, Herr Jungblut«, sagte er. »Nett, Sie kennenzulernen.«

Richard Jungblut lächelte ein bisschen. Er stand auf, Gina hielt seine linke Hand umklammert, die andere reichte er nach kurzem Zögern Farid. »Freut mich auch.«

»Komm doch mit, Papi«, bettelte Gina. »Du musst Flöckchen Hallo sagen. Und die Westernpferde anschauen. Ich mag Gray Jac und Sugar am allerallerliebsten!«

»Ich … ich weiß nicht, meine Kleine.« Richard Jungblut zögerte. »Ich will Lajos' Feier nicht stören.«

»Dann sei doch einfach nett zu allen«, entgegnete Gina. »Alle mögen mich. Und dann mögen dich auch alle.«

So einfach war das für sie.

»Na, kommen Sie schon«, sagte ich. »Ich glaub nicht, dass jemand was dagegen hat.«

»Okay. Wenn ihr meint.« Richard Jungblut holte tief Luft. »Dann los!«

Gina zog ihn hinter sich her zum Tor. Farid und ich folgten den beiden. Ich drückte Farids Hand, und er lächelte mich an.

Ich war unendlich glücklich. Farid liebte mich. Bonnie sprang fröhlich in der Fasanerie herum und musste sich nicht vor Wölfen, Jägern oder Autos fürchten. Fenris musste nicht länger in einer Stadtwohnung leben, sondern durfte mit anderen Hunden durch Schnee und Eis rennen. Lajos war glücklich mit Miriam, nachdem er so viele Jahre alleine gewesen war. Mogli und die anderen Tiere würden ein wunderbares Zuhause am Forsthaus bekommen. Tim und ich hatten uns endlich ausgesprochen und auch für ihn hatte es gute Nachrichten gegeben, denn Papa hatte dafür gesorgt, dass Herr Nötzli Tim Lolli zum Reiten zur Verfügung stellen würde. Und jetzt hatte Gina ihren Papa wieder, aber sie würde trotzdem auf dem Amselhof bleiben, wie meine kleine Schwester. Alles hatte sich irgendwie zusammengefunden und war gut geworden. Und hoffentlich würde es so bleiben.

Nachwort

Liebe Fans von Elena und ihren Freunden!

Ich hoffe, euch hat Elenas neuestes Abenteuer gefallen!

Zuerst einmal möchte ich euch von ganzem Herzen danken. Als ich den ersten *Elena*-Band geschrieben habe, ahnte ich nicht, dass daraus einmal eine ganze Reihe werden würde. Aber ich mochte Elena, Melike, Lajos, Tim und die anderen so gerne, dass ich mich von ihnen nicht trennen wollte, und deshalb immer neue Geschichten über die Menschen vom Amselhof erfand. Und dann habe ich eure Begeisterung gespürt und gemerkt, dass Elena für euch eine so gute Freundin wurde, wie sie es für mich geworden ist.

Ich finde es sehr wichtig, dass sich meine Figuren im Laufe der Bücher weiterentwickeln und verändern – genau wie im richtigen Leben. Nichts bleibt, wie es ist, und das ist gut so, auch wenn es manchmal schmerzlich ist, sich von Liebgewonnenem zu trennen. Für mich als Autorin wäre es jedoch sehr langweilig, wenn immer alles gleich bliebe, und dann hätte ich wohl bald keinen Spaß mehr am Geschichtenerzählen.

Sehr, sehr viele von euch haben mir nach Erscheinen des fünften *Elena*-Bandes (*Ihr größter Sieg*) geschrieben und ich habe mich über jeden einzelnen Brief und Gästebuch-

Eintrag wahnsinnig gefreut! Ein Riesen-Dankeschön für eure Mühe – das war wirklich, wirklich so toll! Ich versuche, immer und jedem zu antworten, aber manchmal schaffe ich es einfach nicht, denn ich muss ja neue Bücher schreiben. ☺

Deshalb habe ich mir überlegt, demnächst auf meiner Facebook-Seite *Nele Neuhaus, Elena und Charlotte* (www.facebook.com/nele.elena.charlotte) regelmäßig Informationen über Elena und Charlotte zu posten, Hinweise auf Veranstaltungen zu geben und euch über die Pläne zur Verfilmung von *Elena* auf dem Laufenden zu halten. Ihr werdet dann dort die Möglichkeit haben, mir zu schreiben, Beiträge zu liken, zu kommentieren, Kritik und Lob loszuwerden. Natürlich geht das auch auf die gute alte Art, denn ihr könnt mir jederzeit einen Brief schicken. Einfach an

Nele Neuhaus
Postfach 1269
65762 Kelkheim

adressieren, und wenn ihr eine Antwort oder eine Autogrammkarte wollt, legt ihr einen ausreichend frankierten Rückumschlag dazu.

Und hier noch die Antworten auf eure am meisten gestellten Fragen: Ja, es wird einen siebten Band von *Elena* geben! Und ja, wir verhandeln derzeit über eine Verfilmung von *Elena*. ☺

Habt eine schöne Zeit und bleibt gesund und munter!
Das wünscht euch eure

Nele Neuhaus

Neuhaus, Nele:
Elena – Eine falsche Fährte
ISBN 978 3 522 50557 4

Umschlaggestaltung: Johannes Wiebel | punchdesign, München
unter Verwendung von Motiven von Shutterstock.com (shutter-
stock_210501397/Carlos Amarillo; shutterstock_463466129/Telsek)
Vor- und Nachsatz: Tamara Lang
Innentypografie: Kadja Gericke
Reproduktion: Medienfabrik GmbH, Stuttgart
Druck und Bindung: GGP Media GmbH, Pößneck

FSC
www.fsc.org
MIX
Papier aus verantwortungsvollen Quellen
FSC® C014496

7. Auflage 2019

Der Amselhof

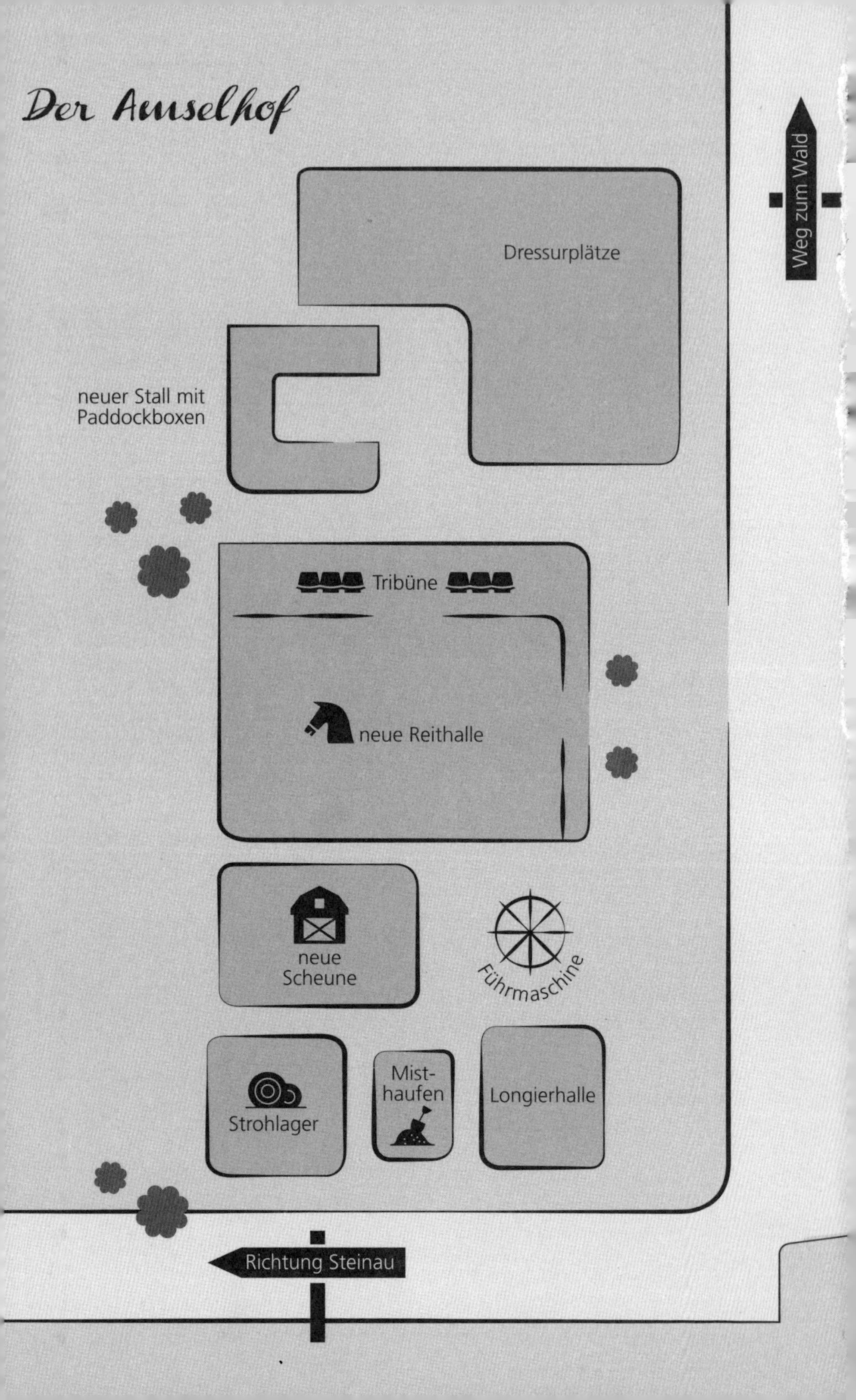